光文社古典新訳文庫

椿姫

デュマ・フィス

永田千奈訳

光文社

Title : LA DAME AUX CAMÉLIAS
1848 (1852)
Author : Alexandre Dumas fils

目次

椿姫

1

本気で学んだ言語しか、自在に使いこなすことができないように、長年、人間を観察してきた者にしか、架空の人物をつくりあげることはできないように思う。私はまだ人生経験が浅くそのような境地には達していないので、[1] 事実を語るだけに努めよう。

そんなわけで、読者の皆様には、この話が実話であることをあらかじめ断っておきたい。登場人物は、女主人公(ヒロイン)を除き、今も全員が存命である。

しかも、ここで私が語ることの大半については、知っている人たちがパリにはたくさんいるはずだし、もし私の話だけでは信じられないというのなら、その人たちに訊(き)いてみるがいい。だが、ちょっとばかり特殊な事情があって、この話は私にしか書けないのである。というのも、伏せられていた部分を詳細まで知ることができたのは私だけであるし、その部分を知らなければ、この話を細部の興味深いところまで、完全なかたちで語ることができないのだ。

さて、では、私はどうやってそれを知ることができたのか。その経緯(いきさつ)を話すとしよう。——一八四七年三月十二日、私はラフィット通り[2]で大きな黄色いポスターに目をとめた。家具や珍しい骨董品(こっとうひん)が売りに出されるという。誰かの遺品のようだ。だが、故人の名前は記されていなかった。競売は三月十六日の正午から午後五時までアンタン通り九番地[3]で行われるという。

さらに、競売に先立ち、十三日と十四日には、そのアパルトマンが公開され、売りに出される家具調度を下見できるとポスターにはあった。

私はもともとこうした骨董品に興味があったので、この機会を逃す手はないと思った。購入は無理でも、とにかく見ておこうと思ったのだ。

翌日、私はアンタン通り九番地に出向いた。

まだ早い時間だったにもかかわらず、アパルトマンにはすでに下見客がいた。女性客までいる。彼女たちは、ビロードのドレスを纏(まと)い、カシミアのコートを着て、門の外にエレガントな箱型馬車(クーペ)[4]を待たせたまま、目の前に並ぶ贅(ぜい)を尽くした品々を驚嘆の眼差しをもって眺め、ときにうっとりと見とれているのだった。

しばらくすると私にも、彼女たちがなぜこれほどまでに驚き、うっとりと見入っているのかがわかった。部屋のなかを眺め始めて間もなく、この部屋の住人が、高級娼婦[5]だったことが想像できたからだ。上流階級の女たちは、こうした女たちの生活ぶりに好奇心を掻き立てられ、ここに来ていたのだ。彼女たちは、毎日のように、こうした女たちの馬車が自分たちの馬車に泥をはね上げながら走り抜けていくのを目にしてきた。しかもそうした女たちは、オペラ座[6]やイタリア座[7]で、彼女たちと肩を並べ、

1　本書刊行時、著者は二十四歳だった。
2　現パリ九区。
3　アンタン通りとオペラ大通りの交差点の近く。
4　二人乗り四輪の屋根付き馬車。御者席は箱の外側にある。
5　クルティザンヌ。貴族やブルジョワだけを相手にし、裕福な暮らしをする娼婦。解説参照。
6　パリ九区。現在のオペラ・ガルニエが建てられる以前にル・ペルティエ通りにあった劇場。
7　劇団イタリア座の拠点だった劇場。同劇団はその後、オペラ・コミック座と合併したり、火災による劇場焼失で、フェイドー劇場、ルネッサンス劇場など本拠地を転々と変えたりしつつ、公演を行う。ロッシーニが監督を務めていたこともある。

彼女たちのすぐ横の桟敷席[8]におさまり、美と宝飾品とスキャンダルという華やかな魅力をパリじゅうにひけらかしていたのだ。

だが、この部屋の主はすでにこの世にはない。だからこそ、貞淑の極みを自認するご婦人方もその寝室まで入ることができるのである。豪奢な悪徳の巣窟も、死によってすでに清められている。口実が必要とあらば、それも用意されている。この部屋の主が誰なのかを知らないまま、競売のためにやってきたことにすればいい。ポスターを見て、どんなものがあるのか、下見に来たと言えばすむ。実に簡単なことだ。そうすれば、誰はばかることなく、すばらしい美術品の狭間から持ち主であったあの女、周囲の人々から妙な噂をさんざん聞かされてきたあの女の生活を窺い知ることができると思ったのだろう。

だが残念ながら、女神のごときあの女性はすでにこの世のものではなく、その神秘的な魅力も家主と共に消えてしまっていた。ご婦人たちがいかに熱心に眺めたところで、売りに出された遺品の数々に感嘆することはあっても、この家の女主人が生前、どんなふうに商売をしていたのかは、何も知ることはできないのである。

それでも、購買欲をそそるようなものはたくさんあった。調度はすばらしいものばかりだった。ローズウッドやブール[9]の木製家具、セーヴル焼きや磁器の花瓶、マイセンの置物、サテン、ビロード、レース。何もかも揃（そろ）っている。

興味津々（しんしん）な面持ちで前を行く上品なご婦人たちのあとについて、私はアパルトマンのなかを見てまわることにした。ご婦人たちは、ペルシャ織物の飾られた部屋に入った。だが、私がそれに続こうとしたところ、彼女たちは好奇心を恥じるような微笑（ほほえ）みを浮かべ、そそくさと部屋から出てきた。こうなると、いったい何があるのか知りたくなる。そこは化粧室だった。細々（こまごま）とした物が一面に並び、亡き人のこれ以上はないという豪奢な暮らしぶりを何よりも物語っていた。

壁際には、横三ピエ、縦六ピエ[10]の大きなテーブルがあり、その上にはオーコック[11]やオディオ[12]の宝飾品がずらりと揃っている。実に見事なコレクションだった。さらに、

8 個室仕様のボックス席。二席、二列の四人用であることが多い。
9 アンドレ・シャルル・ブール（一六四二〜一七三二年）。ブール象嵌の祖。
10 一ピエは三十二・四センチ。横一メートル×縦二メートルほどの大きさ。
11 ルイ・オーコック（一八五〇〜一九三二年）の父が創業した宝飾店。
12 ジャン・バティスト・オディオ（一七六三〜一八五〇年）が創業した銀器ブランド。

高級娼婦にとって必需品ともいえる化粧道具が並び、そのどれもこれもが金製や銀製のきらびやかなものなのだ。だが、これらは一度に買い揃えられたものではなく、それぞれ別の人物から贈られたものに違いない。

私は高級娼婦の化粧室でも特に気後れすることもなく、細々とした品を、それが何であれひとつずつじっくりと眺め、鑑賞していくうちに、見事な装飾が彫られた道具類は、どれもこれも異なる頭文字（イニシャル）や紋章が入っていること、つまりは寄せ集めであると気がついたのだ。

美しい品々は、あわれな若い女が身を売ることでひとつずつ得てきたものなのだ。そんなことを考えながら、見物を続けていると、神様は彼女に情けをかけたのかもしれないと思うようになった。娼婦にとって、老いは死への最初の一歩を意味するが、神は彼女にありきたりの罰を与えることをせず、贅沢（ぜいたく）な生活のさなか美しいままに死なせてやったのだ。

実際、悪徳を重ねた者の晩年ほどあわれなものはない。女性ならなおさらだ。尊厳を失い、誰の関心も引かない。間違った道を選んだことに反省のかけらもなく、ただひたすら、計算が違った、金の使い方を誤ったなどと悔やみ続ける人生こそ、耳にするなかでも、最もあわれな話ではないだろうか。私はかつて娼婦だった老女を知っている。彼女のこれまでの人生で唯一残ったものは、自分の娘だけだった。彼女の若い頃を知る人たちによると、昔の彼女は、この娘と同じぐらい美しかったらしい。だが、老女はこの娘に春を売らせ、おまえが子供のときに養ってやったのは私なのだから、今度は老いた私をおまえが養う番だと主張するときにしか「おまえは私の娘だ」と言ったことがない。こうして、ルイーズという名のその娘は、母から言われるままに、自らの意志に関係なく、何の望みも喜びもなく、娼婦になった。もし、誰かが彼女に別の仕事を与えていたとしたら、彼女はまったく同じようにそれを受け入れていたことだろう。

幼い頃から母親の乱れた暮らしを眺め、自分も若いうちから乱れた生活を送っていたものだから、ルイーズは早々に身体を壊し、善悪の観念を失ってしまった。神は彼女にも善悪を区別できる知性を与えたのかもしれない。だが、その知性を伸ばしてや

13　実際の死に先んじて、老いて客を取れなくなることが、娼婦にとって死を意味するということ。

ろうとする者がいなかったのである。

　同じ時刻になるとほとんど毎日のように路上に立っていた彼女のことを私は今でも覚えている。母親が絶えず彼女につきまとっていた。その様子は、あたかも甲斐甲斐(かいがい)しく娘の世話をする母親のようでさえあった。当時、私は若かったので、時代の求める軽薄な習慣にさしたる抵抗も感じていなかった。それでも、娘を異常なまでに監視する老女の様子には軽蔑(けいべつ)と嫌悪の感情を抱いたものだ。

　さらに言うと、その若い娘の顔には、どんな処女の顔にもないほど無垢(むく)な感情、憂愁あふれる表情が浮かんでいた。

　そう、あれは「諦念(ていねん)」そのものだ。

　ある日、そのルイーズの顔が華やいだ。母親に言われるがまま、堕落した日々を生きる罪深き少女に、神は幸福を許したのかもしれない。いや、そもそも、この非力な娘をおつくりになったのは神様ご自身なのだ。人生の重みに押しつぶされそうな彼女をささやかな慰めさえ与えないままで放っておくことなど、なさるまい。そんなわけで、彼女はある日、自分が身ごもっているのに気がついた。まだ純真な気持ちを失っていなかった彼女は、喜びに震えた。魂は意外なところにやすらぎを見出すものなのだ。嬉しくてたまらなくなったルイーズは、母にも知らせようと急いだ。ここから先は、正直なところ、口にするのもはばかられる。だが、あえて不道徳なことを書くのは、悪ふざけのつもりなど毛頭なく、ただ事実を述べているだけなのだ。あえて書かずにおくこともできたかもしれない。だが、こうした女たちがどんなにつらい人生を生きているかを明らかにしておくこともときには必要だろう。人々は当人の声を聞かぬまま、こうした女たちを一方的に悪とみなし、正当な理由もないままに軽蔑しているのだ。さて、恥ずべき言葉だとは思うが、母は娘にこう言った。「おまえの稼ぎでは二人で暮らしていくのも難しいのに、三人になったらとても無理だ」さらに、「そんな子供は何の役にも立たない、腹に赤ん坊がいるあいだは働けなくなるから時間の無駄だ」とまで言ったのだ。

翌日、産婆がやってきた。この産婆については、母親の友人とだけ言っておく。そして、彼女の「処置」によりルイーズは数日間、寝込んでしまい、路上に戻ってきたときには以前よりさらに衰弱し、青白い顔になっていた。

三か月後、ルイーズを憐れんだある男が、彼女の心と身体の傷を癒そうと試みた。だが、流産があまりにも深い傷を残したのだろう、ルイーズはこの堕胎がもとで死んでしまった。

母親のほうはまだ生きている。どうやって暮らしているのかは、想像におまかせする。

女の家で銀製の小間物を見ていたら、そんなことを思い出した。物思いにふけるうちにだいぶ時間がたってしまったようだ。気がつくと、アパルトマンには私しかいなかった。扉のところから守衛がこっちを見ている。不埒者(ふらちもの)が何か持ち出そうとしているのではないかと見張っているのだ。

心配させてしまったこの守衛に私は歩み寄って声をかけた。

「すみません、ここに住んでいたのはどなたなのですか」

「マルグリット・ゴーティエさんですよ」

知っている名前だった。見かけたこともある。

「何ですって。マルグリット・ゴーティエが死んだんですか」

「ええ、そうです」

「いつのことですか」

「そうですね、三週間ほど前です」

「どうして、このアパルトマンを公開することになったんでしょうか」

「こうすれば、落札価格が跳ね上がると債権者が踏んだからでしょう。どんな織物や家具が売りに出されるのか、あらかじめ見ることができますからね。見れば欲しくなるのが人情でしょう」

「なるほど、彼女には借金があったんですね」

「はい、それもかなりの額」

「でも、この競売で返済できるんでしょう」

「ええ、借金を返してもおつりがくるでしょうね」

「すると、残った金は誰のものに？」

「ご遺族に」

「じゃあ、身寄りがあったんですね」

「ええ、そのようです」

「そうですか。ありがとう」

守衛は、私が盗みをはたらくような人間ではないと見て安堵(あんど)し、会釈で応えたので、私はアパルトマンをあとにした。

「かわいそうに」

帰路、私は思わずつぶやいた。「きっと、あわれな死に方をしたに違いない。彼女の生きた世界で、男を頼りにできるのは、元気なうちだけだからな」気がつくと、私はマルグリット・ゴーティエに同情していた。

道徳的な方々からすると、それは馬鹿(ばか)げたことかもしれない。でも、私は心の底から娼婦たちに同情している。彼女たちへの憐憫(れんびん)が間違った感情だとは、まったく思っていない。

以前、こんなことがあった。旅券(パスポート)を取りに役所を訪れたところ、そのすぐ横の通りで、若い女が、憲兵二人に両脇から抱えられ、連行されていく光景を目にしたのだ。彼女が何をしたのかはわからない。ただ、逮捕された女が子供と離れ離れになってしまうことを嘆き、生まれてわずか数か月の赤ん坊を抱きしめ熱い涙を流しているということだけは見て取れた。以来、私はどんな女性に対しても、一目見ただけで軽蔑することはできなくなった。

2

競売は十六日に予定されていた。

アパルトマンの事前公開と競売のあいだに一日置いたのは、業者がタピスリーやカーテンの類を壁から下ろして鋲やフックをはずす作業に時間が必要だったのだろう。

当時、私は旅から戻ったばかりだった。噂の街、パリでは、誰かが旅から戻ると、友人たちが寄ってたかって留守中の重大事件を教えてくれるものだ。それでもマルグリット・ゴーティエの死を私が知らなかったのは、無理のないことだった。マルグリットは美しかった。だが、この手の女性は、評判となりスキャンダルの的となった美しい者ほど、死んだときはたいして話題にならないものなのだ。日の出のときも、沈みゆくときも、太陽は昼間のような明るさとは無縁である。特に若くしてこの世を去った場合、客だった男たちは、ほぼ同時にその死を知ることになる。パリに住む、高級娼婦の客たちは、狭い世界に生き、皆、知り合いなのだ。思い出話を二、三交わすことぐらいはあっても、何事もなかったかのように暮らし、一粒の涙すら流さぬ者もあるだろう。

今の世の中、二十五歳ともなれば、泣くことも実に稀(まれ)となり、通りすがりの人のために涙を流すことなどないのだ。親子のあいだでさえ金しだいなのだから、葬式で子に泣いてもらいたければ、それなりの財を子のためにつぎこまねばならぬだろう。[14]

私はといえば、自分の頭文字(イニシャル)を入れた高級品を贈るほどマルグリットと親しくしていたわけではないが、先ほど記したような直感的な憐憫(れんびん)の情、そしてごく自然な慈悲の心から、私はしばらくのあいだ、いや、もしかすると不自然なまでにずっと、彼女のことを考えていたのである。

マルグリットの姿は、シャンゼリゼ通りで頻繁に目にしていた。彼女は毎日のように、見事な二頭の鹿毛(かげ)に引かせた青い箱型馬車(クーペ)に乗り、シャンゼリゼに来ていた。そのとき、私は彼女がほかの高級娼婦(しょうふ)とはまったく違う気品をもっており、そのずばぬけた美しさがさらにその気品を際立たせていることに気がついたのである。

高級娼婦たちは、外出するとき、必ず誰かを同行させるのが常であった。

とはいっても、多くの男たちは、彼女たちへの恋は夜の話だけにとどめ、決して大っぴらにしようとはしない。かといって、昼間ぽつねんと一人でいることは、彼女たちにとっても気分の良いものではない。そこで、彼女たちは、自分よりも不幸せで、馬車をもっていない娼婦仲間や、かつては優美さを誇りながらももはや色気を失った年配の女性、つまりは、出会った男が彼女に興味をもった場合、何はばかることなく声をかけ、仲介を頼めそうな人物を選び、連れ立って歩くというわけだ。

だが、マルグリットは違った。彼女はいつも一人でシャンゼリゼに馬車でやってくると、冬は大きなカシミアのショールに身を包み、夏なら実にシンプルなデザインのドレスを着こなして、できるだけ目立たぬようにしている。たとえ、お気に入りの遊歩道に、知り合いの紳士が多勢いても、彼女はたまに微笑(ほほえ)みかけるだけであった。それも、おそらく、そのお相手以外、誰も気づかぬような微笑みであり、公爵夫人もかくやという上品さなのである。

娼婦たちは、今も昔もロン・ポワン[15]からシャンゼリゼの入り口にかけて歩くものだ

14 父デュマは、デュマ・フィスを認知していたが、非嫡出子として育った彼と父親のあいだには確執があった。この部分も父への当てつけと取れなくもない。

15 円形広場。ここでは、現在、地下鉄フランクリン・D・ルーズヴェルト駅のあるあたり、シャンゼリゼ通りの中ほどにあるロータリーを指す。

が、彼女はそうしなかった。二頭立ての馬車でまっすぐにブーローニュの森に向かう。そこで一時間ほど散歩すると、再び馬車に乗り込み、早足で馬を走らせ、帰ってしまうのだ。

　こうした光景を何度か目にした記憶がよみがえり、私は見事な美術品が打ち砕かれてしまったかのように、彼女の死を惜しむのであった。

　事実、彼女は、この世に二人といない美貌（びぼう）の持ち主であった。

　細すぎるうえに背丈もありすぎるほどなのだが、彼女は芸術的とさえ言える着こなしの才をもっており、そんな体型もまったく不自然に見えないのだ。カシミアのショールは、床にひきずりそうなほど長く、ショールの縁飾りの脇では、絹のドレスのたっぷりとした裾（すそ）が躍っている。厚みのあるマフを胸に押しつけるようにして手を隠しているうえに、マフのひだ加工が巧妙に効果をあげているため、文句のつけようがない美しいラインに見えるのである。

　さらにその美しい顔はといえば、独特の色香をたたえている。しかも、実に小さな顔をしており、ミュッセ[16]ならば、母親が端正な顔をつくろうと手を尽くした結果、こんな小さな顔になってしまったとでも言いそうである。

何とも言えない優美な卵形の顔に黒い瞳、その上にはあまりにも完璧すぎて筆で描いたのではないかと思えるほど美しい眉が弧をなしている。そして、また目を覆うような長い睫毛(まつげ)は、目を伏せると、薔薇(ばら)色の頬(ほお)に睫毛の影が映るほどであった。繊細ながら筋の通った知的な鼻。だが、その少しばかりふくらんだ鼻孔(びこう)は、官能への憧憬(しょうけい)を思わせる。形の整った口元。唇は実に優雅に動き、その奥には牛乳のように白い歯がきれいに並んでいる。最後の仕上げに、まだ誰も手をふれていない桃の産毛を思わせるやわらかなビロードで全体をふわりと包めば、彼女の魅力的な顔が見えてきただろう。

漆黒の髪は、生まれつきなのか、こてで巻いているのかはわからないが、額の両側に豊かに波打ち、耳のあたりから背中へと垂れている。そして、その耳には、片方だけで四、五千フラン〔四百万～五百万円相当〕はするだろうダイヤモンドのイヤリングが輝いているのだ。

16　アルフレッド・ミュッセ（一八一〇～五七年）。ロマン主義の作家。代表作に『戯れに恋はすまじ』がある。

マルグリットは、あれだけ頽廃(たいはい)的な暮らしをしていたというのに、なぜあんなふうに処女のような、子供のような顔つきをしていたのだろう。そこがいかにも彼女らしいところで、理由はわからなくても、彼女がそんな顔であったことは、誰もが認めるところだった。

マルグリットはヴィダル[17]に描かせた自分の肖像画をもっていた。彼女の姿を再現できるだけの画力をもっているのはヴィダルしかいないだろう。彼女の死後、私はこの絵をしばらく手元に置いていたのだが、本当に彼女に生き写しで、この肖像画を見ているとこれまで忘れていた部分まで思い出すことができた。

なお、この章に書いた話のなかには、あとになって知ったものもある。それでも、今のうちに書いておくことにしたのは、ひとたび彼女の生涯を語り始めたら、後戻りせず、一息に語ってしまいたいからだ。

マルグリットは、夜になるといつも劇場や舞踏会に姿を現した。どの演目も初日から数日のうちに必ず見にやってくる。新しい演目がかかると、劇場には必ずマルグリットの姿があった。そして、彼女が陣取る一階の桟敷席(さじきせき)の最前列には、彼女とは切っても切れない三つのものが必ず置かれていた。長眼鏡(ロニエット)とボンボンの小袋、そして椿(つばき)[18]の花束だ。

椿の花束は、月のうち二十五日間は白い花、残りの五日間は赤い花だった。色の違いが何を示すのかは謎だった。私にも説明できない。だが、彼女が通う劇場の常連客や、彼女の友人たちも、日によって花の色が違うことには気がついていた。

マルグリットが椿以外の花を携えているのを見たことはない。ついには、花屋の女主人、バルジョン夫人が、彼女を「椿姫(つばきひめ)」と呼ぶようになり、それが彼女のあだ名となったのだ。

マルグリットには、実にエレガントな若い愛人が一人ならずいた。パリのあの界隈の常連なら誰でも知っている話であり、私の耳にも入っていた。彼女自身も公言しており、男たちもそれを自慢していたぐらいだから、双方その関係に満足していたとい

17 ヴァンサン・ヴィダル(一八一一〜八七年)。上流階級の人々の肖像画で知られる画家。
18 東洋の花「椿(カメリア)」は、十九世紀の欧州において、エキゾチックな花として人気があった。カメリアという名称は、植物学者のカール・リンネ(一七〇七〜七八年)が、カメル神父(一六六一〜一七〇六年)の名にちなんで名づけたものだが、椿の花自体は、十六世紀初頭よりすでにポルトガル船によって持ち込まれていたとも言われている。

うことだろう。

だが、三年ほど前、バニェール[19]から帰ってきてからは、ある外国人の老公爵[20]とだけつきあうようになったと聞いている。この老公爵というのは、かなりの大金持ちで、マルグリットをこれまでの生活からできる限り引き離そうとしていたが、彼女のほうでもまんざらでもない様子で、その好意に甘えていた。

以下は聞いた話である。

一八四二年春、マルグリットは体調を崩し、見違えるほど衰弱してしまった。医者から湯治を勧められ、彼女はバニェールに向かった。

そこに来ていた患者の一人が、老公爵の娘だった。二人は同じ病だったうえに、顔だちも周囲の人が姉妹かと思うほどよく似ていた。だが、病状だけは違っていた。公爵の娘の肺結核は第三期の重症だった。そして、彼女は、マルグリットの到着から数日後に亡くなってしまったのである。

親しい者を失くすと、人は自分の心の一部まで一緒に埋葬したような気になり、その地を離れがたくなるものである。愛娘(まなむすめ)を失った公爵もまたバニェールを立ち去ることができずにいた。そして、滞在を延ばすうちに、ある朝、街角でマルグリットを見かけたのである。

　公爵は娘の幻影が通りかかったかのように思い、彼女に歩み寄るとその手をとり、涙を流しながら手の甲に接吻した。そして、彼女が誰であるかすら尋ねようともせず、ときどき会って、亡き娘に生き写しのその姿を愛でさせてくださいと懇願したのだった。

　そのとき、マルグリットは身の回りの世話をする女性と二人きりでバニェールに来ており、老人に何の下心もないことは明らかだったので、この申し出を受け入れた。

　ところが、バニェールにも彼女のことを知る者が居合わせた。その人たちは、わざわざ老公爵のもとを訪れ、ゴーティエ嬢がパリの高級娼婦であることを明かして忠告した。老人は、マルグリットに亡き娘の面影を重ね合わせていただけに、似ても似つかぬその境遇にショックを受けたのだが、もはや手遅れだった。彼にとってマルグリットは、すでに心の糧となり、生きながらえるための唯一の拠り所、生きる支えとなっていたのだ。

19　現オート・ピレネー県、バニェール・ド・ビゴールのこと。
20　ロシア貴族、シュタケルベルグ伯爵がモデルとして有力。

老公爵は彼女を責めようとはしなかった。実際、老公には、彼女を責める権利などないのである。それでも彼は、マルグリットに対し、たとえ失うものがあっても、それを補って余りあるだけのものを、何でも好きなだけ差し上げますから、もし可能ならば、これまでの生き方をあらためてくださらないかともちかけた。彼女は老人の言うとおりにすると約束した。

マルグリットは決して従順な女ではない。だが、当時、彼女は病気で衰弱していたことを忘れてはならない。彼女は、この頃ちょうど、発病した主な原因はこれまでの奔放な暮らしぶりにあるのではないかと思い始めていた。悔いあらため、生活習慣を見直せば、神様が美しく健やかな暮らしを与えてくださるに違いないと、ある種、迷信のように考えていたのだ。

実際、夏が終わる頃には、湯治と散歩、心地よい疲労と睡眠によって彼女の病はだいぶ落ち着きを見せていた。

老公爵はマルグリットと共にパリに戻り、バニェールにいたときと同じように、会いに来ていた。

どんなことから始まり、実際のところどんな思いに突き動かされて、そんな仲になったのか、人々は何も知らぬまま、ただこの二人の関係に驚いた。大金持ちで有名な老公爵が、今や、その奔放な出費のほうで知られるようになってしまったのだ。

人々は、マルグリットとの関係こそが、老公爵を、金持ちの老人にありがちな放蕩生活に導いたのだと思った。周囲はあらゆることを想像したが、真実を言い当てた者はいなかった。

だが、老公爵のマルグリットへの思慕は、純然たる父性愛に他ならない。マルグリットに心のつながり以外のものを求めるなど、彼にとっては近親相姦にも等しいことだった。彼がマルグリットにかける言葉はすべて、実の娘に聞かれて困るようなものではなかったのである。

マルグリットを実像から離れた架空のヒロインに仕立て上げるつもりはない。だから、正直に書くのだが、バニェール滞在中、老公爵との約束を守るのはそれほど難しいことではなく、実際、彼女は約束を守っていた。しかし、ひとたびパリに戻ってみると、舞踏会やパーティーの続く賑やかな暮らしぶりがすでに身になじんでいたこともあって、決まった日時にやってくる老公爵を待つだけの生活は寂しく、死ぬほど退屈に思えてきた。そんなとき、彼女の頭のなかに、そして心のなかに、かつての暮らしの燃えるような息吹が通り過ぎていくのだ。

しかも、バニエールから戻ったマルグリットは、かつてない美しさだった。なにしろまだ二十歳だった。そして、小康状態を得たものの、病はまだ根治されたわけではなく、彼女は、肺を病む者にありがちな熱に浮かされたような欲望をもちつづけていたのである。

そんなわけで、老公爵の友人たちは、彼が悪い女に引っかかったと思い込み、女の醜聞をつかもうと鵜の目鷹の目で見張っていた。老公爵は友人たちから、彼がこない時間帯を見計らってマルグリットのもとを訪れる男たちがおり、なかにはそのまま泊まっていく者もいると聞かされ、ひどく心を痛めることになった。

老人に問い詰められ、マルグリットはすべてをあっさりと告白した。そして、約束を守れない以上、あなたのお世話になることはできませんと正直な気持ちで告げたのだった。裏切ってしまった相手からこの先も援助を受け続けることはできないという思いからだった。

それから一週間、老公爵が彼女のもとを訪れることはなかった。だが、それが彼にできる精いっぱいの抵抗だった。一週間後、彼はマルグリットに、これからも会いに来ることを許してくれさえすれば、あるがままの彼女を受け入れるから、どうか以前のように会ってもらえないかと懇願した。そして、何があってももう二度と彼女の生業を責めたりしないと約束したのだ。

マルグリットがパリに戻って三か月後、一八四二年十一月、もしくは十二月頃のことだった。

3

さて、一八四七年三月十六日の午後一時、私はアンタン通りのアパルトマンに向かった。

道に面した表門のところまで、競売人の大きな声が聞こえてきた。

建物の中はやじ馬でいっぱいだった。

名の知れた高級娼婦が勢ぞろいし、やんごとないご婦人たちがちらちらと彼女たちを観察していた。ご婦人方は、下見のときと同様、競売にかこつけて、ふだんは会う機会のない女たち、享楽的な女たちの姿を観察してやろうと思って足を運んだのだろう。実は案外心の底では、彼女たちの奔放な生活ぶりを妬ましく思っているのかもしれない。

F公爵夫人の隣にいるA嬢は、当代の高級娼婦のなかで最も嘆かわしい存在の一人であるし、T侯爵夫人が買おうかどうしようか迷っていた家具の値をあっという間に吊り上げたのは、現在パリでもっとも有名かつエレガントで、多くの愛人をもつと噂のマダムDである。Y公爵は、マドリッドに行けば、あの人はパリで破産して逃げてきたのだと言われ、パリに戻れば、マドリッドで破産して逃げてきたのだと言われている。だが、実際のところは、収入の範囲内で暮らす堅実な人だった。そのY公爵が、M夫人とおしゃべりしながら、マダムNのほうに目をやっているところを見ると二人のあいだには暗黙の了解がありそうだ。このM夫人は、実に機知に富んだおしゃべりで知られる人で、そうしたおしゃべりをときおり文章にし、その文章をまとめた本を出すのを喜びとしていた。一方のマダムNはというと、ほとんど毎日のように薔薇色やブルーのドレスに身を包みシャンゼリゼを散歩している高級娼婦で、馬車を引かせている二頭の立派な黒毛馬は、トニー[21]から一万フラン［一千万円相当］で購入したものであり、もちろん、お代はすでに自腹で支払ずみとのことだった。最後にもう一人、R嬢はといえば、自身の才覚だけで、上流階級のご婦人たちが持参金を元手に運用する金の二倍、娼婦たちが男たちから貢がせる金額の三倍は稼ぐという、なかなかのやり手で、寒々とした天候にもかかわらず、今日も何か掘り出し物がないかとやってきたのだろう。彼女もまた人々の注目を集める存在であった。

ほかにもこの日、競売に集まった、ふだんは交わる機会のなさそうな人々の名を引くことはできるが、読者を退屈させてもいけないので、このぐらいにしておこう。

ただ、ひとこと言っておきたいのは、この日、人々は一様にひどく陽気であったこと、そして、そこにいた女性たちのうち、多くは生前のマルグリットを知っていたはずなのに、どう見ても故人を偲(しの)んでいるようには見えなかったということだ。

人々は、大声で笑っていた。競売人は声を限りに叫んでいた。競売品が並ぶテーブルの前にずらりと陣取った商売人たちは、これでは落ち着いて取引ができないと苛立(いらだ)ち、何度も静かにしてくれと呼びかけていたが、まったく効果がなかった。これほどまでに雑多な人種が揃(そろ)い、騒々しい集まりは他所ではありえないものだった。

21　当時、繁盛していた馬商人。

彼女が息絶えた寝室のすぐそばで、彼女の家具が売られ、借金の返済に充てられるとは、なんとあわれなことだろうと思いつつ、私は、人ごみのなかをそっと進んでいった。もともと、私は何かを買おうというよりも、ただ見物に来ただけなので、家具を売りさばいていく債権者たちの顔をじっと見ていた。思いがけず高値で落札されるものがあるたびに、彼らの顔には満足げな笑みが浮かぶのだ。

抜け目のない彼らは、高級娼婦という彼女の身分につけこみ、高利で金を貸した挙句、臨終の床まで証文を持って取り立てに来て、亡くなったあとには、恥ずべき貸し付けの利子を回収するだけにとどまらず、あやしい計算でぼろ儲けしようとまで企んでいるのだ。

商人の神と泥棒の神は同じという昔の教えは正しいと言えよう。

ドレス、カシミア、宝石の類は驚くべき早さで落札されていった。そうしたものは私にとって縁のないものだ。私は依然として動かなかった。

とつぜん、声が聞こえてきた。

「書籍。装丁に瑕疵なし。天金。[22] タイトルは『マノン・レスコー』[23] 扉に書き込みあり。十フラン［二万円相当］から」

しばらくの静寂ののち、声が響いた。

「十二」

私も声をあげる。

「十五」

どうしてそんなことをしたのだろう。自分でもわからない。書き込みとやらが気になったせいかもしれない。

「十五フラン」競売人が確認する。

すると、最初に声をあげた男が、どうだもう無理だろうと言わんばかりに挑戦的な口調で叫んだ。

「三十」

こうなると私も負けられない。同じように強い口調で返した。

22　愛蔵版の豪華な装丁。上部の小口に金箔を付けたもの。
23　アントワーヌ・フランソワ・プレヴォ（一六九七～一七六三年）の小説。一七三一年に『騎士デ・グリュとマノン・レスコーの物語』として刊行。自由奔放なマノンと、彼女を愛し彼女に振り回される騎士デ・グリュの恋愛を描いた作品。

「三十五」

「四十」

「五十」

「六十」

「百」

もし目立つことが目的だったら、私は充分に成功したと言えるだろう。競り合いが始まると、場内は静まり返り、そうまでしてこの本を手に入れたがるなんて、この男はいったい何者だろうという視線が私に向けられていた。

百と叫んだ私の断固とした口調に、相手はようやく諦めたようだった。これ以上競っても勝ち目はなく、自分は、ただ単にこの本の値段を十倍に吊り上げただけなのだと悟ったらしく、ここで彼は降りた。もっと早くそうしてほしかったものだが、彼は実に優美な口調でこう言った。

「あなたにお譲りします」

もはや、ほかに声をあげる者はなく、本は私のものとなった。

これ以上意地を張ったところで、自尊心は満足するかもしれないが、財布にとっては非常に困ったことになるに違いない。私は台帳に名前を記し、本を横に置いて、会場をあとにした。このやりとりを見ていた人たちは、きっと、せいぜい十フラン、どんなに高くても十五フラン出せば、どこでも買えそうな本に百フランも出すなんて、いったいどんな理由があってのことだろうとあれこれ想像したに違いない。

一時間後、私は使用人に本を取りに行かせた。

本を開くと、扉の頁に優雅な筆跡で献辞があった。彼女に本を贈った人物が書いたものだろう。

献辞といっても実に短い。

「マノンをマルグリットに贈る。

その慎み深さに」

さらに「アルマン・デュヴァル」と署名が添えられている。

「その慎み深さに」とはどういう意味だろう。

このアルマン・デュヴァルによれば、マルグリットはマノンよりも、慎み深さが足りないと言いたいのか、それとも、マルグリットの慎み深さを讃えているのだろうか。あとのほうがありえそうな話だった。マルグリットが自分の生業をどう思っていたかは知らないが、正面切ってぶしつけな言葉を寄せられたら、いい気はしないだろう。

その後、私は外出したので、再びこの本について考え始めたのは、夜になり、寝る時刻になってからだった。

確かに、『マノン・レスコー』は感動的な物語で、もう何度も読み、細部まで頭に入っているはずだった。だが、こうして手に取ってみると、この小説への愛着からまた読み返したくなった。私は本を開き、もう百回は読んだかもしれぬプレヴォ神父のヒロインの生涯をたどり直した。主人公マノンは実に生き生きと描かれており、私はまるで彼女と実際に会ったことがあるかのような気がしていた。こうして今一度、マルグリットとマノンを比べてみると、思いがけず新たな魅力をこの本に感じるようになり、この本を私が手にするきっかけを与えてくれたマルグリットへの想いは、許しから憐れみへ、ついには愛情へと高まっていった。マノンは砂漠で死を迎える。だが、結局、彼女は自分を全身全霊をかけて愛してくれた男の腕のなかで死んだのだ。男は、彼女が息絶えると墓を掘り、涙で彼女の遺骸を濡らし、自分の心まで一緒に葬ってしまった。マルグリットは、罪深き女であるという点、そしておそらく悔悛（かいしゅん）していたという点では、マノンと同じだが、私が目にした限りでは、豪奢（ごうしゃ）な暮らしのさなか、華やかな過去を思わせる寝台で死を迎えたようだ。しかし、彼女はマノンが埋葬された砂漠よりも、さらに不毛で、だだっ広く、非情な心の砂漠のなかで死んだとも言える。

彼女の最期の日々を知る友人から聞いたところによると、苦しみながら徐々に衰弱していった二か月の間、親身になってくれた見舞い客はいなかったという。

マノンやマルグリットについて考えるうちに、これまでに会った高級娼婦たちのことが心によみがえってきた。彼女たちは、皆、歌いながら道を進み、やがては、一人残らず、同じような死を迎えるのである。

あわれな娼婦たちよ。彼女たちを愛するのが罪だとしても、せめて同情することぐらいは許されて当然だろう。陽の光の明るさを見たことがない者を憐れみ、自然界の妙なる響きを耳にしたことがない者や、心の内を声にできない者を憐れむ人でも、心の目が見えず、魂の耳が聴こえず、良心の声を発することができない娼婦たちについては道徳を口実に、憐れもうとさえしないのだ。こうした不自由を抱えるからこそ、不幸な女たちは思い悩んだすえに冷静な判断ができなくなり、自ら望んだわけでもないのに善を見ることも、神の声を聞くことも、愛や信仰を純粋な言葉で語ることもできなくなってしまっているというのに。

ユゴーは『マリオン・ドロルム』[24]を書き、ミュッセは『ベルヌレット』[25]を、アレクサンドル・デュマは[26]『フェルナンド』[27]を書いた。いつの時代も思想家や詩人は、娼婦たちに憐憫（れんびん）の情を寄せてきた。偉人たちのなかにも、自らの愛で、そして時にはその名声によって、彼女たちの汚名を雪（そそ）ごうとしてきた者がいる。なぜ私がそこを強調するかというと、私が書いているこの本を読もうとする人たちのなかに、悪徳や売春を擁護することだけを目的としているのではないかと不安になり、読むのをやめてしまう者が少なからずいるのではないかと心配になったからだ。著者である私の年齢が若いだけに、なおさらそう思われる方もいるだろう。だが、もしそんな心配だけでこの本を置こうとするなら、それは杞憂（きゆう）であるから、どうか読み進めてほしい。

ただ原則として、私は実に単純にこう考えている。教育によって善を学ぶことがなかった女性に対して、神は、彼女たちが神のもとにたどりつけるように、苦しみと愛という二つの道を用意している。どちらを選んでも安易な道ではない。この道を進むうちに、足からは血が流れ、手は傷だらけになる。だが、それと同時に、悪徳の虚飾は道端の茨にはぎとられ、目的地に着く頃には、神の前でも恥ずかしくない姿、生まれたままの姿に戻っているのだ。

この苦しい旅を終えた女性に偶然めぐりあったとしたら、私たちは彼女たちを支え、彼女たちとの出会いを皆に知らしめなければならない。こうして、つまびらかにすることこそが、道を示すことになるのだから。

人生の入り口に二本の柱を建て、片方を「善の道」への標とし、もう片方に「悪

24 実在の高級娼婦マリオン・ド・ロルム（一六一一～五〇年）を主人公にユゴーが書いた戯曲。一八三一年初演。マリオンは恋人ディディエを救うために奔走するが、悲劇的な最後を迎える。
25 ミュッセの短編小説『フレデリックとベルヌレット』（一八三八年刊）。お針子ベルヌレットは、恋人フレデリックを愛していたが、フレデリックの父に頼まれて身を引く。
26 著者の父、大デュマ。
27 高級娼婦フェルナンドを主人公とし、恋人への純愛を貫く姿を描いた全三巻からなる長編作品（一八四四年刊）。

の道」への警告を示し、その前に人を立たせて、「どちらかを選べ」と促すといった単純な話ではすまない。キリストがそうしたように、横にそれてしまった者を第二の道から第一の道に戻れるようにしてやらなければならないのだ。そしてまた、良い方向に戻ろうとするその道が、あまりにも困難に満ち、とてもたどりつけそうもないような道ではいけないのである。

　キリスト教は、放蕩（ほうとう）息子の見事な寓話（ぐうわ）[28]で寛容と許しの大切さを説いている。キリストは、人の世の愛欲で傷ついた魂に憐憫の情を示し、その傷を癒す香料を取り出して傷口に塗ってやり、手当てしようとしたのである。キリストは、マグダラのマリア[29]に、「あなたは大いに愛したのですから、大いに許されてしかるべきです」と言った。こんな清らかな言葉で許されたら、その女の心には必ずや清らかな信仰心が宿ることだろう。

　私たちはキリストよりも厳格であろうとする必要などあるだろうか。なぜ、世間体に拘泥（こうでい）するのだろうか。世間の人たちは、真面目な人間に見られたいがために、他人につらくあたろうとする。そんな人たちと一緒になって、傷つき血を流している魂を見捨ててしまっていいのだろうか。彼女たちは、病人が瀉血（しゃけつ）[30]するように、その傷口から過去の罪悪を流し出し、傷に包帯を巻いてくれる友の手、心を回復に向かわせてくれる友の手を待っているというのに。

私は同時代の人々、幸いなことにヴォルテールの教えを今やなかったことのように思っている人々[31]、私同様、この十五年で人間は実に大きく進化した[32]と信じている人々に問いたいのだ。善悪の思想は確立し、もう揺らがない。信仰も再び堅実なものとなり、聖なるものを崇拝する気持ちも復活した。世界はまだ完ぺきではない。それでも、以前よりも良くなっている。すべての知的人間の努力は同じ目的のために集結され、すべての気高い意志は同じ理想、「善であれ、若々しくあれ、真実であれ」という理

28　『新約聖書』ルカ伝第十五章十一～三十二。
29　マグダラのマリアは娼婦であったが、イエスに出会い、悔いあらためる。
30　当時の医療では、悪い血を抜くことで病気が治ると信じられていた。
31　ヴォルテール（一六九四～一七七八年）は啓蒙思想を代表する哲学者。著者は、キリスト教の教えを尊び、啓蒙思想をあまり評価していない。
32　一八三〇年、七月革命により立憲君主制が成立。デュマ・フィスはこのことを指して「進化」としたのだろうか。

想につながっている。悪は虚(むな)しいものにすぎない。善を誇ろう。そして、何より、希望を失わないことである。母でも娘でも妻でもない女だからといって軽蔑(けいべつ)するのはやめよう。家庭にある女性だけを大事にするのも、欲望にのみ寛容であるのも間違っている。神は、罪を知らぬ正しい人を百人救うことよりも、罪人(つみびと)を一人悔悛させることに歓びを見出した。この神の歓びを私たちも目指そうではないか。そうすれば神はきっとその努力に見合うだけの、いや、それ以上のものを返してくれることだろう。地上の欲望によって堕落し、神を信じることによって希望を見出し救われるべき人たちがそこにいるのなら、許しという施しを残して道を進んでいこうではないか。「たとえ効果がなくても毒にはなりませんよ」と言いながら、自分で調合した薬を授けてくれる善良なる老女たちのように振る舞おう。

確かに、私が今、書いているような小さな話から、このような大きな結果を引き出そうとすると、何を大げさなと思う人もいるかもしれない。だが、すべては小さなことのなかにあると信じている。子供は小さいが、この先どんな人間になるかはもうその子のなかに萌芽(ほうが)が見られる。脳は小さいが、深く広く考えることができる。眼球だって小さなものだが、実に遠くまで見渡せるではないか。

4

二日後、競売はすべて終わった。実に十五万フラン〔一億五千万円相当〕の売上があったという。

その三分の二が債権者への返済に充てられ、残りはマルグリットの遺族である実姉[33]とその息子が受け取った。

代理人からの手紙で五万フランの遺産があると知らされた姉は、目を丸くして驚いたという。

彼女はもう六、七年のあいだ、妹に会っていなかったのだ。マルグリットはある日とつぜん姿を消し、それ以降、どんな暮らしをしていたのかは本人からも、知り合い

33　マルグリットのモデル、マリ・デュプレシスの伝記『よみがえる椿姫』（M・ブーデ著、中山眞彦訳、白水社）によると、彼女には二つ年上の姉デルフィーヌがいたという。

からも一切、聞かされていなかったのである。

姉は大慌てでパリにやってきた。生前のマルグリットを知る者たちは、これまで一度も郷里の村を出たことがなかったという、このぽっちゃりとした田舎者の美女がマルグリットのただ一人の親族であることに大いに驚いた。

マルグリットの姉は急に大金持ちになった。しかも、彼女は、この思ってもみない大金が、いったいどこから来たものなのかさえわかっていなかったのである。

聞いたところによると、この姉は、妹の死にひどく打ちひしがれ、田舎に帰っていったということだが、その後、この大金を四・五パーセントの高い年利で運用したというから、その悲しみも少しは慰められたのではないだろうか。

スキャンダルの街パリで、こうした話が散々語り尽くされ、やがて、人々が忘れ始めた頃、そう、私自身もこの件と自分の関わりを忘れかけていた頃に、新たな出来事があり、私はマルグリットの人生のすべて、実に感動的な詳細までを知ることができた。だからこそ、私はこの本を書こうと思い立ち、今こうして書いているのである。

家具がすべて売られ、空っぽになったマルグリットのアパルトマンに貸家の貼り紙が出されて三、四日たったある朝、私の家の呼び鈴が鳴った。

門番、いや正確には、門番のようなことまでしてくれる管理人が、表玄関を開け、来客より名刺を受け取って私のところに持ってきた。来客が私と話したがっているという。

名刺に目をやると、そこには、肩書もなくただ名前が書かれていた。

「アルマン・デュヴァル」

どこかで見たような気がするが、どこだろうと思ったところで、『マノン・レスコー』の扉の頁が目に浮かんだ。

マルグリットにあの本を贈った人物が私に何の用だろう。私は、玄関で待つ男を部屋に通すよう告げた。

青ざめた顔で入ってきたのは、ブロンドの髪の背の高い男だった。いかにも旅装束といった恰好(かっこう)をしている。しかも数日前から着替えていないうえに、パリに着いてもブラシをかける時間すらなかったと見えて、全身埃(ほこり)だらけであった。

デュヴァル氏はひどく興奮しており、その激情を隠そうとするそぶりすらなかった。目に涙を浮かべ、声を震わせながら、彼は言った。

「とつぜんの訪問、しかもこんな恰好で申し訳ありません。若い者同士なら、これも許されるだろうと甘えがあったことは否定しませんが、とにかく今日中にどうしてもあなたにお会いしたかったんです。ホテルに立ち寄る時間すら惜しく、荷物だけホテルに届けさせ、まだ朝早いというのに、あなたがすでに外出してお留守だったらどうしようと心配でたまらず、こうして駆けつけたしだいです」

私が暖炉の前の椅子(いす)を示すと、彼は素直に腰を下ろして、ポケットからハンカチを取り出し、しばらく、顔を隠すようにして涙を拭(ふ)いていた。

やがて、彼は、悲しげにため息をつき、こう切りだした。

「まったく知らない男が、こんな時間、こんな恰好でやってきて、しかも、泣いているなんて、いったい何しに来たんだろうと不思議に思っていらっしゃるでしょうね。僕はただ、あなたにお願いがあって来たのです」

「どうぞ、お話しください。何の遠慮も要りませんよ」

「あなたはマルグリット・ゴーティエの競売にいらっしゃいましたね」

その名を口にした途端、これまで必死に抑えていた感情がついに制御できなくなり、彼は両手で顔を覆った。そして続ける。

「奇妙に思われるでしょうね。ああ、取り乱したままの状態で、申し訳ありません。

どうか辛抱づよく僕の話を聞いてください。聞いてくださるだけで、このご恩は一生忘れません」

私は答えた。

「ええ、あなたのその悲しみを少しでも癒すために、私にできることがあるのなら、どうすればいいのか、遠慮なくおっしゃってください。私は、ぜひお役に立ちたいと思っているのですよ」

デュヴァル氏の悲しみようは、実に憐憫を誘うものであったので、私はつい情にほだされてしまった。すると彼はこう言うのだ。

「マルグリットの競売で何か購入なさりましたね」

「ええ、本を一冊」

「『マノン・レスコー』ですね」

「そうです」

「今でもお手元に?」

「ええ、寝室にあります」

私の返答を聞き、アルマン・デュヴァル氏は大いに安堵したようだった。そして、ただあの本をもっていたというだけで、恩人であるかのように私に感謝したのである。

そこで私は立ち上がり、寝室から本を取ってくると彼に渡した。

「ああ、これです」と、彼は献辞に目をやり、ぱらぱらと頁をめくって言った。

「ええ、確かにこの本です」彼がそう言うと同時に、両の目から大粒の涙がこぼれ、頁を濡らした。やがて、彼は顔をあげ、もはや泣いたこと、そして今にもまた涙がこぼれそうなことを隠そうともせず、私に尋ねた。

「この本に何か思い入れがあるのですか」

「なぜ、そんなことを？」

「この本を譲ってほしいからです」

「立ち入ったことを伺いますが、マルグリット・ゴーティエさんにこの本を贈ったのは、やはりあなただったんですね」

「ええ、僕です」

「では、この本はあなたのものです。お持ちください。あなたにお返しすることができてよかった」

だが、アルマンは当惑していた。

「でも、せめて、あなたがこの本に支払ったのと同じ額をお支払いしなければ割に合いませんよね」

「差し上げますよ。あのような競売で、こんな本一冊にそんな高値がつくわけがないでしょう。自分でもいくらだったか、覚えていないのです」

「いえ、あなたは百フランお出しになった」

今度は私のほうが当惑する番だった。

「ええ、そうです。どうしてそれをご存じなんですか」

「簡単なことです。僕はあの競売に間に合うようにパリに戻る予定でした。ところが、実際は、ようやく今朝になってパリに着いたのです。彼女にゆかりのものをどうしても手に入れたくて、競売人のもとを訪れ、頼み込んで競売品と落札者のリストを見せてもらいました。そして、この本をあなたがお買いになったのを知ったのです。なんとしてでも譲ってもらおうと思いながらも、これだけ高い額で落札しているからには、あなたも何かこの本に思い入れがおありになるのではないかと心配していたのです」

なるほど、そう語るアルマンの顔には、私もまたマルグリットの客の一人だったのではないかと疑う気持ちがありありと見て取れた。

　私は早々に彼の不安を取り去ってやることにした。

「私はゴーティエ嬢を見かけたことがあるだけです。姿を見るだけで嬉しくなるような美女がこの世からいなくなれば、若い男たちは誰でも残念に思うはず。それ以上のものではありません。それでも、あの競売で何か買いたいと思い、むきになって競り合うことになってしまったのです。妙に攻撃的に挑みかかってくる男性がいたので、どうしてだかわからないのですが、彼に一矢報いてやりたくなってしまったんですよ。そういうことなので、先ほど申し上げたとおり、この本はあなたのものです。お受け取りくださるよう、あらためてお願い申し上げます。でも、私が競売人からこの本を買ったのと、あなたが私からこの本を得るのを同じように考えないでください。これをご縁にこの先も親しくしていただけたら嬉しいと思うからこそ、この本はあなたに差し上げるのです」

「ご親切にありがとうございます」

　アルマンは、私の手を握りしめて、続けた。

「では、お言葉に甘えます。このご恩は一生忘れません」

私はアルマンにマルグリットのことを訊いてみたくなった。本の献辞、彼の旅のこと、そしてこの本への執着ぶりが私の好奇心をかきたてたのだ。だが、あれこれ質問することで、本の代金を受け取らないのは、個人的な事情を聞き出すための手段であったかのように思われるのも嫌だった。

彼は私のそんな気持ちを察したようだった。彼のほうからこう言ったのだ。

「この本をお読みになりましたか」

「ええ、全部」

「私の献辞を見てどう思いましたか」

「あなたがこの本を差し上げたあの女性は、卓越した存在の方だったのだなということは、すぐにわかりました。あの献辞は、決まり文句の献辞とはまったく違うものでしたから」

「ええ、そうです。あの人は天使でした。ほら、この手紙を読んでみてください」

そう言って彼は何度も読み返したあとが見られる紙片を差し出した。

便せんを広げるとそこにはこんな文面があった。

「愛しいアルマン。お手紙受け取りました。あなたは今でもやさしくしてくださるのですね。ありがたいことだと思います。ええ、私は寝ついてしまいました。あの情容赦ない病気のせいです。それでも、あなたが今でも私を気遣ってくださっていることを思うと、病の苦しみもだいぶ楽になるような気がします。私の病を癒すことができるものが存在するとしたら、それはあなたのやさしい言葉を綴ったこの手紙でしょう。私に残された時間は長くありませんので、先ほど届いたこの手紙、やさしい手紙を書いてくださったあなたの手、愛しいその手をもういちど握りしめることはできそうもありません。もうお会いすることはないでしょう。死は私の近くまで来ているし、あなたはとても遠いところにいるのですから。かわいそうなあなた。あなたの愛したマルグリットは、すっかり変わり果てた姿になってしまいました。こんな姿を見るぐらいなら、もう会えないほうがあなたのためですね。あなたは私に許してくれるかと問いました。ええ、もちろんですとも。だって、あなたが私につれなくしたのは、それだけ私を愛しているという証拠ですもの。すでに一か月、寝たきりの生活です。あなたに立派だと思っていただきたい一心で、あなたとお別れしたあの日から、毎日、日記をつけています。ペンを持つ力がある限りは書き続けるつもりでおります。

もし、あなたの私への気持ちが本物でしたら、パリに戻ったときに、ジュリー・デュプラを訪ねてください。私の日記をあなたに渡すよう頼んであります。私たちがこういうことになった、その理由と釈明がそこに書いてあります。ジュリーは親切な人です。彼女とはよくあなたのことを話しているのです。あなたの手紙が届いたとき、彼女はちょうどこの部屋にいたので、一緒に手紙を読み、一緒に泣きました。

あなたからもう手紙が来なくても、あなたがフランスに戻ってきたら、その日記をあなたに渡すようジュリーにお願いしました。ただ、それを読んでも、申し訳なく思ったりしないでください。毎日、日記を書きながら、人生でたった一度の幸せな日々を思い出すことは、私にとって大きな救いなのです。あなたが、私の日記を読み、あのとき私がどうしてああせざるをえなかったのかを理解してくだされば、私にはもう思い残すことはありません。

あなたにいつまでも私のことを思い出していただけるように、形見の品を遺したいところですが、家にあるものはすべて差し押さえられてしまい、私の持ち物はないのです。

おわかりになりましたでしょう？　私はもうすぐ死にます。この寝室にいても、サロンにいる見張り番の足音が聞こえるのです。債権者たちが、何も持ち出されないよう、私が生きていても何も私のものにはできないように見張り番まで送り込んできたのです。せめて競売にかけるのは、私が死んでからにしてほしいものです。

ああ、人間って非情なものですわね。いえ、間違っているのは私のほうかしら。神は正しく、厳格なお裁きをなさるのですね。

そんなわけで、あなた、私の競売にいらしてください。そして何か落札してください。だって、どんなに小さいものでも、何かあなたのために取り置いたりしたら、それが見つかってしまったときに、差し押さえ品を横領した罪であなたが訴えられかねないのです。

もうすぐ終わりとはいえ、なんと悲しい人生でしょう。

死ぬ前にもういちどあなたに会わせてくださるようお祈りしているのですけれど、何が起ころうと、もうお会いできそうにはありませんね。これ以上長く書けない私を許してください。もう手に力が入らないのです。お医者様が病気が治ると言うので血を抜いてもらったところ、すっかり疲れ果ててしまいました。

マルグリット・ゴーティエ」

確かに、最後のほうは、かなり字が乱れていた。

私はアルマンに手紙を返した。彼もまた、私が手紙を読むあいだ、頭のなかで同じ手紙を読み返していたに違いない。その証拠に彼は私から手紙を受け取りながらこう言ったのだ。

「こんな手紙を娼婦(しょうふ)が書いたと聞いて、誰が信じるでしょうか」

彼女を思い出して、感極まったのだろう、彼は手紙の筆跡をじっと見つめたあと、手紙に口づけた。

「会えないまま死なせてしまった。しかも、もう二度と会うことはできないと思うと、僕は自分が許せません。彼女が僕のためを思い、実の妹でさえできないような貴い行為に及んだことを思うと、あのようなかたちで彼女を死なせてしまった自分が許せないのです。

ああ、彼女はもういない。僕を想い、僕に手紙を書き、僕の名を呼びながら死んでいったのだ。かわいそうなマルグリット」

アルマンはもはや激情に身をまかせ、滂沱(ぼうだ)の涙を流しながら私に手を差し出し、こう言った。

「死んだ女のために嘆く僕を見て、世の人々は子供のようだと思うでしょうね。でも、それは、僕が彼女にどんな仕打ちをしたか、どんなに冷酷に振る舞ったか、それなのに彼女がどんなに善良で、潔い女であったかを知らないから、そんなふうに思うんです。これまで、僕のほうが彼女を許してやる立場だと思っていました。それが今や、僕は彼女に許される資格さえないとまで思っているんです。ああ、彼女の足元にひれ伏して一時間泣きぬれることができるのなら、寿命が十年縮もうともかまいません」

他人の痛みを慰めようにも、それが自分の経験したことのない痛みとなると、どう慰めればよいものか、見当さえつかない。それでも、私はこの青年に心から同情していた。これだけ正直に苦しい胸のうちを明かしてくれたのだから、私が何か言えば耳を傾けてくれるかもしれない。そう思って私は彼に声をかけた。

「ご両親やお友達はいらっしゃらないのですか。絶望してはいけません。親しい方にお会いになれば、少しは心が慰められるのではないでしょうか。私にはただあなたをお気の毒に思うことしかできません」

「ええ、そうでしょうね」彼は立ち上がり、私の部屋をせかせかと歩き回りながら言った。「ご迷惑をおかけしましたね。申し訳ありません。僕の苦しみなどあなたにとっては大して意味のないことだというところまで考えが及びませんでした。ええ、他人には関心のもちようがないこと、興味をもつなどありえないことでしたね」

「おや、誤解なさったようですね。私はあなたの味方ですよ。ただ、あなたの心痛を癒すことができない自分の無力さが残念なだけです。もし、私の知人やその仲間であなたの気持ちを晴らすことができる者がいるならご紹介しますし、何であれ、あなたが私を必要となさるのなら、喜んでお役に立ちたいと思っていますよ」

「ああ、すみません、すみません。苦しみのあまり気が昂（たかぶ）ってしまいました。涙をぬぐうあいだ、もう少しだけここにいさせてください。このまま外に出れば、大の男が泣くなんてと世間から好奇の目で見られてしまいます。この本を僕にくださっただけで、あなたはもう充分、僕のために尽くしてくれました。どんなに感謝してもしきれないほどです」

私はアルマンに言った。

「私を少しばかり友達と思って、ご心痛の理由を話してみませんか。苦しみを語ることで人は慰められるものでしょう」

「ええそうですね。でも、今日、僕はただ思う存分に泣きたいばかりで、とりとめのない話しかできそうにありません。いつか、また別の日に、事の真相をお話ししましょう。それを聞けばあなたもきっと、僕がなぜこんなにも彼女の死を悼むのかおわかりになるはずです」

そして、彼はもういちど目元をぬぐい、鏡を覗き込みながら、付け加えた。

「今は、ただ、あなたが僕をだらしない奴だと思わないでくださるよう願うばかりです。また日をあらためて、お目にかかりたいと思います」

青年の眼差しは、善良でやさしく、私は思わず抱きしめてやりたくなった。

だが、そうしている間にも彼の目はまた涙で覆われ、彼自身も私が気づいたことを見て取ったのだろう。青年は私から目をそらした。

「気をしっかり」と私は彼に声をかけた。

「では、さようなら」と彼は応えた。

これ以上泣くまいと必死に涙をこらえ、アルマンは逃げるように我が家をあとにした。

カーテンを開けて覗くと、アルマンが扉の前に待たせてあった二輪馬車（カブリオレ）[34]に乗り込むのが見えた。だが、馬車に乗るなり、涙があふれてきたのだろう、彼はすぐにハンカチに顔をうずめたのだった。

5

アルマンについては何も聞かぬまま、しばらく時間がたった。だが、その一方で、マルグリットの名は、頻繁に耳にするようになっていた。

意外に気づかないものかもしれないが、知らない人、もしくはこれまで関心のなかった人についても、ひとたびその名を耳にすると、その名にまつわる細かな情報が次々と集まってきて、ついには友人たちが揃（そろ）いも揃って、これまであなたに聞こえて

34　座席は二人乗りだが、片方は御者席となる。馬一頭で引く。

こなかったような話を口にするようになるものだ。そこでようやく、その人物が手を伸ばせば届くような距離にいたこと、今まで意識していなかったものの、幾度となく自分の人生に関わりをもっていたことに気がつくのだ。さまざまな人から聞かされた話と自分自身の人生に起こった出来事とのあいだに偶然の一致を見出し、深い結びつきがあったと知ることもあるだろう。もっとも、私とマルグリットの場合は、事情が少し異なり、私は以前から、彼女を見かけたり、居合わせたりしたことがあったし、彼女の顔や習慣を知っていた。だが、あの競売以来、彼女の名を聞く機会が増えたうえに、前章で述べたようなこともあって、彼女のためにあれほどまでにひどく心を痛めている人物の存在を知り、さらに驚きは増し、好奇心を刺激されていたのだ。

そんなわけで、私は、これまでマルグリットの話をしたことがなかった友人たちにも、誰かれなくこんなふうに訊いてみるようになった。

「マルグリット・ゴーティエという女性を知ってるかい」

「ああ、あの椿姫か」

「そうだ」

「よく知っているよ」

この「よく知っている」には、どう考えても言外の意味を勘繰らざるをえない笑みが伴うこともあった。

「で、どんな女性だったのかな」と私はさらに訊いてみた。

「いい娘だよ」

「それだけ？」

「おやおや、確かに、そこらの女に比べれば気が利くし、ちょっとばかり情が厚い印象かな」

「ほかに何か特別な話は聞いてないかい」

「G男爵を破産させたとか」

「それだけ？」

「とある老公爵の愛人だった」

「本当にそういう関係だったのかな」

「そういう話を聞いたよ。とにかく、老公が彼女に相当貢いでいたのは確かだ」

たいていはこんなふうに、世間の噂程度の話しか出てこない。

だが、私が知りたかったのは、あの青年、アルマンとマルグリットの関係だ。

ある日、私は名の知れた娼婦たちと次々と関係を結んできた人物と会う機会があり、彼にも訊いてみた。

「マルグリット・ゴーティエという女性を知っていますか」

おなじみの「よく知っているよ」という返答があった。

「どんな人だったのですか」

「きれいで良い娘だったよ。死んだと聞いて本当に残念だ」

「彼女のお相手にアルマン・デュヴァルという青年はいませんでしたか」

「背が高いブロンドの青年かい？」

「ええ」

「ああ、いたね」

「あのアルマンという青年は、どういう人なんでしょう」

「あいつは、わずかな持ち金をマルグリットのために使い果たし、彼女と手を切らざるをえなくなったという話だ。マルグリットに夢中だったらしい」

「で、彼女のほうは？」

「彼女のほうも長いあいだ、かなり本気だったと聞いたよ。でも、ああいう女の愛は、普通の女の愛とは違うからね。できないことまで、求めちゃいけないよ」

「アルマンはどうなったのでしょう」

「さあ、知らないね。そんなに親しいわけじゃないから。五、六か月はマルグリットと一緒だったようだけれど。パリではなく田舎で暮らしていたんだろう。マルグリットがパリに戻ってきたと思ったら、アルマンはパリを離れた」

「あなたはそれ以来、彼に会っていないんですね」

「ああ、一度も」

かくいう私もあれから一度もアルマンに会っていなかった。私の家を訪ねてきたとき、アルマンはマルグリットの死を知ったばかりで気持ちが昂り、過去の恋、そしてその結果生じた苦しみを、やけに大げさに考えてしまっていたのではないかと思うようになっていた。そして、あの青年はもう恋人の死も、私との再訪の約束も忘れているのではないだろうかと思うこともあった。

いや、ほかの人が相手なら、私のそんな想像もまんざら的外れではなかったろうが、アルマンの絶望ぶりには真心が感じられた。そう思うと、先ほどまでとは正反対の可能性もあるような気がしてきた。極度の心痛はやがて肉体をも蝕んだのかもしれない。彼の消息がまったく耳に入ってこないのは、彼が病気だから、いや、もしかすると心痛のあまり死んでしまったのかもしれない。

私は自分でも気がつかぬうちにあの青年に心惹かれていた。彼への関心のなかには、自分勝手な思惑も含まれていた。あれだけ深い苦しみに沈むからには、何か感動的な話が聞き出せるかもしれない。彼の苦痛の陰にある物語を知りたいという願望があるからこそ、私はアルマンが何も言ってこないことを気にかけているのかもしれない。

いつまでたってもアルマンがやってこないので、私は自分のほうから彼を訪ねようと思い立った。口実はいくらでもある。だが、困ったことに、私は彼の住所を知らなかった。何人かに訊いてみたが、誰も知らないのだ。

私はアンタン通りのマルグリットの家に行ってみた。門番ならアルマンの住所を知っているかと思ったのだ。だが、以前の門番はもうおらず、新しい門番はアルマンのことを知らなかった。そこで、ゴーティエ嬢が埋葬されたのはどこの墓地かと訊いてみた。彼女はモンマルトル墓地に埋葬されたという[35]。

四月になっていた。天気も良い。墓を訪れても冬場ほどつらく重苦しい気持ちにはならずにすむだろう。要するに、このくらい暖かくなれば、安心して死者を思い出し、訪ねることもできるというわけだ。マルグリットの墓を見れば、アルマンがまだ彼女の死を悼んでいるのか、確かめることができるだろうし、あわよくば彼の消息を知ることもできるかもしれないと思いつき、私はモンマルトル墓地に向かった。

まず墓地の管理人室を訪ね、二月二十二日にマルグリット・ゴーティエという女性が埋葬されたのを確かめることにした。

管理人は、埋葬者の名前と番号が記載された分厚い台帳をめくり、確かに二月二十二日の正午にマルグリット・ゴーティエの名で埋葬された女性がいると答えた。

私は管理人に案内を頼んだ。墓地には生者の市街と同様に「住所」があるのだが、目印なしに彼女の墓にたどり着くのは難しい[36]。管理人は庭師を呼び、案内させようとしたが、最後まで聞かぬうちに庭師が私のほうを見て言った。

「はいはい、わかりました。あの墓ですね。あれならすぐわかりますよ」

35　モンマルトル墓地には、マルグリットのモデルになったマリ・デュプレシスの墓がある。デュマ・フィス自身の墓もそのすぐ近くにある。

36　墓地にも番地表示があり、現在は観光用に著名人の墓を示した地図も販売されている。

「どうしてですか」

「お供えの花が尋常じゃありませんから」

「あなたが墓の手入れをなさっているんですか」

「ええ、そうです。ほかの遺族の方も、私にあの墓の手入れを頼んできたあの青年みたいに、丁重に死者を悼んでくれたらいいんですけどねえ」

　庭師は私を連れて何度か角を曲がり、やがて足を止めた。

「ほら、そこですよ」

　確かに、白い大理石の墓碑がなかったらとても墓所だとは思えないほど、長方形の敷地いっぱいに花があふれていた。

　白い大理石がまっすぐに立ち、鉄柵に囲われた墓所は、一面が白い椿の花で埋め尽くされていたのだ。庭師が言う。

「すごいでしょう?」

「きれいですね」

「花がひとつでもしおれたら、新しいものに取り換えるように言われているんです」

「誰に言われたんですか」

「若い男性ですよ。最初に来たときは、号泣なさっていました。故人とよほど深い仲だったんでしょうね。なにしろ、故人は艶っぽいご職業の方でしたんでしょう。とてもおきれいな方だったとか。ご存じですか」

「ええ、まあ」

「あの青年のように、昵懇の仲だったとか」

庭師の顔に意味ありげな笑みが浮かんだ。

「いや、言葉を交わしたこともないよ」

「それなのに、こうして墓参りまでなさるとは、おやさしいことで。だってねえ、生きているときに会いに来ていた人が皆、お墓まで来るわけじゃありませんからね」

「誰も来ないんですか」

「ええ、誰一人。唯一の訪問は、例のお若い男性だけ。彼も一度来たきりです」

「一度だけ?」

「はい」

「それ以来、現れていないのですか」

「ええ、でも、お戻りになったら、また来ると」

「ということは、どこか遠くに行っているのですね」

「ええ」

「どこにいるかご存じですか」

「ゴーティエ嬢のお姉さんのところだと思います」

「そこで何を」

「故人の墓を移す許しをもらいに行っているらしいです」

「どうしてここではだめなんでしょう」

「まあ、死んだ人についての考え方は人それぞれですからね。私どもは毎日、それを目の当たりにしておりますよ。この墓所は五年の契約ですから、あの方はもっと長く安心して眠れる墓所、もっと広いところをお探しなのです。新しい墓地のほうがいいでしょうからね」

「新しい墓地ってどこですか」

「現在、売り出し中の左側の区画です。この墓地だって、昔から今のようにちゃんと手入れしてきたのなら、もっとましなものになっていたんでしょうけど、まだまだあちこち手を入れないとまともな状態にはなりません。それに人間というのは妙なものですからねえ」

「といいますと？」

「こんなところでも威張りたがる人がいるんです。つまりですね、ゴーティエ嬢は、まあ、こう言っては何ですが、堅気の人じゃなかったわけでしょう。でも、今はもう、おかわいそうに亡くなっているわけだ。あの世に行ってしまえば、高貴なご婦人たち、私どもが毎日水をかけているあの墓石の下に眠る方々とどこが違うというのでしょう。それなのに、ゴーティエ嬢のすぐ横の墓に近親者を埋葬している人たちが、ゴーティエ嬢の生前の生業を知った途端、あんな女をここに埋葬するなんてとんでもない、貧しい者には貧しい者の墓地、あの手の女には、それ相応の墓地があるだろうと言うんですよ。そんな話がありますか。私はもうそんな人をたくさん見てきました。金利だけで暮らせる裕福な人間が、季節ごとの墓参すらせず、自分で花を持ってくるとはいえ、大した花じゃない。故人のために泣いているようで、実は墓の維持費のことを考え、墓石には涙をそそる言葉を刻みながらも、実際に墓前で涙を流すことすらない。そんな人が、隣の墓所に眠る人に文句をつけるんですからね。ねえ、聞いてくださいよ。私は、ゴーティエ嬢がどんな方かは知りません。何をなさっていたのかもね。でも、私はこの方が好きなんです。ええ、だからこうしてお世話させてもらっている。椿の花のお代だって、ぼったくったりしてませんよ。ええ、この方は私のお気に入りなんです。ええ、そうです。私どもは、亡くなった方を好きになってしまうんですよ。これでも、墓地の仕事はいろいろ忙しくて、生きている方に愛情を注ぐ暇なんてありませんからね」

私は庭師を見つめた。読者のなかにはきっと、私がこの男の話を聞きながら、どれほど感動を覚えたことか、説明しなくてもわかってくれる人がいるだろう。

庭師のほうでも私の思いに気づいたのだろう。さらにこう言った。

「この方のために破産した人もいるとか。この方に惚れ込んだ男たちもいたことでしょう。でもね、花一輪だって買って持ってこようとした人はいないんですよ。なんて奇妙で悲しいことでしょう。それでも、この方なんて幸せなほうです。こうしてちゃんと墓もあるわけだし、思い出してくれる人が一人しかいなくても、その一人がほかの人の分までやってくれるんですから。だって、同じような生業の、同じような年齢の気の毒な娘たちは、たいていが共同墓に投げ込まれて終わりですよ。あの娘らの遺体がどさりと投げ出される音を聞くと、私はかわいそうで胸が痛くなる。しかも、死んでしまったら、もう誰もあの娘たちのことなど気にかけない。私だって、こういう商売ですからね、つらいときもありますよ。気持ちってものがあるからなおさらですよ。だからってどうしたらいいのでしょう。ねえ、どうしようもないじゃないですか。私にもね、二十歳になる器量よしの娘がいるんです。同じぐらいの年齢の女の子が遺体になってやってくると、娘の顔が浮かんでね。たとえそれが貴族のお嬢さんだろうと、宿なし女だろうと、心が動かされるんですよ。

ああ、私の話なんかして迷惑でしたね。こんなことを聞きにいらしたんじゃないんでしょう。ゴーティエさんの墓所に案内しろと言われましたから、はい、ここでございます。ほかに何かご用はありますか」

「アルマン・デュヴァル氏の住所はご存じでしょうか」

「ええ、あの方なら、××通りにお住まいですよ。いや、少なくとも、私があの花のお代を受け取りに行っているのは、そこのお宅です」

「ありがとう」

私は、最後にもういちど花に埋まった墓に目をやった。ふと、土の底を探り、美しいマルグリットがどうなったのか見てみたい衝動にかられたが、私は悲しい気持ちでその場をあとにした。

出口に向かう途中、横を歩いていた庭師が尋ねた。

「デュヴァルさんにお会いになるつもりですか」

「ええ、そうです」

「きっとまだお戻りになっていないはずですよ。戻っているなら、ここに来ているはずですから」

「じゃあ、あなたは彼がまだマルグリットを忘れていないと思うんですね」

「ええ、もちろん。忘れるどころか、あの方が墓を移すと言いだしたのは、もういちどゴーティエさんの姿を見たいからだと思いますよ。きっとそうです」

「何ですって」

「だって、あの方は、最初に墓地にいらしたときにこう言ったんです。『どうしたら、もういちど彼女に会えるだろう』って。そしたら、埋葬し直すしかないじゃないですか。だから、私はあの方に墓所を変えるために必要な手続きを何から何まで教えてさしあげたんです。別の墓に埋葬し直すには、いろいろ手続きが必要なんですよ。申請できるのは親族だけだし、警官を立ち会わせて、遺体の確認もしなくてはならないんです。だからこそ、あの方は、ゴーティエさんのお姉さんに許可をもらいに行ったわけですし、お戻りになればすぐにこの墓地にいらっしゃることでしょう」

ちょうど、墓地の出口に着いた。私はもういちど庭師に礼を言い、その手に心付けを忍ばせると、彼の教えてくれた住所に向かった。

アルマンは戻っていなかった。

そこで、パリに着いたら会いに来てほしい、もしくはどこで会えるか教えてほしいと書き残しておいた。

翌朝、私のもとにアルマンから手紙が届いた。そこには、パリに戻ってきたこと、疲労困憊（こんぱい）して外出できないので、会いに来てほしいということが書いてあった。

6

アルマンはベッドのなかにいた。

私に気がつくと、彼は横になったまま手を差し出した。その手は燃えるように熱かった。

「熱があるじゃないですか」

「大したことありません。急ぎの旅だったので疲れただけでしょう」

「マルグリットのお姉さんのところに行っていたとか」

「ええ、そうです。誰から聞いたのですか」

「ちょっとね。で、思い通りになったんですか」

「ええ。でも、僕が出かけていたことや、その目的まで知っているなんて、いったい誰があなたに話したんでしょう」

「墓地の庭師ですよ」

「じゃあ、墓をご覧に?」

答えようとして、はたと気づき言葉を控えることにした。というのも、その語調だけで、彼が今もまだ、私のもとを訪れたときに見せたあの深い悲しみのなかにあり、彼女について考えたり、誰かが話題にしたりするだけで心痛がぶりかえしてしまう状態にあって、その心の痛みはまだ当分のあいだ意志で抑え込むのが難しいほど生々しい感情であるとわかったからだ。

私はうなずくだけにとどめた。だが、アルマンは続けた。

「きれいに手入れされていましたか」

両の目からこぼれた大粒の涙がアルマンの頰を伝い、彼は私にさとられまいと顔をそむけた。私はその涙に気づかなかったふりをして、話題を変えようとした。

「三週間ほど留守にしていたんですってね」

アルマンは目元をぬぐい、答えた。

「ええ、ちょうど三週間です」

「けっこう長いご旅行でしたね」

「いいえ、ずっと旅していたわけではありません。そのうち二週間は病気だったのです。元気だったらもう少し早くパリに戻っていたことでしょう。でも、目的地に着いてすぐに熱を出してしまいまして、しばらくホテルの部屋から出られなかったのです」

「そして、病身のままお帰りになったということですか」

「あと一週間あっちに残っていたら、死んでいましたよ」

「でも、こうしてご自宅に戻ったのですから、ちゃんと治さなくてはいけませんよ。お友達も見舞いにいらっしゃるでしょう。あなたさえよろしければ、私も早々に再訪させていただきます」

「二時間ほどで、起き上がれると思います」

「何を無茶な」

「どうしてもやらなくてはならないことがあるんです」

「何をそんなに急いでいるんですか」

「警察に行かないと」

「そんなことをしたら病気がひどくなりますよ。誰かに頼めばいいではないですか」

「いいえ、僕の病気を治すにはそれしかないんです。もういちど彼女に一目会わなくては。彼女の死を知ってから、僕はまともに眠っていません。墓を見てからはますます眠れなくなりました。別れたとき、あれほど若く美しかった彼女が死んでしまったなんてどうしても信じられないのです。自分の目で確かめるしかありません。僕があれほどまでに愛した人に神様が何をなさったのか、自分の目で見たいのです。悲惨な状態を目にすることで、思い出しては絶望に暮れる日々に終止符を打てるかもしれません。もし、ご迷惑でなければ、あなたにご同行をお願いしてもよろしいでしょうか」

「彼女のお姉さんはあなたに何と言ったのですか」

「特に何も。見知らぬ人間が来て、新しい墓所を購入しマルグリットのための墓を建てたいと言ったものだから、ひどく驚いていましたよ。僕が頼んだらすぐにサインしてくれました」

「悪いことは言いません。墓を移すのは、あなたが元気になってからのほうがいい」

「大丈夫です。ご心配なく。それよりも、決めたからには、一刻も早く実行しないと、気がすまないのです。苦しみから逃れるためにも、これを成し遂げることが必要なんです。マルグリットの姿を一目見るまで、僕は心の平穏を得ることができないのです。熱のせいで身体がほてり焦燥感を募らせているのかもしれません。不眠のあまり白昼夢を見ているのかもしれません。悪夢のすえの戯言かもしれません。彼女の姿を見た後、僕はランセ氏[37]のように俗世を捨てなくてはならないかもしれない。たとえそう

37 一六二六〜一七〇〇年。若い頃の放蕩生活を悔いあらため、シトー修道院に入り、そののち、トラピスト修道会を創立。シャトーブリアンの作品に『ランセ伝』(一八四四年)がある。

なったとしても、僕は彼女に会いたいのです」

「わかりました。あなたの言うとおりにしましょう。ところでジュリー・デュプラにはお会いになりましたか」

「ええ。そう、あの最初にパリに戻ってきた日に、すぐに会いに行きました」

「マルグリットがあなたに残したという日記はお受け取りになりましたか」

「ええ、ここにあります」

アルマンは枕の下から紙の束を出すと、すぐに元の場所に戻した。

「ここに書いてあることはもう暗記してしまいました。この三週間、日に十回は読み返しましたから。あなたにもお見せしましょう。でも、今は無理ですよ。僕が心の平穏を取り戻し、ここに込められた彼女の想い、彼女の愛の告白をあなたにきちんと説明できるようになってからにいたしましょう。

それよりも、すぐにお願いしたいことがあるのです」

「何でしょう」

「下に馬車を待たせていますか」

「ええ」

「では、僕の身分証明書をお渡ししますから、郵便局に局留めで僕宛ての手紙が届いていないか、見に行っていただけませんか。父と妹が手紙をよこしているはずなんですが、出発を急ぐあまり、郵便局に立ち寄る暇さえなかったんですよ。あなたが郵便局からお戻りになったら、一緒に警察に行って明日の改葬の届けを出しましょう」

アルマンから身分証明書を受け取り、私はジャン＝ジャック・ルソー通り[38]の郵便局に行った。

アルマン宛てに手紙が二通来ていたので、私はそれを受け取り彼の家に戻った。

私が戻ると、アルマンはすでに服を着替え、外出の準備を整えていた。

「ありがとう」と言いながら彼は手紙を受け取り、差出人の名を見ながらつぶやいた。

「ああ、父と妹からだ。返事が来ないので心配しているだろう」

彼は手紙を開封した。それぞれ便せん四枚はある長い手紙だったが、大して読まないうちに内容を推し量ったようだった。しばらくすると、彼は手紙を折り畳み、言った。

38 パリ一区。現レ・アル地区。一七七〇年から八年間、哲学者ルソーがここに住んだのがその名の由来。

「行きましょう。返事は明日でいい」

私たちは警察署に行き、マルグリットの姉に書いてもらった書類を提出した。

警官は、書類と引き換えに墓地の管理人に提出する通知書を発行してくれた。改葬は翌日午前十時とし、一時間前に私が彼を迎えに行き、そのまま一緒に墓地まで行くことになった。

私自身も、こんな奇妙なことに同席できると思うと好奇心がかきたてられ、正直なところ眠るどころではなかった。

私でさえさまざまな思いに襲われたのだから、アルマンにとってもさぞや長い夜だったに違いない。

翌朝九時、アルマンの家に行くと彼はひどく青ざめた顔をしていたが、落ち着いた様子だった。

彼は私に微笑み、手を差し出した。

かたわらのロウソクはすっかり燃え尽きていた。外出する際、アルマンは父宛ての手紙を手にした。かなり厚みのある封筒だったので、昨夜、心に浮かぶさまざまな思いを切々と書き綴ったのだろう。

三十分ほどでモンマルトル墓地に着く。

立ち会いの警官はすでに到着していた。

ゆっくりと歩いてマルグリットの墓に向かう。警官が先頭を歩き、アルマンと私が少し離れて続いた。

私はアルマンの腕をとって歩いていたのだが、ときおり、戦慄(せんりつ)が身体を駆け抜けたかのように、彼の腕が急に細かく震えだすのを感じ、思わず彼のほうを見てしまった。彼のほうでも私の視線に気がつき、微笑み返してきた。だが、彼の家を出て以来、私たちは二人とも一切言葉を交わしていなかった。

墓の少し手前で彼は立ち止まり、大粒の汗が滴る顔をぬぐった。

私もその隙(すき)に一息ついた。というのも、私自身、胸を締め付けられたかのように苦しくてたまらなかったのだ。

このような奇怪なことに立ち会うときの苦痛でありながらも胸が躍るような気持ちは、いったいどこからくるのだろう。墓所に着くと、すでに庭師が椿の花の鉢をすべて取りのけてあり、鉄柵もはずされていた。二人の男が土を掘り返している。

アルマンは木にもたれかかり、それを見つめていた。

その姿は、まるで全身が目になったかのようであった。

とつぜん、片方の男の手にしたツルハシが堅い石にあたり、カツンと音をたてた。

その音を聞いた途端、アルマンは電気が走ったかのように身を引き、痛いほど強く私の手を握りしめた。

墓掘人が大きなシャベルを手に取り、墓穴の土を少しずつよけていく。さらに棺(ひつぎ)の周囲に石が残るだけの状態になったところで、シャベルを置き、石をひとつずつ取り出していく。

私はアルマンをじっと見ていた。彼が激しい苦しみに必死に耐えているのは見ればわかった。だからこそ、私は、彼がついに我慢できなくなって倒れてしまうのではないかと心配したのだ。だが、彼はまったく目をそらそうとしなかった。ただならぬ様相で、大きく目を見開き、じっと見つめている。痙攣(けいれん)のように震える頬や唇(くちびる)だけが、彼が激しい神経発作と闘っていることを示していた。

かくいう私はというと、ただひたすら、ここに来たことを後悔していた。

棺がすっかり姿を現すと、警官が墓掘人に命じた。

「開け」

男たちは、ごくあたりまえのように命令に従った。

棺は樫材でできていた。男たちは棺の蓋に打たれた釘を抜き始めた。土の湿り気で釘が錆びついていたため、けっこう手間取ったものの、ついに棺桶の蓋が開いた。棺の中には香草が敷き詰められていたが、それでも、周囲に腐敗臭が広がった。

「ああ、神様……」アルマンの顔がさらに白くなった。

墓掘人までが思わず身を引いた。

遺体を覆う大きな白い布ごしに曲線をおびた輪郭が浮かんでいる。白い布の四隅のひとつはすっかり形を失っており、死体の足が覗いていた。

私は気分が悪くなりそうだった。こうして書いている今も、あの光景が重苦しく、生々しいまでに迫ってくる。

「急ぎましょう」警官が言った。

墓掘人の一人が手を伸ばし、白い布をほどき、端を引くと、いきなりマルグリットの顔が現れた。

見るも恐ろしい光景だった。こうして書くのも悍ましい。

ふたつの目はもはや空洞でしかなく、唇もない。白い歯はぎゅっと嚙みしめられている。艶を失った黒い髪がこめかみにはりつき、緑色と化した頰のくぼみにかかっている。だが、その顔に、私はかつて何度も目にした、色白の頰を薔薇色に染め、幸せそうにしている彼女の表情を見たのである。

アルマンもまたその顔から目をそらすことができず、口にやったハンカチをきつく嚙みしめていた。

一方、私はといえば、頭が鉄の輪に締め付けられたかのようにきりきりと痛み、目は霞み、耳鳴りがし、念のため持って来ていた小瓶を取り出し、塩の香りを強く吸い込むのがやっとであった。[39]

今にも気を失いそうななかで、警官がアルマンに問いかける声が聞こえた。

「本人に間違いないですね」

アルマンは辛うじて聞こえるほどの声で「はい」と答えた。

「よし、棺を閉じろ。運んでよろしい」

墓掘人は遺体の顔に白い布を掛け直し、棺を閉じると、前と後ろに分かれて棺をかつぎ、指示された場所へと運んでいった。

アルマンはそのまま立ち尽くしていた。その目は空になった墓穴を見ていた。その顔は、つい先ほど目にした死者と大差ないほどに白く、色を失っていた。まるで、石になってしまったかのようだった。

遺体が見えなくなったことで気が緩み、支えを失ったとき、彼がどうなってしまうか、私には想像できた。

私は警官に歩み寄り、アルマンについて確認した。

「まだ彼の立ち会いが必要でしょうか」

「いいえ。早くお帰りになったほうがよさそうだ。かなり体調が悪そうですし」

私はアルマンの腕をとり、「さあ、行きましょう」と告げた。

「何ですって」

彼は見知らぬ人に話しかけられたかのような目で私を見た。

「もう終わりましたよ。帰ったほうがいい。真っ青じゃないですか。寒いんでしょう。そんなに思いつめたら死んでしまいますよ」

「ああ、そうですね。行きましょう」

39　当時、塩は気付け薬として用いられていた。

彼はうわの空で応えたものの、歩きだそうとはしない。

仕方がないので、私は彼の腕をつかみ、半ば強引に彼を連れて歩き出した。

アルマンは子供のように私のなすがままになっていたが、ときおり、思い出したようにつぶやいていた。

「彼女の、あの目、ご覧になったでしょう」

そして、まるで、たった今、目にしたばかりの光景に呼ばれたかのように、後ろを振り返るのだ。

しかし、やがて彼の足取りがおぼつかなくなってきた。足を動かすだけでもがくがくと身体が揺れ、歯の根が合わず、手が冷たくなったかと思うと、神経の発作のように全身が激しく痙攣し始めた。

私が声をかけても応えない。

彼は私に身を預けるばかりだった。

墓地の出口まで来ると、ちょうどいい具合に、馬車が客待ちをしていた。

馬車に乗り込んだ途端、アルマンの震えはさらにひどくなり、いよいよ本格的な神経発作が始まったようだった。だが、そんななかでも、彼は、心配させまいとして私の手をとり、囁くような声でこう言ったのだ。

「大したことありません。大丈夫です。泣きたいだけです」

確かに、息を荒らげ、目を真っ赤にしていたが、涙は出てこない。

私は先ほど使った塩の小瓶を彼に嗅がせた。彼の家に戻っても、震えだけは続いていた。

私は使用人の手を借りて、彼を寝かしつけた。さらに暖炉にどんどん薪をくべさせ、部屋を温めた。馬車を走らせ、自分のかかりつけの医者のところに行き、これまでのことを話して聞かせた。

医者は大急ぎで来てくれた。

アルマンの顔色は赤黒く、悪夢にうなされているようだった。途切れ途切れに何かつぶやいていたが、唯一聞き取れたのは、マルグリットの名前だけだった。

「どうでしょう」診察を終えた医者に私は尋ねた。

「きっと脳炎でしょうね。彼にとっては幸いだ。こんなことを言うのもなんですがね、もう少しで心のほうが壊れていたかもしれません。肉体の病は、心の病を治してくれますからね。一か月もすれば、心身ともに元気になりますよ」

7

アルマンが罹った病気は、急激に悪化して死に至る危険があるものの、ひとたび快方に向かえば治りも早いものであった。

墓地の一件から二週間もすると、アルマンはすっかり回復に向かい、その間に、私たちはすっかり打ち解けた仲となった。彼が寝込んでいるあいだ、私はほとんど毎日のように彼に付き添っていたのである。

春も盛りとなり、花が咲き、若葉が芽吹き、鳥がさえずっていた。アルマンの部屋にも、庭に向けて開け放った窓からさわやかな息吹が漂ってきていた。

医者からも起きてよいと言われ、一日のうちでいちばん陽が照って暖かい正午から二時ぐらいまで、私たちは開いた窓のそばで長々と話し込むようになった。

マルグリットのことは話題にしないよう気をつけていた。表向きは落ち着いたように見えても、名前を聞いただけで、眠っていた悲しい思い出がよみがえり、彼を苦しめるのが心配だったからだ。だが、アルマンは、むしろ、彼女のことを話したくて仕方がないようだった。しかも、以前のように泣きながら語るのではなく、やわらかな笑みを浮かべて話すのだ。そんな彼の様子を見て、私は彼が心の平穏を取り戻したと思い、安堵していた。

墓地を訪れ、壮絶な光景を目にし、それが決定打となって激しい発作に襲われたあと、心の苦しみは病によって極限に至り、マルグリットの死がこれまでとは違う形で受け止められるようになったようだ。死を確かめたことで、ある種の慰めが生まれたのだろう。そして、幾度となく思い出される暗い影を払拭すべく、彼はマルグリットと過ごした幸せな日々の記憶に埋没することを選んだのだ。もう楽しかったことだけしか思い出したくないのだろう。

高熱で消耗し、そしてその回復にも体力を費やした彼にとって、激しい感情は耐えがたいものだった。そこらじゅうにあふれる春らしい浮かれた空気がアルマンを包み込み、彼も無意識のうちに、楽しかったことのほうへ気持ちが向かうようになったのだろう。

彼は、命の危険があるほどの重病だったというのに、それを家族に知らせるのを頑なに拒んでおり、命の危険が去ったのちも、父親には病気を内緒にしていた。

ある晩、私たちはいつもより遅くまで窓辺で語らっていた。すばらしい天気の日だった。太陽は、青い空と黄金の光が織りなす残照のなかで、眠りにつこうとしていた。パリにいるというのに、緑に囲まれているせいか、人里離れた場所にいるかのようで、ごくたまに馬車の音が聞こえる以外、会話を乱す物音はなかった。

「このような季節、このような一日の終わりの夕暮れに、僕はマルグリットと出会ったのです」アルマンは、私の話よりも、自身の心の声に耳を傾けているようだった。

私は何も言わなかった。

するときは私のほうを振り返り、言った。

「やはり、あなたには、この話をしなければなりませんね。そうだ、本を書いてみてはいかがでしょう。読者は誰も信じないかもしれない。それでも、書いてみるのは面白いと思いませんか」

「また別の日にしましょう。今日はまだ本調子ではないようですからね」

すると彼は微笑(ほほえ)んだ。

「今夜は暖かい。先ほど鶏肉(とりにく)も食べることができたし、熱もない。特にすることもないのですから、今からあなたにすべてをお話ししましょう」

「そうまで言うのなら、聞きましょう」

「そんなに込み入った話じゃありませんよ。順を追ってお話ししましょう。後日、何かを書こうというのなら、お好きなように変えてもらってもかまいません」

以下は、私が彼から聞いた話である。この感動的な物語を、私はほとんど変えずそのまま記すことにする。

アルマンは、肘掛け椅子の背もたれに頭を預け、話しだした。

――ああ、そうだ。今日みたいな夕暮れでした。僕は友人のガストン・Rと一緒に田舎で一日を過ごしたんです。夕方にパリに戻り、手持ち無沙汰だったので、そのまま彼とヴァリエテ劇場[40]に行きました。

幕間に廊下に出たところ、背の高い女性が通りかかり、ガストンが彼女に挨拶をしました。

「今、挨拶した女性は誰だい？」

40 一八〇七年創立、モンマルトル大通りに現存。

「マルグリット・ゴーティエだよ」

「彼女、ずいぶん変わったね。すぐにはわからなかったよ」と僕は、ある種の感慨をもって告げました。どうしてそんなふうに思ったのかは、追々、あなたにもわかることでしょう。

さて、友人はこう答えました。

「彼女は病気だったんだ。かわいそうに、長生きはできないかもな」

このときの言葉を僕は今も昨日のように覚えています。

というのも、その二年前から彼女を見かけるたびに、僕は妙な気分になっていたのです。自分でもなぜかはわからないうちに、顔から血の気が引き、胸がどきどきしてしまう。友人に、オカルト科学の研究者がいるのですが、彼はこれを霊性の親和力だと言っていました。でも、僕は、ごく単純に、自分はマルグリットと恋に落ちるよう運命づけられており、その頃から予感があったのだと思っています。

あまりにも毎回、彼女を見るたびに僕がそのような状態になるので、たまたまその現場に居合わせた友人たちは、僕の様子を見て笑ったものです。

彼女を最初に見たのは、証券取引所の広場[41]にあるシュスの店[42]の前でした。無蓋(むがい)の四輪馬車(カレーシュ)[43]が停まり、白いドレスの女性が降りてきたのです。店に入っていく彼女を見ていた人たちのあいだから感嘆の囁(ささや)きが聞こえてきました。僕はといえば、彼女が店に入ってから、出てくるまで、そこから動けませんでした。彼女が商品を選び、購入するのをウインドー越しにじっと見ていたのです。店に入ることもできましたが、そうはしませんでした。彼女が誰か知らなかったし、彼女に興味をもっていることに気づかれ、嫌がられるのが怖かったからです。でも、このときはまだ再会の機会があろうとは思っていませんでした。

彼女はこの日、実に優美な装いでした。ぐるりと裾(すそ)飾りのついたモスリンのドレスに、四隅に金糸と造花の飾りがついたインド織のショール、イタリア製の麦わら帽に、ちょうど流行(はやり)はじめたばかりの目立つ大きな金鎖のブレスレット。

彼女は馬車に乗り、去っていきました。

41 パリ二区。その名のとおり、証券取引所の前の広場。
42 美術品や工芸品を扱う高級店だが、高級衣料やアクセサリーも販売していた。
43 二頭引き御者台付きの高級馬車。

店員の一人が表まで出てきて、この優美な客を見送っていました。僕はこの店員に近づき、あの女性はどなたですかと尋ねました。

「マルグリット・ゴーティエ嬢でございます」

さすがに住所までは訊けず、僕はその場をあとにしました。

彼女の印象、ええ、まさに第一印象です。印象というのは常にそういうものですが、彼女の姿は、心に刻み込まれ、いつまでも消えようとしませんでした。僕はあの高貴なまでに美しい、白いドレスの女性を捜しまわりました。

その数日後のことです。オペラ・コミック座[44]で、大規模な公演があり、出かけました。そして、舞台のすぐ近くの桟敷席に目をやると真っ先に飛び込んできたのが、あのマルグリット・ゴーティエの姿だったのです。

同行していた若い友人も彼女に気づきました。友人は彼女を名指しし、こう言ったのです。

「ほら、美人さんがいるよ」

そのとき、長眼鏡でこちらを見ていた彼女がちょうどこちらに気づいたようで、友人に微笑みかけ、招くような手振りをしました。

「ちょっと挨拶してくるよ。すぐ戻るから」と友人が言うので、僕は思わず彼にこう言いました。

「君、いいなあ」

「何のことだい」

「あんな美人とお知り合いとは」

「おや、彼女に気があるのかい」

「いや」顔を赤らめながらも僕は否定しました。というのも、何を期待しているのか自分でもよくわかっていなかったのです。「でも、お近づきになりたいとは思っているわけさ」

「じゃあ、一緒に来るといい。紹介しよう」

「まず先方に許しを得るべきじゃないのか」

「とんでもない。ああいう女に遠慮はいらないよ。さあ、行こう」

彼の言葉を聞いて、胸が痛みました。僕は震えていました。マルグリットが、この

44　パリ二区、ボワエルデュー広場、ブルゴーニュ館にある劇場。現存。

恋にふさわしい相手ではないことが確実になりそうで怖かったのです。

アルフォンス・カールに[45]『煙草を吸いながら』という作品があります。——ある晩、一人の男が優美な女性に出会い、あまりの美しさに一目惚れし、そのあとをついていきました。彼女の手に接吻するためなら、何でもできそうな気がしてきて、何でも打ち負かすだけの強い意志、何でも実行できるほどの勇気が湧いてくるようでした。彼女が地面につかないようにそっと持ち上げたドレスの裾から艶っぽく足先を垣間見せただけで、のぼせあがってしまうほどに、男はもう彼女に夢中だったのです。男がどうやってこの女をものにしようかと妄想していると、なんと、女のほうから路上で彼に声をかけてきました。そして、自分の部屋に来ないかと誘ってきたのです。

男は目をそらし、道を渡り、すっかり意気消沈して家に帰りましたとさ——というのが話の大筋です。

僕はこの話を思い出していました。僕はこの女のためにどんなに苦しんでもかまわないと思っていました。だからこそ、彼女が早々に僕を受け入れてしまうこと、いつまでも待ち、どんな犠牲を払ってでも手に入れたいと思っていた愛をいとも簡単にくれてしまうのを恐れたのです。男なんてそんなものです。みんなそうでしょう。想像をかきたてられることで、詩情を感じ、肉体の欲望よりも魂の夢を優先させることに幸せを感じるのです。

つまり、「今夜、この女を手にし、明日には殺されてしまうということでもかまわないのか」と問われたら、僕はよしと言ったでしょう。でも、「ルイ金貨十枚[46]渡せば、彼女はあなたのものです」と言われたら、僕はきっと断り、目が覚めたとたん、夢のなかで見たお城が消えているのに気づいた子供のように泣くでしょう。

だが、その一方で、彼女と知り合いになりたいという気持ちもありました。だって、彼女のことをどのように考えればいいか、それを知る方法があるとすれば、それは彼女に会うことです。いや、それしか方法がないではありませんか。

そこで、友人には、先に彼女の許しを得てくるように頼み、僕は廊下をうろうろし

45　一八〇八〜九〇年。当時の流行作家。
46　ルイ金貨一枚が二十フラン相当。ルイ金貨十枚は現在の日本円に換算すると二十万円ほどになる。

ていました。その間ずっと、ああ、もうすぐ彼女に会える、彼女の前で、僕はどんな態度をとってしまうのだろうと煩悶していたのです。会ったら何を言おうか、今のうちに考えておこうとも思いました。恋とはなんとも幼稚なことをさせるものですね。

しばらくすると、友人が桟敷席から出てきました。

「ほら、彼女が待っているよ」

「一人なのかい」

「女の連れが一人いた」

「男はいないんだな」

「いないよ」

「じゃあ、行こう」

だが、友人は劇場の出口に向かったのです。

「おや、桟敷席はこっちだろう?」

「ボンボンを買いに行くのさ。彼女に頼まれたんだ」

僕たちはオペラ・コミック座の近く、パッサージュ[47]のなかにある菓子屋に入りました。

僕は店中の菓子を買い占めたい思いでした。どのボンボンを選ぼうかと眺めているうちに、友人が言いました。

「砂糖漬けのレーズンを一リーヴル[48]」

「彼女の好みを知っているんだね」

「ああ、いつもこれなんだ。皆、知っているよ」

　店を出ると友人は続けました。

「そうそう、彼女がどんな女か、わかっているんだろうね。公爵夫人というわけじゃない。所詮（しょせん）、娼婦（しょうふ）だよ。しかも、これ以上はない娼婦のなかの娼婦だよ。だから、遠慮はいらない。思ったとおり、言葉にしていいんだよ」

「ああ、うん」僕は口ごもりながらそう返しました。友人のあとについて歩きながら、これでこの恋も消えるだろうと思っていました。

　桟敷席に入ると、マルグリットは声をあげて笑っていました。

47　アーケード。屋根のついた通路に商店が並ぶ。
48　五百グラム。

僕は彼女にもっと寂しそうにしていてほしかったのかもしれません。

友人が僕を紹介すると、マルグリットは軽く会釈を返しました。そして、彼にこう言ったのです。

「ボンボンは買ってきてくださった?」

「はい、どうぞ」

マルグリットは受け取りながら僕のほうを見ました。僕は眼を伏せ、赤くなりました。

マルグリットが、連れの女性に身を傾け、耳元で何か囁いたかと思うと、二人の女性は笑いだしました。

きっと、僕のことを笑っているのだと思い、ますます当惑してしまいました。当時、僕はとあるブルジョワ女性とおつきあいがあったのですが、その女性は実に心優しく、感傷的な人だったので、僕自身、彼女の大げさな感情表現や物憂い文体の手紙を笑ったことがありました。でも、このとき、自分のそんな態度が彼女をどれほど傷つけていたのかに気づかされ、ほんの五分ほどですが、これ以上はないというほどその女を愛おしく感じました。

マルグリットは僕にかまうことなくレーズンを口に運んでいました。

僕が軽んじられているのを見ていられなくなったのか、友人がマルグリットに声をかけてくれました。

「マルグリット。アルマンが何も言わないからって、変に思わないでください。あなたのせいで動揺してしまって、何を言っていいのか困っているんですよ」

「あら、私は、あなたが一人でここに来るのが嫌だから、この方を無理にお誘いしたのではないかと思ったんだけど」

僕も口をはさみました。

「それが本当なら、あらかじめあなたに了解を取るようエルネストに頼んだりしませんよ」

「ふうん、それもすぐには会いたくないから時間稼ぎをしていたんじゃなかったの?」

マルグリットのような稼業の女性をよく知る人なら、初対面の人の前で、妙に斜に構えた態度をとったり、からかったりするのを彼女たちが楽しんでいることもよくご存じでしょう。日頃、周囲の人たちから蔑まれることが多い彼女たちだけに、あれはあれで、きっと、ある種の「仕返し」なのでしょう。

そうした仕打ちに応じるには、その世界のやり方に通じていることが必要で、当時の僕には無理な話でした。さらに言えば、僕はマルグリットを理想の女性として思い描いていたので、なおさらに、彼女のからかいが辛辣に感じたのでしょう。彼女のちょっとした言動も受け流すことができなかったのです。そんなわけで、僕は立ち上がりざま、彼女にこう言ってやったのですが、動揺を隠せず声が裏返りそうになってしまいました。

「あなたが僕をそんな人間だと思うなら、僕の図々しい態度についてお詫びし、もう二度とこのようなことはいたしませんとお約束したうえで、お暇するしかありませんね」

そう言いながら、僕は一礼し、桟敷席を出ました。

扉が閉まった途端、背中に三度目の笑い声を聞きました。こんなことなら、その場で誰かに肘鉄をくらったほうがましだとさえ思いました。

僕は自分の席に戻りました。

開演を告げる杖の音[49]が響きます。

エルネストが戻ってきて、僕の隣に腰を下ろしながら言いました。

「何をやっているんだい。彼女たちがへんに思ったぜ」

「僕が出ていったあと、マルグリットは何か言っていたかい」

「君みたいな面白い人は見たことがないと笑っていた。でも、別に気に病む必要はないんだよ。ああいう女の言うことなんか真に受けるもんじゃない。彼女たちは優美さとも礼儀作法とも無縁なんだから。香水をつけてやっても、いい匂いだとは思わず、川に身体を洗いに行く犬のようなものさ」

僕はできるだけ何気ない調子を装いながら言い返しました。

「どうでもいいよ。もう二度とあの女に会うことはないだろうし。知り合う前は、いい女だと思ったけれど、実際に知り合ったら気が変わったんだ」

「へえ、そんなこと言っておいて、そのうち君が彼女と一緒に桟敷席におさまっているんじゃないかな。彼女のせいで君は破産したという噂(うわさ)を聞くことになるかもしれないね。まあ、確かに、彼女は育ちがいいわけではない。でも、愛人にするには美しくていい女じゃないか」

ちょうどそこで幕が開き、友人も口をつぐみました。正直なところ芝居など目に

49 フランスの劇場では舞台を杖で叩くことで、開演が近いことを知らせる。

入ってきませんでした。覚えているのは、ときどき、桟敷席、そうついさっき唐突にあとにしたあの席に目をやると、次々と彼女に会いに来ては去っていく客人たちの姿が見えたことだけです。

だが、あんなことを言いながらも、僕はまだマルグリットのことを考え続けていました。これまでとは別の感情が僕の心で広がりつつありました。彼女の失礼な態度、笑い者にされた自分の姿、これらをなかったことにしてやろうという考えです。何が何でも彼女をものにし、先ほど早々にあとにしたあの席に居座る権利を手に入れたいと思い始めたのです。

まだ芝居が終わっていないのに、マルグリットと連れの女性は席を立とうとしていました。

つい、一緒になって腰を浮かした僕に、エルネストが言いました。

「おや、中座するのかい」

「ああ」

「どうした?」その瞬間、彼は、マルグリットのいた席が空になっているのに気づきました。

「行け、行ってこい。幸運を祈る。さっきよりはうまくやれよ」

僕はホールを出ました。

階段からドレスの衣擦(きぬず)れの音と話し声が聞こえてきました。僕は身を引き、彼女に気づかれることなく、彼女と連れの女性が、二人の青年にエスコートされ、通り過ぎていくのを見送りました。

彼女たちが劇場のエントランスにある柱廊のところまで来ると、使い走りの少年が現れました。マルグリットは、この少年に言いました。

「カフェ・アングレ[50]の前で待つよう御者に言ってちょうだい。私たちは歩いていくから」

その数分後、僕が大通りをうろうろしながら目をやると、カフェ・アングレの広い個室の窓のひとつにマルグリットの姿がありました。バルコニーから身を乗り出し、

50　イタリアン大通り十三番地にあったカフェ兼レストラン。当時、もっとも流行のカフェであり、バルザック、モーパッサン、ゾラなどの多くの作品に登場する。一八〇二年に結ばれたアミアンの和約により、パリに多くのイギリス人がやってきたため誕生した。〝イギリス人のカフェ〟が名の由来。

手にした椿の花束から、花弁を一枚、また一枚とむしっていたのです。

その肩にもたれかかるようにして、先ほどの男性の一人が彼女に何か囁きかけていました。

僕はメゾン・ドール[51]の二階サロンに身を落ち着け、彼女のいる窓から目を離さずにいました。

午前一時、マルグリットは三人のお仲間と自分の馬車に乗り込みました。

僕も辻馬車を拾って、ついていきました。

彼女たちを乗せた馬車はアンタン通り九番地に停まりました。

マルグリットは馬車から降りてきたかと思うと、一人で家に入っていきました。

彼女が一人だったのは、きっと、単なる偶然でしょう。でも、その偶然を僕は嬉しく思いました。

この日以来、僕はマルグリットを劇場やシャンゼリゼ通りで度々見かけるようになりました。彼女はいつもはしゃいでおり、僕は毎回同じように気持ちを昂らせていました。

ところが、二週間ほど彼女の姿を見ない日が続きました。ちょうどそこへガストンに会ったので、僕は彼女について尋ねました。

「ああ、かわいそうに病気らしいよ」

「どこが悪いんだ?」

「彼女は肺に病気を抱えていてね。しかもあんな暮らしぶりじゃ、治るものも治らない。寝込んでしまって、命も危ないらしい」

心とは不思議なものですね。それを聞いて、僕はむしろほっとしたのです。

僕は毎日彼女の容態を訊きに行きました。でも、記帳したり、名刺を残したりすることはしませんでした[52]。こうして、僕は彼女がだいぶ回復したこと、バニェールに旅立ったことを知ったのです。

さらに時が流れました。忘れたわけではありませんが、それでもあの晩の印象は徐々に薄れつつありました。僕はさまざまな場所を旅してまわりました。マルグリッ

51 当時流行のカフェ。一八〇四年開店時の正式名はメゾン・ドレであった。前出のカフェ・アングレの向かい。
52 当時の習慣で、見舞い客は、名刺を置いて帰るか、お見舞いの記帳をして帰る。

トのことよりも、社交上のおつきあいや、生活、仕事の類が心を占めるようになっていました。彼女と最初に会ったときのことも、もはや、若気の至りといいますか、そのときは真剣でも、次の瞬間には笑い話になってしまう程度のことに思えてきたのです。

もっとも、あの恥ずかしい思い出を克服したからといって、何の自慢にもなりません。なにしろ、彼女が湯治に発(た)って以来、僕は彼女の姿を見ておらず、ヴァリエテ劇場の廊下ですれちがったときも、前に申し上げたように、すぐには彼女だとわからなかったほどなのです。

確かに、その日、彼女はヴェールをかぶっていました。でも、二年前の彼女でしたら、ヴェールがあろうと、僕はすぐに彼女に気づいたでしょう。顔が見えなくてもわかったはずです。

ですが、それほどまでに遠い存在になっていたというのに、彼女に気づいた途端、僕は胸の鼓動が抑えられなくなりました。姿さえ見ずに過ごした二年間、その不在がもたらしたと思われた効果が、ほんのわずかにドレスの裾がふれただけで一瞬にして煙のように消えてしまったのです。

8

アルマンはここで一息ついてから続けた。

その一方、まだ彼女に恋している自分に気がついても、僕は以前に比べ、強気になっていました。彼女にもういちど会いたいという願望のなかには、彼女よりも優位に立てるようになった今の自分を彼女に見せてやりたいという思いもあったのです。いやいや、心というのは、ひとたび欲望にとらわれると、あらゆる手段を用いて、あらゆる屁理屈を並べようとするものですね。

そんなわけで、いつまでも廊下に立ち尽くしているわけにはいきませんでした。僕はオーケストラ・ボックスに近い自分の席に戻ると、客席全体を見まわし、彼女がどの桟敷席にいるのかを確かめました。

彼女は、一階、舞台近くの桟敷に一人でいました。先ほども言いましたが、彼女はすっかり変わっていました。口元からはあの頃の冷ややかな笑みが消えていました。

彼女は病気に苦しんでいました。まだ体調が戻ったわけではなかったのです。すでに四月だというのに、彼女はまだ冬のような装いで、ビロードのコートにくるまっていました。

僕があまりにもじっと見ていたせいか、彼女も僕の視線に気づきました。彼女はしばらくこちらを見た後、もっとよく見ようと長眼鏡（ロニエット）を手に取り、見覚えのある顔を認めたものの、それが誰だか心許（こころもと）ない様子でした。長眼鏡を置いたとき、彼女の唇（くちびる）に微笑（ほほえ）みが浮かびました。女たちが挨拶（あいさつ）がわりに浮かべるあの微笑みです。おそらく、こちらが挨拶するのを待って、応えようとしていたのでしょう。でも、僕は会釈を返そうとはしませんでした。彼女より優位に立ち、彼女が思い出してもこっちは忘れてしまったかのように振る舞うためでした。

彼女は人違いだと思ったのか、こちらを見るのをやめました。

芝居が始まりました。

マルグリットが劇場に来ている姿を何度も目にしていますが、彼女が本気で舞台に見入っているのを見たことがありません。

かくいう僕のほうも芝居にはまったくといっていいほど興味がありません。彼女に気づかれないように精いっぱい気をつけながらも、舞台より彼女のほうばかり見ていました。

そのうち、僕は彼女が向かいの桟敷席の人物と視線を交わし合っていることに気がつきました。そちらの桟敷席に目をやると、顔見知りの女性の姿がありました。

その女性も、かつて娼婦（しょうふ）をしていた人でした。女優になろうとしたが、かなわなかった彼女は、パリの洗練された女たちの人脈を利用して商売を始め、今は帽子屋を営んでいました。

彼女を利用すれば、マルグリットと会えそうだなと思いました。ちょうど彼女がこっちを見たので、手振りと目顔で挨拶をしておきました。

思ったとおりになりました。彼女が自分の桟敷席に僕を招いてくれたのです。

彼女の名はプリュダンス・デュヴェルノワ。この帽子屋が、慎重（プリュダンス）さんとは、実に皮肉な名前ですね。ほら、よくいるでしょう、四十歳ぐらいのぽっちゃりした女性で、特に手練手管を尽くさなくてもこっちの知りたいことをしゃべってくれる人が。彼女はまさにそんな女でした。しかも、僕が知りたいのは、誰もが聞くようなことだったので、何の造作もなく聞き出すことができるというわけです。

僕は、彼女がマルグリットと目顔でやりとりしはじめたところを見計らって、声をかけました。

「いったい、誰を見ているんだい」

「マルグリット・ゴーティエよ」

「知り合いなのかい」

「ええ、うちのお客さんですもの。家も隣だし」

「君もアンタン通りに住んでいるんだね」

「七番地よ[53]。彼女の家の化粧室の窓が、ちょうど私の家の化粧室の窓と向き合っているの」

「魅力的な女性だと噂で聞いたけど」

「あら、ご存じないの？」

「うん、でも、知り合いになりたいと思って」

「こちらに呼びましょうか」

「いや。それより、君から彼女に紹介してくれるとありがたい」

「彼女の家に行くってこと？」

「ええ」

「それは難しいわ」

「どうして?」

「彼女の後ろ盾になっている老公爵がやきもち焼きなのよ」

「後ろ盾とはね」

「ええ、彼女を守る盾よ。あわれなお爺さん。世間から愛人だと誤解されて困っているみたい」

プリュダンスは、マルグリットがバニェールで公爵と知り合った経緯を話してくれました。

「ああ、だから彼女は一人でいるのか」

「そういうこと」

「でも、誰かがエスコートして帰るんだろう?」

53 パリの道は、片側が奇数番号、反対側が偶数番号となっているため、九番地の隣は七番地となる。

「ええ、公爵がね」

「じゃあ、迎えに来るんだ」

「ええ、そろそろ来るはずよ」

「君は？　誰かと約束があるのかな」

「いいえ、誰とも」

「じゃあ、僕が送っていこう」

「あら、お友達と一緒じゃなかったの？」

「三人で帰ればいいじゃないか」

「お友達はどんな方？」

「いい奴だよ。とても才気のある男だ。君と知り合いになれたら、彼も喜ぶよ」

「それなら、いいわね。この芝居が終わったら四人で出かけましょう。最後の演目はもう知っているから」

「わかった。友人に声をかけてくるよ」

「そうして」

ところが、僕が席を立とうとしたとき、プリュダンスが声をあげたのです。

「ああ、公爵がマルグリットのところに来ちゃったわ」

僕は彼女の席に目をやりました。

確かに、七十歳ぐらいの紳士がマルグリットの後ろの席に腰を下ろし、ボンボンの小袋を差し出しています。マルグリットは、嬉々として袋の中のボンボンをつまみ始め、やがてその袋を桟敷の手すりから突き出すようにして、プリュダンスに「あなたも、欲しい？」と身振りで訊いてきました。

プリュダンスも身振りで「いらない」と応じました。

マルグリットは袋を引っこめると、公爵のほうを振り返って、何か話していました。こんな細々したことまで話すなんて子供じみているとお思いでしょう。でも、彼女に関することは何もかも、ついさっきの出来事のように記憶に刻まれていて、今でもごく自然に思い出がよみがえってくるのです。

僕は一階席に降り、ガストンにプリュダンスと一緒に帰ることになったと知らせました。

ガストンは承知してくれました。

僕らは、プリュダンスのいる桟敷席に上がろうと席を立ちました。

ところが、廊下に出る扉を開けたところで、ちょうどマルグリットと公爵が帰っていくのに行き合い、足を止めて道を譲らざるをえなくなりました。

僕はこの老公の代わりになれるのならば、寿命を十年縮めてもかまわないと思いました。

大通りまで下りると公爵はマルグリットを無蓋（むがい）の四輪馬車（ファエトン）[54]に乗せ、自ら手綱をとり、二頭の駿馬に早足をさせて去っていきました。

僕らはプリュダンスの桟敷席に行きました。

そして、芝居が終わると、劇場の前で辻馬車を停め、アンタン通り七番地に向かいました。自宅に着くと、プリュダンスは僕らを誘いました。来たことがないのならば、ぜひ自分の店を見ていってほしいというのです。彼女は自分の店が自慢だったのでしょう。僕がどんなに喜んでこの申し出を受けたか、おわかりになるでしょう。

僕は自分が少しずつマルグリットに近づいているのを感じました。しばらくすると、僕は再びマルグリットを話題にしてみました。

「そういえば、あの老公爵は、そのまま彼女の家にいるのかな」

「いいえ、彼女は一人のはずよ」

「それは、さぞや退屈だろうなあ」とガストン。

「ええ、毎晩のように夜は私と一緒に過ごしている。そうでないときは、家に戻るなり、私を呼ぶのよ。午前二時前に寝ることはまずないわね。二時前に寝ても眠れないんですって」

「どうして？」

「肺が悪いからよ。ほとんど毎日のように熱があるの」

「特定の相手はいないのかな」と僕は訊いてみました。

「さあ、私が帰るときに誰かが残っていたことはないわね。でも、私がいないときに、誰か来ているのかもしれない。夜、彼女の家に行くと、ときどきN伯にお会いするわ。あの方は、夜の十一時にやってきて、好きなだけ宝飾品を買い与えたりすることで親しくなりたいご様子だけど、マルグリットは顔を見るのも嫌みたい。もったいないわ。あの人、とてもお金持ちなのよ。私、ときどきマルグリットに言ってやるのよ。『ああいう人こそ、あなたに必要な人なのよ』って。でも、耳を貸そうとしないわ。たい

54　軽装四輪馬車。前出のカレーシュと異なり御者台がないため、前の座席が御者席を兼ねる。

ていのことは私の言うことをおとなしく聞くくせに、これだけはまったく耳を貸そうとせず、あの男は馬鹿だからだめなんて言うの。まあ、確かに私もあれは馬鹿だと思うけど。でもね、彼女にとってはいい話なのよ。老公爵は、遅かれ早かれ死んじゃうでしょう。しかも老人というのは自分勝手なものだし、公爵の親族はマルグリットとの関係について快く思っていない。ほらね、この二つの理由からしても、公爵が死んでも、彼女は何ひとつ遺してもらえないわ。ね、だから私、マルグリットを説得しようとしたんだけれど、彼女ったら、伯爵に乗り換えるのは、公爵が亡くなってからでも遅くないわ、ですって」

　プリュダンスは続けました。

「マルグリットのような生活を続けるのは簡単なことじゃない。それはよくわかっている。私には無理ね。私だったらとっくにあの老公を追い出している。だって、つまらない男なのよ。マルグリットのことを自分の娘と重ね合わせ、親のように世話をやいて、どこまでもつきまとってくるの。きっと今頃、老公の使いの者が前の道をうろうろして、マルグリットの家の人の出入り、特に来客の方を注意深く見張っているはずよ」

「ああ、あわれなマルグリット」

ガストンはピアノの前に座り、ワルツを弾きながら言いました。

「それは知らなかったな。でも、彼女が最近、沈んでいることには気がついていたよ」

「しっ！」プリュダンスが耳をそばだてました。

ガストンもピアノを弾くのをやめました。

「マルグリットが呼んでいるわ」

僕らも耳をすましました。

確かに、プリュダンスを呼ぶ声が聴こえました。

「さあ、あなたたち、今日はこれでお開きね」プリュダンスが言いました。

ガストンは笑って、応えます。

「おやおや、ずいぶんなおもてなしですね。まあ、帰りたくなれば帰りますよ」

「どうして、帰らなくちゃいけないんです？」

「だって、私、マルグリットのところに行かなくちゃ」

「お帰りまで、ここでお待ちしますよ」

「それは困るわ」

「じゃあ、一緒にマルグリットのところに行きましょう」

「それも困るのよ」

ガストンは続けます。

「僕はマルグリットと知り合いだから、彼女に挨拶させてもらっても、別にかまわないだろう」

「でも、アルマンは面識がないでしょう」

「僕が紹介すればいい」

「無理よ」

マルグリットはプリュダンスを呼び続けています。

プリュダンスが化粧室に駆け込んでいったので、僕もガストンと一緒についていきました。プリュダンスが窓を開けました。

僕らはマルグリットから見られないよう、姿を隠しました。

「もう十分間はずっと呼び続けていたわよ！」

窓の向こうからマルグリットの怒ったような声が聞こえました。

「どうしたの？」

「すぐに来てほしいの」

「どうして？」

「N伯がまだ居座っているの。もううんざりだわ」

「すぐには行けないのよ」

「あら、なぜ？」

「うちにもお若い方が二人来ていて、帰ってくれないの」

「出かけなきゃならないって言えばいいじゃない」

「言ったわよ」

「じゃあ、そのままおいて出てくればいいじゃない。あなたがいなくなれば、その人たちも帰るわよ」

「その前に、部屋をめちゃくちゃにされちゃうわ」

「その人たち、いったい何がお望みなの？」

「あんたに会いたがっているのよ」

「どなたかしら」

「片方は知り合いでしょう、ガストン・Rさんよ」

「ええ、知っているわ。で、もう一人は？」

「アルマン・デュヴァルさんよ。ご存じ？」

「いいえ。でも、いいわ、二人とも連れて来なさいよ。誰だって、N伯よりはましだわ。待っているから、早く来てね」

そう言うとマルグリットは窓を閉めました。プリュダンスも自分の側の窓を閉めました。

先ほど劇場で会ったとき、マルグリットは僕の顔に見覚えがあったようですが、名前を聞いてもぴんとこなかったようです。忘れられてしまうよりは、無様な姿を覚えていてくれたほうが嬉しいとさえ思いました。

ガストンがプリュダンスに言いました。

「ほら、彼女は僕らに会いたがっていただろう」

「別にあなたたちに会いたがっているわけじゃないわよ」

そう言いながら、プリュダンスはショールと帽子を身に着けました。

「あなた方に来てほしいというのは、伯爵を帰らせる口実なんだから。頼むから、伯爵よりも感じのいい人でいてね。マルグリットのことならよくわかっているけど、あなたたちを気に入らなかったら、文句を言われるのは私なのよ」

僕らはプリュダンスについて下に降りました。

僕は震えていました。この訪問が僕の一生を大きく変えてしまうような気がしていたのです。

オペラ・コミック座の桟敷席で出会った晩よりも興奮していました。

あなたもご存じのあのアパルトマンの門まで来ると、心臓が早鐘を打ち、何も考えられなくなりました。

ピアノの音が外まで聞こえていました。

プリュダンスが呼び鈴を鳴らします。

ピアノの音がやみました。

小間使いというよりは、お世話係という印象の女性が出てきて、扉を開けました。

僕らはサロンに通され、さらに居間に移りました。あなたが競売の下見でご覧になったというあの部屋です。ええ、当時から変わっていません。

マントルピースにもたれて若い男が立っていました。

マルグリットはピアノの前に座り、鍵盤(けんばん)に指を走らせていましたが、やがて、先ほど途中でやめた曲をまた弾き始めました。

部屋には気まずい空気が漂っておりました。伯爵は手持ち無沙汰(ぶさた)で困惑し、マルグリットは退屈な客人にうんざりしていたのです。

プリュダンスの声が聞こえるとマルグリットは立ち上がりました。そして、プリュダンスに目で礼を言うと、僕らのほうにやってきて、挨拶(あいさつ)しました。

「どうぞ、こちらへ。ようこそ、おいでくださいました」

9

マルグリットはまず、僕の友人に声をかけました。

「こんばんは、ガストン。お目にかかれて嬉(うれ)しいわ。ヴァリエテ劇場ではどうして私の席に来てくださらなかったの?」

「遠慮しただけですよ」

「あら、お友達なんだから、遠慮は無用よ」

マルグリットは「お友達」という言葉を強調することで、その場にいた者たちに対し、どんなに親しげに振る舞っても、ガストンは「お友達」であり、今も昔も二人は特別な関係ではないということをわからせようとしているかのようでした。

「さて、アルマン・デュヴァル君を紹介させてください」

「プリュダンスから聞いているわ」

「実は……」僕は軽く頭を下げ、かろうじて聞こえるほどの声で割って入りました。「実は、以前にも、ご挨拶させていただいたことがあるんです」

マルグリットの目がくるりと動き、記憶を探っているようでした。でも、思い出せなかったようです。いや、思い出せないふりをしていたのかもしれません。

そこで僕は続けました。

「いえいえ、最初にお目にかかったときのことを覚えていないのなら、かえってありがたいくらいです。というのも、あのとき僕は滑稽でしたし、きっとあなたを退屈させたに違いありません。あれは二年前、オペラ・コミック座でのことでした。僕はエルネストと一緒でした」

「ああ、思い出したわ」マルグリットの顔に笑みが浮かびました。「あなたが滑稽だったなんてとんでもない。私が意地悪だったのです。今も、意地悪することはありますけど、あの頃ほどではありませんわ。許してくださいます？」

彼女が手を差し出してきたので、僕はその甲にキスをしました。

「ええ、そうだったわ。私、すぐに初対面の方をやりこめたくなってしまうの。悪い癖ね。馬鹿（ばか）みたい。医者に言わせると、私が、いつも病気のせいで苦しくて、いらいらしているから、そうなるらしいの。そういうことにしておいて」

「でも、とてもお元気そうに見えますよ」

「そう？　でも、仮病じゃないのよ」

「知っていますよ」

「誰から聞いたの？」

「誰でも知っていますよ。僕は何度も容態を尋ねに来ていたんです。回復なさったと聞いて、どんなに喜んだことか」

「ふうん、あなたの名刺をいただいた覚えはありませんけど」

「名刺は残しませんでした」

「ああ、では、私が寝込んでいるあいだ、毎日、様子を訊（き）きに来て、一度も名乗らずに帰っていったお若い方ってあなただったのね」

「ええ、僕です」

「まあ、寛大なうえに、ご親切な方ね！」

そこで彼女は、N伯に向き直り、女性たちが男性に評価を下したあとにとどめを刺すときのあの視線で僕のほうをちらりと見てから、こう続けました。「伯爵、あなただったら、そんなことしてくれないわよね」

「あなたとは二か月前に知り合ったばかりでしょう」

と伯爵は言い返しました。

「あら、この方は五分前に仲良くなったばかりなのよ。あなたって、いつも的外れなお言葉ばかり」

気に入らない男性に対して、女性は見事なまでに冷たいものですね。

伯爵は赤くなり、唇(くちびる)を嚙(か)んでいました。

僕は伯爵に同情しました。彼もきっと僕のように彼女に夢中なのです。マルグリットの歯に衣着(きぬき)せぬ物言いに彼は傷ついたことでしょう。しかも見知らぬ男性二人を前にしてあの態度ですから。僕は話題を変えようと話しかけました。

「僕らが来たときにピアノを弾いていらっしゃいましたね。どうか、僕たちを昔からの知り合いのように思って、演奏を続けてくださいませんか」

「ねえ」彼女はソファに身を沈め、僕らにも腰を下ろすように勧めながら話を続けました。「私のピアノの腕がどの程度のものか、ガストンさんはよくご存じのはずよ。伯爵だけならともかく、あなたたちまでそんな苦行につきあわせるつもりはないわ」

「おや、僕は特別扱いなんですね」N伯は、できる限り上品で皮肉っぽい笑みを浮かべようとしていました。

「怒っても無駄よ。あなたに与えられた唯一の特権と思ってちょうだいね」

かわいそうに伯爵はもう何も言えなくなってしまいました。彼はもはやすがるような目でマルグリットを見つめていました。

「ねえ、プリュダンス、お願いしたこと、やってくれた?」

「ええ」

「ありがとう。じゃあ、あとでその話を聞かせてね。話したいことがあるの。だから、それを聞くまで帰っちゃだめよ」

僕はここで口をはさみました。

「ああ、お邪魔でしたね。こうして僕らは、いや、少なくとも僕は、初対面のときのことを水に流し、二度目の自己紹介をさせていただく機会も得たことですし、ガストンと僕はお暇(いとま)するとしましょうか」

「そんなつもりじゃなかったのよ。私は、あなたたちではない人に言っただけ。あなたたちには、もっといてほしいの」

伯爵は見事な懐中時計を取り出し、時刻を確かめました。

「ああ、クラブ[55]に行く時間だ」

マルグリットは何も答えませんでした。

伯爵はマントルピースを離れ、彼女に身を寄せました。

「では、これにて失礼」

マルグリットも立ち上がりました。

「さようなら、伯爵。もうお帰りになるの？」

「ええ、あなたの邪魔をしたくありませんので」

「今日はいつもよりましでしたわね。今度はいついらっしゃるの？」

55 当時、乗馬を好む上流階級の紳士が所属していたジョッキークラブのこと。

「あなたのご都合のよいときに」

「じゃあ、さようなら」

なんて残酷なことでしょう。あなたもそう思ったのではないですか。

幸いなことに伯爵は非常に育ちが良く、人格者でした。彼は、マルグリットが面倒くさそうに差し出した手に口づけ、僕らに挨拶すると、特に文句も言わず去っていきました。

帰り際、扉のところで、彼はプリュダンスのほうを振り返りました。

プリュダンスは肩をすくめて見せましたが、その様子は「私にどうしろと言うの。できるだけのことはしたわよ」と言っているかのようでした。

マルグリットが大きな声で言いました。

「ナニーヌ、N伯爵がお帰りなので明かりを！」

やがて、玄関から扉が開き、閉じる音が聞こえてきました。

マルグリットは、居間に戻るなり、大きな声で「ああ、やっと帰ってくれたわ。あの人がいると、本当に気に障るのよ」と言いました。

プリュダンスがたしなめます。

「マルグリット、あんたあの人に冷たすぎるわ。あの人はあんたに親切だし、やさしいじゃない。ほら、マントルピースに、あの人がくれた時計があるでしょう。あれだって、千エキュ[56]はしたはずよ」

プリュダンスはマントルピースに歩み寄ると、その時計を手に取り、物欲しげな目を向けました。

一方、ピアノの前に腰を下ろしたマルグリットは、

「あの人が私にくれる物とあの人が私に聞かせる退屈な話を天秤(てんびん)にかけたら、ずいぶん安いお値段であの人の訪問を許してあげていると思うわ」

と答えました。

「かわいそうに。伯爵はあんたに夢中なのよ」

「私に夢中だという殿方すべてに愛想よくしなくちゃならないのなら、夕食をとる時間すらなくなるわね」

マルグリットは指を鍵盤に走らせたかと思うと、くるりと私たちのほうを向いて訊

56　エキュは五フラン銀貨。千エキュは五千フランで、現在の日本円に換算すると約五百万円。

きました。

「何か召し上がる？　私はパンチ[57]を少し」

プリュダンスが答えます。

「私は、チキンを少しいただくわ。夜食にしましょうか」

「それなら、外に食べに行きましょう」とガストン。

「だめよ。ここで食べればいいじゃない」

マルグリットは鈴を鳴らし、ナニーヌを呼びました。

「夜食を持ってこさせて」

「何になさいますか」

「まかせるわ。でも、急いでね」

ナニーヌは出ていきました。

「さあ」マルグリットは子供のように飛び跳ねながら言いました。「食事にしましょう。ああ、あの馬鹿な伯爵にはうんざり！」

見れば見るほど、僕は彼女に惹(ひ)かれていきました。彼女は美しく、魅力的でした。その痩(や)せた身体でさえ、優美に見えたのです。

僕は見惚れていました。

僕のなかで何が起こったのか、うまく説明することはできません。彼女がどんなに放埒だろうと許すことができました。そしてその美しさにうっとりしていました。若く上品でお金持ちの青年、彼女のためなら全財産を投げ出しかねない青年に対し、彼女が一切媚びるような態度を見せなかったことで、僕は、彼女の過去の過ちをすべて許してやりたくなったのです。

彼女にはどこか無邪気なところがありました。

不道徳のなかにあっても無垢な部分があったのです。堂々とした足取り、しなやかな体躯、少し開いた薔薇色の鼻孔、薄いブルーで縁取られた大きな目を見れば、彼女の情熱的な天性が見て取れます。その天性は、彼女のまわりに芳醇な香りをふりまいていたのです。そう、どんなにきつく蓋を閉めても香りがあふれ出てくる東洋の香水の壜のようにね。

57　酒に果汁、砂糖などを加え、カットしたフルーツを浮かべた飲み物。日本では、「ポンチ」「ポンス」とも呼ばれる。

それに、もともとの性質なのか、病のせいなのかはわかりませんが、彼女の目にはときおり情欲がきらめくのです。この情欲の発露は、彼女が愛した唯一の男にとっては、天啓のようなものでしょう。でも、マルグリットを愛した男たちは、もはや数えきれませんでしたし、彼女が愛した男はまだいなかったのです。

つまり、マルグリットのなかには、ちょっとしたことで娼婦になってしまった処女と、同じくちょっとしたことで愛情深く純粋な処女に戻ってしまう娼婦がいたのです。そして彼女はまた自尊心と独立心をもちあわせていました。この二つの感情が傷つけられると、羞恥心と同じ役目をするようになるのです。僕は何も言いませんでした。魂はそっくり心のなかに流れ込み、心の内はすべて目のなかに流れ出ていってしまうような気がしました。

彼女が唐突にしゃべりだしました。

「そうそう、病気のときに、容態を訊きに来てくれたのは、あなただったのね」

「ええ、そうです」

「それって、とてもすてきなことだわ。感謝の気持ちをどうやって伝えればいいかしら」

「ときどき、こうしてあなたに会いに来ることをお許しください」

「お好きなときにいらして。でも、五時から六時までのあいだか、十一時から十二時までのあいだに来てね。さあ、ガストン、私に『舞踏への勧誘』[58]を弾いてくださいな」

「どうして?」

「私が好きな曲だから。それに、私一人ではうまく弾けないからよ」

「どこでつっかえるんですか」

「第三部のシャープのところがだめなの」

ガストンは立ち上がり、ピアノに向かうと譜面台に開いたままになっていたウェーバーの名曲を弾き始めました。

マルグリットはピアノに片手をつき、楽譜の音符をひとつひとつ目でたどりながら、小さな声で唱和していました。先ほど彼女が言っていた部分をガストンが弾き始める

58　ドイツの作曲家、カルル・マリア・フォン・ウェーバー(一七八六〜一八二六年)のピアノ曲。

と、今度は指でグランド・ピアノの蓋を叩きながら口ずさみ出しました。

「レ・ミ・レ・ド・レ・ファ・ミ・レ。ほら、ここがうまくいかないの。もういちどやって」

ガストンが同じ部分を繰り返すと、マルグリットが言いました。

「今度は私に弾かせて」

マルグリットはピアノの前に座り、自分で弾き始めました。でも、指が思うように動かず、件の場所にさしかかると、いつも音をはずしてしまうのです。

彼女は子供のような口調で言いました。

「ああ、もう信じられない！　どうしてもここができないのよ。午前二時までがんばったこともあるけど、だめなの。あのお馬鹿な伯爵は、楽譜も見ないでこれを見事に弾くのよ。あの人が気に食わないのは、そのせいかも」

マルグリットはさらに何度か挑戦しましたが、やはりうまく弾けません。ついには楽譜を部屋の向こうに投げ捨て、こう言い放ったのです。

「ウェーバーも楽譜もピアノも、もう嫌。どうして、シャープが八つ並んでいるところが弾けないのかしら！」

彼女は腕を組み、僕らのほうを見ながら地団駄を踏みました。

頬（ほお）が赤く染まったかと思うと、軽い咳（せき）が唇からこぼれます。

「ほらほら」帽子を脱いで、先ほどから鏡の前で髪を撫（な）でていたプリュダンスがなだめました。「また頭に血がのぼっちゃって、身体に悪いわよ。さあ、食事にしましょう。そのほうがいいわ。私、すっかりおなかが減ってしまって」

マルグリットは呼び鈴を鳴らし、再びピアノの前に座ると、みだらな流行歌を軽く口ずさみ始めました。伴奏の指運びもはずしません。

ガストンもこの歌を知っていました。二人は声を合わせて歌いだしました。

「そんな下品な歌、やめてくださいよ」

僕は親しみを込めた口調でマルグリットに懇願しました。

「あら、お堅い人ね」マルグリットは微笑（ほほえ）みながらそう言うと、僕に手を差し出しました。

「いいえ、僕のためではなく、あなたのために言ったのですよ」

マルグリットは、「そんなお上品さはとっくに捨てました」とでも言いたげなしぐさで応えました。

そこへナニーヌがやってきたので、マルグリットが尋ねました。

「食事はまだ？」

「はい、もうすぐできます」

「そういえば」とプリュダンスが話し始めました。「あなた方、まだこのアパルトマンを見てないでしょう。いらっしゃい。案内してあげるわ」

僕は、あなたもご覧になったあの見事なサロンに行きました。

マルグリットは途中までついてきましたが、そのうちガストンと一緒に食堂に行ってしまいました。夜食の準備を確認しに行ったのでしょう。

プリュダンスがサロンの棚の上に目をやり、マイセン磁器の人形を手に取ると、食堂にいるマルグリットに聞こえるよう大きな声で言いました。

「ねえ、この可愛い人形、前に来たときはなかったわ」

「どれのこと？」

「羊飼いの男の子よ。鳥の入った籠を下げているやつ」

「気に入ったのなら、あげるわよ」

「そんな、もらっちゃ悪いわ」

「あんまり可愛くないから、ナニーヌにでもあげちゃおうかと思っていたんだけど、あなたが気に入ったのなら、どうぞ」

プリュダンスは、欲しいものが手に入れば満足であり、どんな手段で手に入れたかは気にしていませんでした。プリュダンスはその人形を横に置くと、僕を化粧室に連れて行き、そこに掛かっている二枚の小さな肖像画を見せました。

「ほら、これがG伯爵[59]。マルグリットに夢中だった人。彼のおかげでマルグリットは成り上がったってわけ。会ったことある？」

「いいや。で、こっちの人は？」

僕はもう一枚の肖像画を指しました。

「こちらはL子爵。パリを離れざるをえなくなって……」

「どうして？」

「破産しそうになったからよ。それだけマルグリットに夢中だったってことね」

「彼女のほうもきっと深く愛していたんだろうね」

59　アントワーヌ・アジェノール・ド・ギッシュ（グラモン公）がモデルとして有力。

「あの娘は不思議な子よ。何を考えているのかさっぱりわからない。子爵がいなくなった日の夜も、いつもどおり劇場に来ていたわ。彼が発つときにはあんなに泣いていたのに」

そのとき、ナニーヌがやってきて、食事の準備ができたと告げました。

僕らが食堂に行くと、マルグリットは壁にもたれて立っており、ガストンが彼女の手をとり、何か囁(ささや)いていました。

「お馬鹿さんね。私があなたに興味ないことはご存じでしょう。知り合って二年もしてから、私のような女を口説こうとするなんて。知り合ってすぐにそういう気持ちにならなければ、もう一生無理よ。さあ、食事にしましょう」

そう言ってガストンの手を擦(す)り抜けると、彼女は自分の右隣にガストンを、左隣に僕を座らせました。そしてナニーヌに声をかけます。

「座る前に厨房に行って、呼び鈴が鳴っても玄関を開けないように言っておいてちょうだい」

そうはいっても、そのとき時計の針はすでに午前一時を指していました。

僕らは笑い、飲み、大いに食べました。しばらくすると、どんちゃん騒ぎはついに底の底まで落ち、たいそう下品なことになってしまいました。一部の人たちだけが喜び、普通なら口にするだけでも穢(けが)らわしいほどの言葉が、ときおり飛び出すようになり、またナニーヌやプリュダンスやマルグリットもそれに大喜びするのです。ガストンも心から楽しんでいるようでした。ガストンはやさしい青年ですが、若いときから遊んでいるうちに少々道を踏みはずしてしまったようです。僕も最初のうちは酔っぱらってしまおうと思ったり、目の前で繰り広げられる光景に何の感情も思考も抱かずにいようとしたり、宴席の一興としてこの馬鹿騒ぎにもおつきあいしようとしたり、努力していたのです。でも、徐々に、喧騒(けんそう)が他人事(ひとごと)になり、グラスは満たされたままになり、ついには悲しくなってしまいました。二十歳の美しい娘が、荒くれ者のように酒をあおり、しゃべり、誰かが下品なことを言えば言うほど、はしたない笑い声をあげているのですから。

とはいえ、他の人を見る限り、放蕩(ほうとう)と悪習と体力の発散としか思えない騒ぎっぷりも、下品なしゃべり方や飲み方も、マルグリットに限っては熱や神経の苛立(いらだ)ちを忘れるためにやっていることのように思えました。シャンパンの杯を重ねるごとに、頬はますます赤らみ、食事が始まったときは軽かった咳の症状も、ついには、長く激しく咳き込むようになり、咳が出るたびに、椅子の背に身をそらし、両手で胸を押さえるほどになっていました。

毎日こんな馬鹿騒ぎをしていたら、か弱い彼女の身体はもたないだろうと想像し、僕は自分のことのような痛みを感じました。

やがて、ついに、嫌な予感があたり、恐れていたことが起こりました。食事が終わる頃、マルグリットは、この日、僕らが来てからいちばん激しい咳の発作に襲われました。内側から胸が裂けてしまうのではないかというほどのひどい咳です。顔は紫色になり、目をつむって苦しみに耐えながら、ナプキンを口に当てると血のしずくがぽとりとそれを赤く染めました。マルグリットは立ち上がり、化粧室に駆け込んでいきました。

「マルグリットはどうしたの？」ガストンが尋ねました。

「笑いすぎて、血を吐いたのよ。大したことないわ、いつものことだもの。すぐに戻るわよ、一人にしてあげて。そのほうがいいのよ」

でも、僕は自分が抑えられませんでした。プリュダンスやナニーヌが驚き、呼び止めようとしたにもかかわらず、僕はマルグリットのあとを追ったのです。

10

彼女は、テーブルにロウソクが一本灯(とも)っているだけの暗い部屋で休んでいました。ドレスの前をはだけ、大きなソファに身を投げ出すようにして倒れていたのです。片手で胸を押さえ、もう片方の手をだらりと投げ出していました。テーブルの上には銀製の洗面器があり、半分ほど入った水の上には血の筋がマーブル模様をつくっていました。

マルグリットは青ざめた顔で口を半開きにし、息を整えようとしていました。胸をふくらませ、大きく息を吐くと少しは楽になり、ほんの数秒間は落ち着きを取り戻すようでした。

僕は彼女に近づきました。それでも、彼女が身じろぎさえないので、そっと横に腰を下ろし、ソファに投げ出されていた手をとりました。

「ああ、あなただったの」マルグリットは微笑(ほほえ)みました。

僕はよほど取り乱した顔をしていたのでしょう。彼女は僕にこう言ったのです。

「あなたも気分が悪いの？」

「いいえ。あなたはまだ苦しいのですか」

「少しだけね」こう言うと彼女は、咳(せ)き込みすぎて浮かんできた涙をハンカチでぬぐいました。

「今はもう慣れちゃったわ」

　僕は震える声で言いました。

「このままでは死んでしまいますよ。僕があなたの友人か家族ならば、こんな身体に悪い生活はさせませんよ」

「あら、心配ご無用よ」彼女の声には苦いものがありました。「ねえ、誰が私を心配していると言うの。この病気はもう手のほどこしようがないと、みんな知っているのよ」

　彼女は立ち上がると、手に取ったロウソクをマントルピースの上に置き、鏡を覗(のぞ)き込みました。

「私ったら、こんな青白い顔して」そう言いながら、彼女はドレスを整え、乱れた髪を指で梳(す)きました。

「さあ、テーブルに戻りましょう。あなたもね」

でも、僕は座ったまま動きませんでした。

彼女も僕がどんな思いでいるのかわかったようです。僕に歩み寄ると、手を差し伸べました。

「ねえ、行きましょうよ」

僕は彼女の手をとり、口づけました。その拍子に、ずっとこらえていた涙が両目からこぼれ落ち、彼女の手の甲を濡らしました。

「まあ、子供みたいね」そう言って彼女は僕の横に腰を下ろしました。「あなた泣いているの？　どうしたの？」

「ずいぶん間抜けな奴だと思われたでしょうね。でも、僕はつい先ほど目にした光景に胸を痛めているのです」

「お人好しねえ。どうしたらいいと言うの？　横になってもすぐには眠れないんだもの。だからちょっと、気晴らしが必要だったのよ。それに私のような女がいようがいまいが、大したことじゃないわ。お医者様は、私が血を吐いても、気管支炎のせいだと言うの。私にできるのは、信じているふりをすることだけよ」

「ねえ、マルグリット」僕はもう自分の想いが抑えきれなくなって言いました。「あなたが僕の人生にどんな影響を及ぼすのか、自分でもわかりません。でも、これだけは確かです。今この世で、あなたは僕にとって他の誰よりも、実の妹よりも大事な人なのです。初めてお目にかかったときからそうなのです。ですから、心よりお願いします。どうか身体を大事にしてください。今のような暮らしはやめてください」

「静かにしていたら、私、死んじゃうわ。刺激的な生活をしていることが、私の心の支えになっているんです。それにね、お上品な身分で、家族や友人のいる女性なら、ゆっくり養生することもできるでしょう。でも、私たちは、男の人たちに歓びを与え、彼らの虚栄心を満たすことができなくなったら、捨てられちゃうのよ。そうなったら、昼も夜も退屈するばかり。ね、私にはもうわかっているの。二か月間寝込んだときだって、三週間もするともう誰も見舞いに来なくなったのよ」

「僕はあなたにとって何者でもないでしょう。でも、あなたが許してくれるのならば、僕はあなたの兄や弟であるかのように看病しましょう。ずっとそばにいましょう。あなたを元気にしてみせましょう。そして、体力が回復したとき、それがいちばん良いと思ったら、また今の生活に戻ればいいじゃないですか。でも、きっとあなただって静かな暮らしが気に入りますよ。そのほうがあなたは幸せになれるし、美しくいられるはずです」

「今夜、あなたが、そんなことを考えてしまったのは、きっと悲しいお酒で酔っ払ったせいね。口ではそう言っても、きっとすぐに気持ちが変わるんだわ」

「じゃあ、言わせてください。マルグリット、あなたが二か月間寝込んだとき、その二か月のあいだ、僕は毎日容態を訊きに来ていたではありませんか」

「そうね。でも、どうして部屋まで来なかったの?」

「あなたとは親しい間柄ではなかったからです」

「私のような女に遠慮は無用よ」

「いいえ、どんな女性にも礼儀は必要です。少なくとも僕はそう思っています」

「本当に私を大事にしてくださるの」

「毎日一緒にいてくださる」

「ええ」

「ええ」

「夜も毎晩」

「ご迷惑でない限りは」

「そういうの何と言ったらいいのかしら」

「献身かな」

「どうして、そこまで尽くしてくださるの」

「自分でもどうしようもないほど、あなたが気になって仕方がないからですよ」

「私に恋をしていらっしゃるのね。さっさとそう言いなさいよ。簡単なことじゃないの」

「ええ、そうでしょう。いつかはそう言わねばならないとは思いますが、今日は勘弁してください」

「だったら、一生、言わないで」

「どうして？」

「そんな告白をされたら、結末は二つしかないから」

「どんな結末でしょう」

「私がノンと言って、あなたに恨まれるか。私がウィと言って、あなたの面倒な愛人になるか。怒りっぽくて、病気の女なんて面倒でしょう。陽気といえば陽気に見えるときもあるけれど、悲しげにしているよりも陽気に振る舞うほうがかえってあわれに見えることもあるでしょうし、血を吐くうえに、年に十万フラン〔一億円相当〕かかるんだから、公爵のように年老いたお金持ちならともかく、あなたのような若い人には厄介な女ですよ。実際、私とおつきあいのあった若い方は、皆すぐに去っていってしまいました」

僕は何も答えませんでした。ただ彼女の話を聞いていただけです。もはや懺悔と言ってもいいその正直さ、そして、華やかな生活という金色のヴェールをかぶってはいても、そこから垣間見える壮絶な苦しみが胸に迫り、言葉を失っていたのです。彼女は、放蕩やお酒、不眠のせいにすることで、なんとかその苦しい現実を忘れようとしてきたのでしょう。

「ああ、もう、私たちって、子供みたいね。さあ、手を出して、食堂に戻りましょう。二人揃って席をはずしていると怪しまれるわ」

「戻りたいなら戻ってください。でも、僕はもう少しここにいさせてください」

「どうして？」

「はしゃいでいるあなたを見るのはつらいからです」

「じゃあ、悲しそうにしていればいいのね」

「ねえ、マルグリット、言わせてください。きっと何人もの男がすでに同じことを言ったのだろうけれど。そして、何度も聞くうちに、あなたはその言葉が信じられなくなってしまったのかもしれないけれど。でも、本心だから仕方ないのです。僕は一度しか言いません」

「なあに?」マルグリットはまるで若い母親が子供のとんちんかんな話に耳を傾けるときのような微笑みを浮かべていました。

「あなたを初めて見たときから、どういうわけか、なぜなのか、わからないけれど、あなたが心から離れません。どんなに忘れようとしても、すぐにまたあなたのことを考えている。二年間会わなかったというのに、先ほど再会して以来、僕の心や頭のなかであなたがさらに大きな存在になってしまった。ようやく、こうして、あなたが僕を家に招き入れてくださった。僕はあなたと正式に知り合うことができた。これまで知らなかったことまで、あなたのすべてを知ることができた。そして、それによってあなたは僕にとって、かけがえのない人となったのです。あなたが僕を愛してくれなかったら、僕はどうにかなってしまう。それだけじゃありません。あなたが、僕に愛することを許してくれなくても同じです」

「まあ、かわいそうな人ね。マダムD[60]がよく言っているみたいに、『じゃあ、あなた、お金持ちってことね』とでも言えばいいのかしら。あなたはご存じないでしょう。私は月に六千や七千フラン〔六百万～七百万円相当〕も使う女なのよ。しかも、今の私には、それだけの贅沢がなくてはならないものなの。あなただって、まさか私が短い時間であなたを破産させてしまうような女だとは思っていないのでしょう。あなたのご両親が私のような女と生きるのを許さず、あなたを禁治産者にすることなど想像もできないのでしょう。ええ、私を愛してくださるなら、お友達として愛してください。それ以外の方法ではだめ。会いにいらして、一緒に笑ったり、おしゃべりしたりするだけ。ねえ、私を買い被りすぎないで。私には大した価値なんてないの。あなたはやさしい人ね。あなたには、愛されることが必要なの。私のいる世界で生きるには、あなたは若すぎるし、繊細すぎるわ。どこぞの奥様と恋をなさい。ね、私は正直なの。だから、はっきりと言ってあげているのよ」

60　実際に誰を指すのかは不明だが、32ページに登場した当代きっての高級娼婦のことだろう。

「あなたたち、何をしているの！」

大きな声の主はプリュダンスでした。僕らは彼女の足音に気づかず、不意を突かれました。見ると、部屋の入口に立つプリュダンスの髪は乱れ、衣服は前の合わせが開いていました。きっと、ガストンの手が悪さをしたのでしょう。

「真面目な話をしているのよ。しばらく二人きりにしてちょうだい。もう少ししたら、そちらに行くから」

マルグリットが言うと、プリュダンスは、「はいはい。お話を続けてください。お二人さん」と答え、その言葉をさらに後押しするように、部屋の扉を閉めて、遠ざかっていきました。

二人きりになるとマルグリットは言いました。

「さあ、わかったわね。私を愛するのはもう終わり」

「じゃあ、僕はこれで失礼します」

「そこまで思いつめるほどのことなの？」

僕はもう引っ込みがつかなくなっていました。もともと、彼女のせいで、心が乱れていたのです。あの陽気さと悲哀、無垢(むく)な心と娼婦(しょうふ)の身体の取り合わせ、さらに、病が彼女を敏感にし、ある種の繊細さと怒りっぽさを与えていることを思うと、最初から強引に出て、彼女の忘れっぽく軽薄な性格を制しない限り、もう彼女を自分のものにはできないのだと悟りました。

「あら、じゃあ、本気なの？」

「ええ、本気です」

「だったら、さっさとそう言ってくだされぱよかったのに」

「いつ言うべきだったと言うんですか」

「オペラ・コミック座で最初に会った日の翌日にでも」

「あのときに会いに来ていたら、ひどい仕打ちを受けたような気がしますけどね」

「どうして？」

「だって、へまをやった翌日ですよ？」

「そうね。でも、そのときにはもう私を好きだったんでしょう？」

「ええ」

「でも、劇場を出たあとは家に帰って、ぐっすり眠ることができたのでしょう。大恋愛なんていっても、そんなものよ」

「いいえ、そうじゃありません。オペラ・コミック座を出たあと、僕がどうしたと思います?」

「さあ」

「カフェ・アングレの前であなたを待っていたんです。あなたの乗った馬車のあとをついていきました。そう、お連れが三人いましたね。あなたが一人で馬車を降り、一人で家に入っていったのを見て、どんなに嬉しかったことか」

マルグリットは笑いだしました。

「なぜ笑うんですか」

「べつに」

「言ってください。お願いです。さもないと、また、僕をからかっているのだと思ってしまいますよ」

「怒らない?」

「どうして、僕が怒ると言うんですか」

「だって、私が一人で帰ったのには、ちゃんと理由があったからよ」

「どんな?」

「ここで待っている人がいたってこと」

　ナイフで突き刺されたとしても、これほどの痛みを感じることはなかったでしょう。

僕は立ち上がり、彼女に手を差し出しました。

「さようなら」

「ほらね、怒ると思っていたわ。男の人って、聞けば自分が傷つくことまで、熱心に
聞き出そうとするのよね」

「でも、言わせてください」僕は、もうこれで恋から醒めたと示そうとするかのよう
に冷淡な調子で言いました。「いいですか、僕は怒ってなどいません。ええ、あの晩、
誰かがあなたを待っていたとしても、何の不思議もないでしょう。僕が今、朝三時に
立ち去ろうとしているのだって、それと同じぐらい至極当然のことです」

「あなたも誰かがおうちで待っているのかしら？」

「いいえ。でも、帰ります」

「じゃあ、さようなら」

「僕を追い出したいのですか」

「まさか、そんなこと」

「それなら、どうして、僕を傷つけるようなことを」

「あら、何に傷ついたというの？」

「誰かを待たせていたと言ったじゃないですか」

「だって、私は理由があって一人で帰ってきたのに、あなたは私が一人なのを見て嬉しかったとおっしゃるので、つい笑ってしまったのよ」

「人はしばしば浅はかなことで喜びを覚えるものです。知らぬままでいれば幸せなものを、わざわざ真実を明かして、そんな喜びを打ち壊すなんて、残酷ではないですか」

「私を誰だと思っているの？　私は純情無垢な少女でも、公爵夫人でもないのよ。今日知り合ったばかりのあなたに、私の行動についてとやかく言われる筋合いはないわ。たとえ、いつか、私があなたの愛人になる日が来るとしても、あなた以外の男性と関係をもちつづけることだけは覚悟しておいていただかなくてはね。こんなふうに初対面のうちから嫉妬(しっと)なさるようでは、先が思いやられるわ。まあ、この先もおつきあいが続けばの話ですけれど。あなたみたいな人、初めて見ました」

「つまり、僕のようにあなたを本気で愛した人はいないということですね」

「では、あなたは本当に私を愛していると言うのね」

「ええ、これほどの愛はこの世に存在しないと思いますよ」

「それは、いつから？」

「三年前のある日、シュスの店の前であなたが馬車から降りてくるのを見て以来のことです」

「まあ、嬉しいわ。それで、その愛に報いるには、どうしたらいいのかしら」

「少しでいいから僕を愛してください」

僕はもう胸が張り裂けそうで、しゃべるのもやっとの状態でした。話しているあいだじゅう、彼女の顔にはからかうような笑みが浮かんでいましたが、僕は彼女が徐々に僕の気持ちを受け入れつつあるのを感じていました。僕は、長らく待ち焦がれていたときがいよいよやってくるのを予感し始めたのです。

「公爵がねえ」

「公爵って？」

「ほら、あのやきもち焼きのお爺さんよ」

「黙っていればいいでしょう」

「もし、ばれたら？」

「きっと許してくれるでしょう」

「そんなの無理よ。きっと彼は私を見捨てるわ。そしたら、私はどうなるかしら」

「今だって、公爵に知られる危険を承知で、ほかの男性とつきあっているくせに」

「あら、どうしてそんなことを？」

「だって、さっき、今夜は誰が来ても入れないよう、使用人に言いつけていたじゃないですか」

「ああ、そうだった。でも、彼はお友達よ」

「こんな時刻に訪ねてくる相手だというのに、門前払いなんて、確かに、ご執心の相手じゃないんでしょうね」

「あなたとあなたのお友達のために、お断りするのだから、あなたに責められる筋合いはないでしょう」

　僕は少しずつマルグリットに身を寄せてゆき、彼女の腰に腕をまわしました。そして、彼女がそのしなやかな身体をそっと僕の手に預けてくるのを感じたのです。僕は耳元で囁(ささや)きかけました。

「ああ、どんなにあなたを愛していることか」

「本当かしら?」

「誓います」

「じゃあ、何も言わず、責めたり、問いただしたりもせずに、すべて私の望むとおりにさせてくれると約束して。そうしたら、あなたのことを好きになるかもしれないわ」

「ええ、お望みのままに」

「言っておくけど、私の生活については、あなたに何も打ち明けないまま好きなようにさせてもらうわよ。以前から若い愛人がいたらいいなとは思っていたの。私の思い通りになってくれて、疑うことなく愛してくれて、自分の権利など主張せずに愛させてくれる人がね。でも、これまで、そんな人にはついぞお目にかかれませんでした。殿方は皆、かつて手に入れたいけれどとても無理だろうと思っていたものが、当面は自分の手のなかにあると思うや否や、もうそれだけで満足できず、相手の今現在だけではなく、過去や未来にまで口をはさもうとするんです。慣れるに従って、女を支配しようとし、望むものをすべて差し上げても、さらにたくさんのことを求めようとする。あなたを愛人にするなら、難しくても三つの条件をのんでいただかなくてはなりませんね。私を信じること、私に従うこと、私のすることに口を出さないこと」

「ああ、それなら僕は条件をのみますよ」

「本当かしら」

「じゃあ、試してみてください。いつにします?」

「また今度ね」

「どうして?」

「どうしても」こう言うとマルグリットは僕の腕から逃れ、今朝届けられた大きな赤い椿の花束から一輪を抜き出し、僕の上着のボタン穴に挿(さ)しました。そして、こう言ったのです。

「署名したその日から執行される条約はないでしょう」

言われてみればそのとおりです。

「では、いつお目にかかれるでしょう」

僕は彼女を抱きしめながら問いました。

「この椿の色が変わったら」

「花の色はいつ頃、変わるんでしょうね」

「明日、夜十一時から十二時のあいだね。ご満足?」

「あたりまえじゃないですか」

「お友達にもプリュダンスにも、誰にも内緒よ」

「ええ、約束します」

「じゃあ、キスしてちょうだい。食堂に戻りましょう」

彼女は僕に唇を差し出し、もういちど髪を直し、僕を連れて部屋を出ました。彼女は鼻歌を口ずさんでいましたが、僕はもう心ここにあらずの状態でした。

彼女はサロンで足を止め、声をひそめて言いました。

「こんなふうにすぐにあなたを受け入れようとするなんて、妙なことだと思っているんでしょう。どうしてだか、わかる?」

そう言いながら、彼女は僕の手をとり、自分の胸に当てました。彼女の鼓動が激しく、でも、規則正しく打っているのが、僕の掌に伝わってきました。

「それはね、ほかの人たちのように長くは生きられないとわかった以上、時間を無駄にしないようにしようと自分に誓ったからなのよ」

「そんなことを言わないでください」

「ご心配なく」と彼女は笑って言いました。「残り少ない人生とはいえ、あなたが私に飽きるぐらいまでは生きていますよ」

彼女は歌を口ずさみながら食堂に入っていきました。そして、ガストンとプリュダンスしかいないことに気がつくと、「ナニーヌはどこ」と尋ねました。

「あなたがなかなか寝ないのをいいことに、あなたの部屋で寝ているわよ」とプリュダンスが答えました。

「あの子ったら。叱ってやらなくちゃ。さあ、殿方は、お帰りください。もう遅いわ」

十分後、僕はガストンとともに彼女の家をあとにしました。マルグリットは、僕の手を握って別れの挨拶をしました。プリュダンスはまだ残っているようでした。

「さて」外に出るなり、ガストンが僕に尋ねました。「マルグリットに会った感想はどうだい」

「天使だね。もう夢中だよ」

「だろうと思った。で、彼女にそう言ったの?」

「ああ」

「で、彼女は君の言うことを本気にしてくれた?」

「いいや」

「プリュダンスのようにはいかないね」

「プリュダンスは君を信じると約束してくれたのかい」

「約束どころじゃないさ。信じられないだろうけどね。彼女はまだまだ本当にいい女だよ。あのぽっちゃりさんは！」

11

アルマンはここで話すのをやめた。

「寒気がしてきたので、窓を閉めていただけますか。そのあいだに、僕はベッドに戻ります」

私は窓を閉めた。まだ極度の衰弱状態にあるアルマンは、部屋着を脱ぎベッドに横になると、長く走ったあとのような、つらいことを思い出して気を昂(たかぶ)らせたあとのような疲れた表情を浮かべ、しばらく枕に頭を預けていた。

「長く話しすぎたのかもしれませんね。そろそろ私はお暇(いとま)しましょうか。眠ったほうがいいのではないですか。また別の日に最後までお聞きすることにしましょう」

「退屈しましたか」
「めっそうもない」
「じゃあ、続けましょう。あなたがお帰りになって一人になったとしても、眠れそうにありません」

こうしてアルマンは再び語り始めた。彼の頭のなかでは、細かいところまですべてが鮮明なままなので、記憶を掘り起こす必要などないのだ。

その晩、家に帰っても僕は横になることなく、その日にあったことを頭のなかでたどりなおしていました。出会って、知り合い、マルグリットが僕に約束をしてくれた。あまりにもあっという間に、願ってもないことが起こり、自分でも夢だったのではないかと思ってしまうほどでした。でも、マルグリットのような女にとって、愛を告白された翌日に、すぐにその男を受け入れるなど、初めてではないのかもしれません。

そうは思ってはみたものの、もうすぐ自分のものになるだろうマルグリットが、僕に与えた印象はあまりにも鮮烈で、いつまでも消えようとしないのです。僕はまだ彼女こそは、ほかの女たちと違うと思いたがっていました。そして、男にありがちな虚栄心から、自分が彼女を思うように、彼女のほうも同じような思いで応えてくれるに違いないと思っていたのです。

もっとも、そんなふうにはならなかった例も見てきましたし、マルグリットの恋はうつろいやすい、季節によって値段を変える商品のようだという噂も耳にしていました。

でも、こうした評判が本当なら、あの日彼女の家にいた若い伯爵への態度をどう説明すればいいのでしょう。彼女は彼を拒絶し続けていました。彼女は伯爵が気に入らなかったし、老公爵によって不自由のない生活をしている以上、伯爵の愛人になる必要はないので、どうせなら、自分の好きな男を客にしようと思っただけなのでは、とあなたはおっしゃるかもしれません。でも、それなら、なぜ彼女はガストンを選ばなかったのでしょう。彼は魅力的だし、頭も良いし、金ももっている。それなのに、なぜ、彼女はガストンではなく、最初に会ったとき、あんな無様な姿をさらした僕のほうを選んだのでしょう。

ほんの一分ほどの出来事が、一年かけて口説くよりも大きな意味をもつことが、確かにあるのです。

　夜食の席にいた者のなかで、テーブルを立った彼女を心配したのは僕一人でした。僕は彼女のあとをついていき、平静を装うことができないほど、取り乱してしまった。彼女の手にキスをしたときに涙がこぼれてしまうほどだった。こうした状況と、彼女が寝込んだ二か月間、僕が毎日見舞いに来ていたことが結びついたからこそ、彼女は僕に、今まで知り合った男性とは違うものを見出したのかもしれません。こんなかたちで恋を告白してきたのだから、これまで何人もの男としてきたことを、僕を相手にやってみてもいいと思ったのではないでしょうか。彼女にとっては、造作もないことだったのですから。

　もうおわかりでしょう。あれこれ想像したところで、どれもありえそうな話です。でも、理由が何であれ、とにかく、彼女が僕を受け入れたことだけは確かでした。

　そう、僕はマルグリットに恋をしていました、その彼女が僕のものになるのです。それ以上のことが望めましょうか。しかし、繰り返しになりますが、相手が娼婦とはいえ、僕は、詩にあるような恋に憧れるあまり、これは実らぬ恋だと思い込んでいました。だからこそ、もうすぐ願いがかなう、つまり、望む必要すらなくなると思うと、そんなにうまくいくはずがないという気持ちがさらに深まっていきました。

その晩、僕は眠れませんでした。

自分が自分ではないかのようでした。半ば正気を失っていたのです。ああ、彼女にふさわしいほど、僕は美男でもないし、金持ちでも、良家の出身でもないと嘆いてみたかと思えば、あんなすばらしい女性をものにできることに鼻高々な気分になったりしていたのです。しばらくすると、今度は、マルグリットの僕への気持ちはほんの数日しか続かない気まぐれにすぎず、すぐに捨てられるのではないだろうかと思い、それならば今夜は彼女の家に行かないほうがいいのではないか、どうせ不幸になるのだからと彼女に手紙を書き、このまま去ったほうがいいのではないかとも考えました。そこから急に気が変わり、今度は、果てしない希望があふれ、どこまでも彼女を信じる気持ちになったりもしました。僕はとんでもない未来を思い描いていました。僕の愛で、彼女は心身ともに健康になり、二人で生涯を共にする夢。どんな無垢(むく)な愛よりも尊い彼女の愛によって僕自身も幸せになれることを夢見たのです。

このとき、あらゆる可能性が心に浮かび、それをひとつひとつ理性的に考え直してみたのですが、そのすべてはとても今ここで語り尽くせるものではありません。それでも雑多な思いが徐々に眠りのなかに消えゆき、朝になってようやく僕は眠りについたのです。

目が覚めると午後二時でした。空は晴れ渡り、僕はこの日ほど人生が美しく、満ち足りて見えた日はありませんでした。昨晩の記憶がよみがえりましたが、もはや不吉な影も、立ちはだかる障害も消え去り、ただ今夜への期待だけが明るく思い出されるだけでした。僕は急いで着替えました。自分に満足し、最良の自分を差し出すことができそうでした。ときおり、喜びと愛に満ちた心が胸から飛び出してしまうような気さえしていました。甘美な熱にとりつかれ、興奮していました。眠る前にあれほど僕を苛(さいな)んださまざまな疑念も、もはや気にならなくなっていました。僕は途中の経緯は忘れ、マルグリットに再会する時間だけを楽しみにしていました。

自宅にじっとしているなんて無理でした。僕の部屋は狭すぎて、あふれる幸福感がおさまりきらなくなっていたのです。この想いを解放するには、広い世界が必要でした。

そんなわけで、僕は外出したのです。

アンタン通りを歩いていくと、マルグリットの家の前に彼女の箱型馬車(クーペ)が停まっていました。僕はシャンゼリゼ通りのほうに向かいました。まったく知らない人たちでも、会う人すべてが愛しく思えるほどでした。

ああ、恋とは人を善良にするものですね。

マルリーの馬像[61]とロン・ポワン[62]のあいだを行ったり来たりして一時間ほどしたところで、遠くにマルグリットの馬車が見えました。本人の姿が見えたわけではありませんが、彼女だと確信しました。

シャンゼリゼの角で馬車が停まると、立ち話をしていた一団から背の高い青年が馬車に歩み寄り、彼女としゃべりだしました。

しばらく話したかと思うと、青年はお仲間のところに戻り、馬車は走り去りました。僕は若者たちの一団に近づいていきました。そして、先ほど彼女と話していたのが、G伯であることに気づいたのです。昨晩、プリュダンスが肖像画を見せてくれたあの

61 コンコルド広場にあるギヨーム・クストゥによる馬の彫像。当初は、マルリー城のために造られたため、「マルリーの馬像」と呼ばれる。現在、原像はルーヴル美術館にあり、広場には複製が設置されている。
62 前掲（21ページの注15を参照）。

人、マルグリットを今の地位まで引き上げたあの人でした。

昨晩、彼女が門前払いをくわした相手は、あのＧ伯だったのです。彼女は馬車を停め、昨日の不義理の言い訳をしたのでしょう。何か口実をもうけ、今夜も無理だということも伝えたのではないかと僕は希望を込めて推測しました。

その後、残りの時間をどう過ごしたのかは、覚えていません。歩き、煙草(たばこ)を吸い、誰かとしゃべっていたのでしょう。でも夜十時の時点で、僕はその日何を話したのか、誰と会ったのか、何も思い出せませんでした。

覚えているのは、自宅に帰り、三時間かけて身支度したこと、そして何度も何度も百回くらいは時計を見たことぐらいです。というのも、柱時計に目をやり、もしや止まっているのではと懐中時計に目をやっても、両方が同じ時刻を指しており、がっかりすることの繰り返しだったからです。

十時半になると、そろそろ出かけようと思いました。

当時、僕はプロヴァンス通り[63]に住んでいました。モンブラン通りを進み、大通りを渡って、ルイ・ル・グラン通り、ポール・マオン通りと行けば、アンタン通りに出ます。僕はマルグリットの家の窓を見上げました。

明かりがついています。

僕は呼び鈴を鳴らしました。

門番にゴーティエ嬢はご在宅でしょうかと訊(き)いてみました。

だが、門番によると、彼女はどんなに早くても十一時か、十一時十五分ぐらいにならなくては帰らないとのことでした。

僕は懐中時計に目をやりました。

ゆっくり歩いてきたつもりだったのに、プロヴァンス通りからマルグリットの家まででわずか五分で来ていたのです。

仕方がないので、アンタン通りを歩きました。とはいえ、この通りには店もないし、夜ともなれば人気(ひとけ)がないのです。

半時間ほどすると、マルグリットが帰ってきました。彼女は誰かを探しているかのように、周囲に目を配りながら馬車から降りてきました。

63 パリ九区の高級街。サン・ラザール駅やオペラ座にも近い。ちなみに、マルグリットの住むアンタン通りまではおよそ徒歩十分の距離。

馬車は並足で去っていきました。厩舎や車庫は別のところにあるのでしょう。マルグリットが呼び鈴を鳴らそうとしたそのとき、僕は彼女に近寄り、声をかけました。

「こんばんは」

「あら、どうしたの」僕に会えたことを喜んでいるとは思えない口調でした。

「今夜来てもいいと言ってくださったではありませんか」

「そうだったわね。忘れていたわ」

この一言で、昨夜から今朝の煩悶も、今日一日の期待感も、すべてがひっくり返りました。それでも、僕は徐々に、彼女のやり方に慣れてきていたので、以前のように立ち去ったりはせず、その場に留まりました。

僕は彼女と一緒に家に入りました。ナニーヌがあらかじめ扉の鍵を開けておいてくれました。マルグリットはナニーヌに尋ねます。

「プリュダンスはもう帰っているかしら」

「いいえ、まだのようです」

「じゃあ、戻りしだい、うちに来るように言っておいてちょうだい。その前にサロンの明かりを消しておいて。誰かが来ても、私はまだ帰っていない、今夜は帰らないと言ってね」

ほら、女性が何か気になることがあるときに見せる、あの落ち着かない態度です。迷惑な来客にうんざりしているのかもしれません。僕はどんな顔をしたらいいのか、何と言えばいいのかわかりませんでした。マルグリットは寝室に向かいました。僕はその場に立っていました。

すると彼女は、僕に「いらっしゃい」と言うのです。

帽子を取り、ビロードの外套（がいとう）を脱いで、ベッドの上に投げ出すと、彼女は倒れ込むように、暖炉の脇のソファに腰を下ろしました。暖炉には火が入っていました。彼女は夏の初めまで暖炉を使っていたのです。そして、彼女はソファで、時計の鎖をもてあそびつつ、僕にこう言いました。

「で、何か新しい話題があるの？」

「いいえ、特に。僕は来るべきではなかったのでしょうか」

「どうして？」

「あなたは何だか不機嫌そうですし、僕がいると退屈なんでしょう」

「あなたが嫌なわけじゃないわ。ただ、私、病気なのよ。一日中つらかったの。ちゃんと眠っていないし、ひどい頭痛もするし」

「お休みになりたいならば、退散しましょうか」

「どうぞ、そこにいらして。あなたがいても、横になりたくなったら、横になるから」

そのとき、呼び鈴が鳴りました。マルグリットはそわそわした様子で、

「ほかにも誰か来たみたいね」と言いました。

しばらくすると、また呼び鈴が鳴りました。

「誰も扉を開けに行かないのね。仕方ないから私が行かなくちゃ」

彼女は僕に「ここで待っていてね」と言うと立ち上がり、アパルトマンの中を横切って、玄関に向かいました。扉を開ける音が聞こえました。僕は耳をすましました。入ってきた人物は食堂で足を止めたようです。最初の二言、三言で、声の主がN伯だとわかりました。

「こんばんは、ご機嫌いかがですか」

「良くないわ」マルグリットの返答は素っ気ないものでした。

「お邪魔ですか」

「そうねえ」

「ずいぶんな仕打ちですね。何かあなたを怒らせるようなことしましたっけ」

「いいえ、何も。ただ体調が悪いのです。早めに床につかなければなりませんので、お帰りになっていただけると助かりますわ。夜遅く帰宅して五分もしないうちにあなたが現れるなんて、身体がもちませんもの。何がお望みですか。あなたの愛人になれとでも？　もう百回はノンとお答えしたはずよ。あなたを見るだけでいらいらするの。どうか、ほかの方を口説いてくださいな。最後にもういちどだけ言いますけど、あなたには興味ないの。わかりましたね。さようなら。ああ、ナニーヌが戻ってきましたから、あの子に明かりを持たせて、お見送りさせますわ。では、おやすみなさい」

　それ以上何も言わず、N伯の不満げな言い草に耳を貸そうともせず、マルグリットはさっさと寝室に戻り、乱暴に扉を閉めました。だが、閉めた途端に扉が開き、今度はナニーヌが入ってきました。

「いいわね？　あのお馬鹿(ばか)さんが来たら、どんなときでも、私は留守だとか、会いたがっていないとか、適当に言っておいてちょうだい。もう嫌になったわ。男の人って、次々と来ては同じことを求めるんだから。しかも、お金さえ出せば、人を思い通りにできると思っているんだもの。この恥ずかしい職業に今からつこうという女の子がいても、実情を知れば、きっと娼婦より小間使いのほうがましだと思うわね。いえいえ、ドレスや馬車やダイヤモンドを見せびらかすことに心ひかれるのかも。娼婦だって人間ですからね。他人の言うことをつい真に受けてしまう。身も心も少しずつ擦(す)り切れていくし、美貌(びぼう)も失う。獣(けもの)のように怖がられ、卑賤(ひせん)の者のように軽蔑(けいべつ)され、まわりにいるのは、いろいろ与えてくれはするけれど、それ以上のものを奪おうとする人ばかり。他人を破滅させ、自分も破滅し、挙句の果てには、ある日とつぜん犬みたいに野垂れ死にするんだわ」

「奥様、そんなに興奮しないで。今夜はずいぶん気が立っているご様子ですね」

「このドレス、苦しいのよ」マルグリットは、胴着(コルセット)の金具を乱暴にはずしながら言いました。

「部屋着を持ってきて。で、プリュダンスは？」

「まだお帰りではありませんでした。でも、お帰りになりしだい、こちらに来るようにお願いしてきました」

「ほらね、彼女だって」マルグリットは、ドレスを脱ぎ、白いガウンに袖(そで)を通しながら言いました。「彼女だって、自分が困ったときは私を頼るのに、私が何か頼んだときに限って、腰が重いのよ。プリュダンスも、私が今晩返事を待っていることぐらいわかっているはずなのに。どうしても必要だということも、やきもきしていることも。それなのに、私をほったらかしにして、どこかほっつき歩いているんだわ」

「どこかで足止めされているのかもしれませんね」

「パンチをちょうだい」

「お身体に毒ですよ」とナニーヌ。

「望むところよ。果物と、パテか手羽肉でも、何か持ってきて。すぐにお願いよ。おなかすいちゃったわ」

　こんなやりとりを僕がどんな思いで見ていたか、言うまでもないですよね。想像がつくでしょう。

　彼女は僕に言いました。

「一緒に食事しましょう。準備ができるまで、本でも読んでいて。私は化粧室に行ってきますから」

　そう言うと彼女は燭台（しょくだい）のロウソクに火を点（とも）し、ベッドの足元にある扉の向こうに姿を消しました。

僕はその間、彼女の人生について思いを馳せていました。同情するうちにさらに彼女への愛が深まったように思いました。

僕は、もの思いにふけりつつ、大股で寝室のなかを歩きまわっていました。するとそこにプリュダンスがやってきました。

「あら、来ていたの。マルグリットはどこ？」

「化粧室ですよ」

「じゃあ、ここで待たせてもらうわ。ねえ、彼女あなたが気に入ったみたい。気がついた？」

「いいえ」

「彼女、何も言わなかったの？」

「全然」

「じゃあ、どうして今日はここへ？」

「ご機嫌伺いに来たんですよ」

「真夜中に？」

「ええ、別にかまわないでしょう」

「嘘つき！」

「彼女にはずいぶんつっけんどんにされたんですよ」

「じゃあ、これからやさしくなるわよ」

「そうですかね」

「ええ、彼女にいい知らせをもってきたから」

「僕のこと、けっこう気に入ったと、彼女がそう言ったんですか」

「昨日の晩、いや、今朝と言ったほうがいいかしら。あなたがお友達とお帰りになったときにね。それはそうと、お友達はどうしたの。あなたのご友人のガストンさん、でしたっけ」

「ええ」僕は、ガストンから話を聞かされていただけに、思わず苦笑してしまいました。だって、プリュダンスのほうでは、やつの名前を辛うじて覚えていた程度だったのですから。

「あの人、ご親切よね。何をしている方なの？」

「彼には二万五千フラン［二千五百万円相当］の金利収入があるんですよ」

「まあ、本当？　そういえば、あなたのことだけど、マルグリットがあなたのこと私にいろいろ訊いてきたのよ。あなたはどんな人で、何をしている人か、これまで、どんな恋人がいたかとか。あなたぐらいの年齢の男性について皆が尋ねるようなことをね。私が知っている限りのことを答えて、とても魅力的な人よって言い添えておいたわよ」

「それはありがとう。ところで、マルグリットが昨日、君に頼んでいたのはいったいどんなこと？」

「別に何も。あれは、N伯を帰らせる口実よ。でも、今日は、ひとつ頼まれたわ。だから、こうして先方からの返答を伝えに来たってわけ」

ちょうどそのとき、マルグリットが化粧室から出てきました。「シュー」[64]と呼ばれる黄色いリボン飾りがついたナイトキャップをおしゃれにかぶっています。

実に艶（つや）っぽい姿でした。

マルグリットは素足にサテンのスリッパをはき、爪を仕上げながらこちらにやってきました。プリュダンスの姿を見つけ、彼女が言いました。

「どう、公爵に会えたの？」

「もちろん」

「で、何か言われた？」

「これを渡されたわ」

「いくら、くれたの？」

「六千」

「持ってきてくれた？」

「ええ」

「嫌そうな顔していた？」

「いいえ」

「あわれな人ねえ」そう言ったときの彼女の口調は何とも言えないものでした。マルグリットは千フラン札六枚を受け取りました。

「間に合ってよかったわ。さて、プリュダンス、お金は必要かしら」

64 「シュー」はキャベツの意味。現在、日本では「薔薇結び」と呼ばれる、花弁が重なり合っているように見えるリボン飾り。

「もう、わかっているくせに。十五日の支払いまで、あと二日しかないのよ。三、四百フラン〔三十万～四十万円相当〕貸してくれたら、とても助かるわ」

「明日の朝、誰かに取りに来させて。今夜はもう遅いから、お札を崩すのも無理だし」

「忘れないでね」

「大丈夫よ。一緒にお夜食食べていく？」

「いいえ、シャルルが家で待っているの」

「相変わらず、彼に夢中なの？」

「ぞっこんよ。じゃあ、また明日ね。おやすみなさい、アルマン」

プリュダンスは出ていきました。

マルグリットは戸棚を開け、お札を投げ入れると、僕に向かって言いました。

「横になりたいんだけど、許してね」彼女は微笑みを浮かべ、ベッドに向かいました。

「許すどころか、こちらからお願いしたいくらいですよ」

彼女はレースのベッドカバーを足元に押しやり、ベッドの上に横になりました。

「さあ、そばに座って。おしゃべりしましょう」

プリュダンスの言ったとおりでした。彼女の報告を聞き、マルグリットはずいぶん機嫌が良くなったようです。彼女は僕の手をとって言いました。

「先ほどまでは、不機嫌でごめんなさいね」

「何もかも水に流しますよ」

「私のこと好き？」

「どうにかなりそうなほどに」

「こんなに面倒な性格でも？」

「どんな欠点があろうとも」

「約束して」

「はい」僕は彼女に囁(ささや)きました。

そこにナニーヌが冷製チキンとボルドー産ワインのボトルと苺(いちご)、二人分の食器を持って入ってきました。

「パンチはやめておきました。ボルドー・ワインのほうがいいと思いまして。そうでしょう、アルマン様」

「ああ、そうだね」でも、僕は先ほどのマルグリットの言葉に心を動かされ、彼女にじっと熱い視線を向けたままでした。

「さあ。全部、そこの小さなテーブルに載せてちょうだい。ええ、ベッドのそばに置いてね。あとはこっちでやるわ。もう三日泊まりが続いているし、おまえも眠いでしょう。寝ていいわよ。あとはもういいから」

「扉の鍵は二つとも掛けたほうがいいでしょうか」

「ええ、そうして。それから、明日の正午まで、誰も家に入れないように言っておいてね」

12

朝五時、カーテン越しの陽光で部屋が明るくなり始めると、マルグリットが言いました。

「追い出すようで申し訳ないけれど、仕方がないの。毎朝、公爵が来るのよ。あの人が来ても、まだ寝ているって答えさせるつもりだけれど、起きるまで待つと言うかもしれないわ」

僕は両手で彼女の顔を包み込みました。顔のまわりには、ほどいた髪が艶っぽく広がっておりました。僕は別れの口づけをして、言いました。

「次はいつお会いできますか」

「聞いて。暖炉の上に小さな金色の鍵(かぎ)があるから、それを使って、扉を開けて。で、鍵をここに戻したら、どうぞお帰りください。今日のうちに手紙を出すから、その通りにしてね。何でも言うことを聞くお約束でしょう」

「ええ、でも、ひとつお願いがあります」

「何?」

「僕にこの鍵を預けてください」

「そんなの、今まで誰にも許したことがないわ」

「じゃあ、僕にはそれをお許しください。だって、誓ったでしょう。僕の愛は、今まで君を愛した人たちの愛とは違うんですよ」

「じゃあ、持っていっていいわ。でも、その鍵が役立つかどうかは、私しだいよ」

「どういうことです?」

「扉の内側に閂(かんぬき)があるから」

「意地悪だな」

「はずさせておくわ」

「少しは僕を愛してくれているんだね」

「どうしてなのかはわからないけれど、確かにそのようね。さあ、行って。私、まだ眠いのよ」

　それからしばらく抱き合って名残を惜しんだ後、僕は帰りました。

　道に人影はなく、パリの街はまだ眠っているようでした。あと数時間もすれば人々の喧騒で埋め尽くされるだろうこの地区にも、さわやかな風がやさしく吹いていました。

　まだ眠っているこの街がまるで僕のためにあるような気がしていました。僕は記憶をたどり、これまで自分が幸せを羨んできた人々のことを思い浮かべてみましたが、このときの僕ほど幸せな人はいないように思えました。

　貞淑な乙女に愛され、その乙女に初めて愛の神秘を教える役目を担うことは、男にとって祝福でありましょう。でも、そんなの安易すぎます。誰からも口説かれたことのない心を奪ったところで、それは門戸が開かれ、守備隊もいない市街に入っていくようなものです。教育、義務感、家族は強力な見張り番として少女を縛ろうとします。でも、十六歳にもなれば、どんなに注意深く見張られていても、彼女はきっと見張りの裏をかいて抜け出すことでしょう。自然は、愛する男の声を借りて、少女に最初の愛を教えるのです。その愛は純粋に見えるものほど激しいものとなるでしょう。

それを善だと信じていればいるほどに少女は積極的になり、恋人のため、いや少なくとも愛のために身を捧げようとするはずです。疑うことを知らぬのならば、抵抗する力もありません。そんな少女に愛されることは、二十五歳の男性にとって、いつでも望むときに手に入れられる戦利品でしかありません。その証拠に、人々は若い女性を見張り、砦(とりで)で囲もうとするのです。修道院がどんなに高い壁を築き、修道女たちが強固に施錠しても、宗教上の義務を守り続けるよう命じても、可愛(かわい)い小鳥のような乙女たちを、花を投げ入れようとする人さえいない籠(かご)のなかに閉じ込めておくことはできないのです。少女たちは、大人たちが隠そうとする世界に憧れ、何か魅力的なものだと思うようになるに違いありません。やがて、彼女たちは籠の格子越しに秘密を語る初めての声に耳を傾け、神秘のヴェールの端を持ち上げる最初の手を祝福するのです。

でも、高級娼婦に本気で愛されるのは、そうした乙女に愛されるのとは違う難しさがあります。娼婦たちは身体を売ることで魂を消耗し、官能によって心を灼きつくし、放埒な生活でうぶな心は失われています。何を言っても、彼女たちはそんな言葉は聞き飽きているし、どんな手立てを使っても、そんなものはお見通し。恋をすることがあってもそれは商売としての恋。彼女たちは仕事として愛するのであり、情に動かされているわけではありません。乙女が母親や修道院に守られている以上に、彼女たちは損得勘定に守られていると言っていいでしょう。心を休めたり、良心に言い訳したり、自分を慰めたりするために、たまには計算のない恋をすることがあっても、彼女たちはそれをただの「気まぐれ」としか呼ばないのです。その姿は、高利で多くの人を苦しめておきながら、ある日、飢え死にしそうな貧者に、利子も証文も要求せずに二十フラン［二万円相当］を貸し与え、それですべての罪が帳消しになると思い込んでいる金貸し屋のようですね。

神が彼女に恋を許すとしたら、最初のうちこそ、その恋は「赦し」のように見えるでしょうが、ほとんどの場合、その恋はいつしか「罰」となるのです。罪を贖わない限り、赦しを得ることはないのです。これまでの人生、後ろ指をさされ続けてきた女たちが、ふとしたはずみに、これまで絶対に無理だと思っていた恋に出合い、深く、誠実で、抵抗しがたい愛情を抱くようになり、その愛を告白したら、どうなるでしょう。愛された男はさぞや強気な態度に出るでしょう。だって、「愛のためと言ったって、金のためにやってきた以上のことができるものか」という残酷な言葉を口にする権利を手に入れて、彼女を支配できるのです。

こうなると女は、どうやって愛を証明すればいいのかわかりません。お話に出てくるでしょう。何もないのに何度も畑で「助けて」と叫び、農夫たちを困らせていた子供が、ある日、熊に食べられてしまう。さんざん騙されてきた人たちは、子供が本気で助けを求めても、その悲鳴を信じようとしなかったのです。彼女たちが本気で恋をしたときも同じことが起こります。何度も嘘をついてきたので、もう誰も信じてくれません。彼女たちは、後悔のまっただなかで、恋のために身を滅ぼしてしまうのです。

娼婦をやめた女が、ときに、身も心も神に捧げ、厳格な教えを守り、皆の手本となるようなこともありますが、きっとこのようにしてそんな境地に至るのでしょう。

でも、罪深き女に、抑えがたき恋心を芽生えさせたお相手が、過去を忘れて、彼女を受け入れるだけの寛大さをもっており、彼もまた彼女を全身で愛し、つまり、彼女しょう。

が彼を愛するように、彼も彼女を愛するならば、その男性はこの世のあらゆる感情を底の底まで汲み尽くすこととなるでしょうし、彼にとって、それは一生の恋となるで

今、お話しした恋愛観は、マルグリットの家から自宅に戻ったその朝に考えたことではありません。このときはまだ、そんなことが先々起こるのではという予感でしかなかったのです。僕はマルグリットを愛していました。でも、こんな結果になるとは思ってもみなかったのです。ええ、今になってわかったことです。すべてすんでしまってどうしようもなくなった今になってようやく、ああなったのは当然だったと思えるのです。

さて、二人が初めて愛し合ったあの日に話を戻しましょう。帰宅した僕は有頂天になっていました。僕と彼女のあいだには障壁があると思い込んでいたけれど、もはやそんなものは消えてなくなったかのように感じられ、彼女は僕のものになった、彼女の心のなかに小さくとも自分の居場所ができたと思っていました。彼女の部屋の鍵がポケットにある。いつでもこの鍵を使うことができる。そう考えると、僕は人生に満足し、自分を誇らしく感じ、僕にこのような幸福を許してくれた神に感謝しました。

ある日、一人の青年が道を通りかかり、一人の女性とすれちがったとしましょう。青年はその女性を眺め、振り返り、通り過ぎる。青年は、その女性を知りません。彼女には彼女の喜びや悲しみや恋があり、青年には何の関係もありません。彼女にとってはこの青年など存在しないのも同然なのです。たぶん、彼が話しかけたとしても、彼女は、からかっただけでしょう。そう、マルグリットが最初に僕にしたようにね。やがて、数週間がたち、数か月がたち、数年がたち、それぞれが違う道を歩み、異なる人生をたどった挙句、とつぜん、偶然のめぐりあわせで二人が向き合うことになる。こうして女性は青年の恋人になり、彼を愛するようになるのです。なぜなのでしょう。どうしてでしょう。それはわかりませんが二人はひとつになるのです。親しくなった途端、ずいぶん前からそこにいたような気がしてきて、それまでのことはすべて二人の記憶から消えてしまうのです。不思議なものですね。

そのときの僕も、前夜までどんなふうに暮らしてきたのか思い出せないほどでした。昨夜彼女と交わした言葉をひとつひとつ思い出すだけで、身も心も喜びに震えるのです。マルグリットが騙し上手なのでしょうか、彼女の僕への愛は、初めて口づけを交わした瞬間に生まれ、生まれたときと同じようにあっけなく死んでいく仮初(かりそめ)の恋なのでしょうか。

考えれば考えるほど、彼女が恋をしているふりをしなければならない理由などないのだと思えてきました。女性にはきっと心の恋と官能の恋、二つの愛し方があるのでしょう。でも、この二つの愛し方は、たがいに原因にもなり、結果にもなるのです。たとえば、官能だけに導かれて男に身をまかせた女性が、思いもよらない純愛の機微を学び、やがて心の恋だけに生きるようになることもあるでしょう。それとは逆に、純粋な心のつながりしか求めずに結婚した少女が、とつぜん肉体の愛に目覚め、これ以上はないという清らかな精神の愛ゆえにこそ、情熱的な肉欲に身を投じることもあるでしょう。

僕はそんなことを考えながら眠りにつきました。そして、マルグリットからの手紙で起こされたのです。手紙にはこうありました。

「私からの命令です。今夜、ヴォードヴィル座[65]に来て。
三幕の幕間に待つ。M・G」

僕はこの手紙を引き出しにしまいました。幾度となく疑念に襲われる瞬間がありましたので、そんなときのために確かな証(あかし)を残しておきたかったのです。

昼間に来てほしいとは書いてなかったので、彼女の家には行きませんでした。でも、夜まで彼女に会えないのは残念なので、シャンゼリゼに行くことにしました。すると、昨日同様、彼女の馬車が通り過ぎ、やがて戻ってくるのが見えました。

七時、僕はヴォードヴィル座にいました。

こんな早い時刻に劇場に来たのは初めてです。

桟敷席は徐々に埋まっていきましたが、ひとつだけ空いているところがありました。舞台に近い一階の席です。

三幕が始まると、その席の扉が開く音が聞こえました。僕はほとんどずっとその扉から目を離さずにいたのです。桟敷席にマルグリットが現れました。

65 一七九二年にパレ・ロワイヤル地区に建てられたが、一八三八年に火事で焼失。その後、パリの証券取引所広場に再建された劇場。一八六八年にはキャピシーヌ通りに移転。一八五二年、『椿姫』はここで初演。

マルグリットはそのまま舞台のすぐ近く、桟敷席の前列に腰を下ろし、オーケストラ前の席に僕の姿を認めると、感謝の眼差し(まなざ)を向けてくれました。

その晩、彼女は実に美しかった。

僕のためにきれいにしてきてくれたのでしょうか。美しく装うことで僕を喜ばせることができると思う程度には、僕を愛してくれているということでしょうか。彼女の意図はまだわかりませんでした。でも、それが彼女の意図だとすれば、彼女は大いに成功をおさめたことになります。なにしろ、彼女が現れた途端、人々の頭が波打つように皆、彼女のほうに向けられ、ついには舞台上の役者までもが、現れただけで観衆を惑わせたこの人は何者かとばかり、彼女のほうに目を向けたほどでした。

僕は彼女の家の鍵を持っている。三、四時間後にはまた彼女を抱くことができるのです。

女優や愛人のために破産してしまう男を世間は責め立てます。でも、僕は、その程度ですむことにむしろ驚いてしまいます。彼女たちが日々ちょっとした虚栄心を満たしてくれることで、彼女たちへの愛は心にしっかり溶接されていき——いや、ほかに言葉が見つからないので、そう言いますが——ついには離れがたくなるということは、僕のように実際に経験しない限り理解できないでしょうね。

やがてプリュダンスがやってきました。そして、男性が一人、あのG伯爵がマルグリットのいる桟敷席に現れ、奥の席につきました。

彼の姿を見た途端、僕の心に冷や水が浴びせられました。

マルグリットも、僕が桟敷席にこの男の姿を見た途端に、表情を変えたことに気づいたのでしょう。今いちど僕に微笑み（ほほえ）みかけ、伯爵に背を向けると舞台に見入っているかのような態度をとりました。三幕が終わり幕間になると、彼女は後ろにいる伯爵に何か話しかけました。伯爵は席を立ち、マルグリットは僕に手振りで席にいらっしゃいと呼びかけてきました。

桟敷席に入ると、彼女は「こんばんは」と言いながら、僕に手を差し出しました。僕もマルグリットとプリュダンスに「こんばんは」と返しました。

「おかけなさいよ」

「でも、ここは誰か別の人の席なんでしょう。G伯がお戻りになるのでは？」

「ええ、しばらくのあいだ、あなたと差し向かいで話がしたかったから、彼にボンボンを買いに行ってもらったのよ。プリュダンスは身内だから大丈夫よね」

「ええ、ご心配なく。秘密は守るわよ」

「今夜はご機嫌いかが」マルグリットは立ち上がると桟敷席の奥、人目につかないところに入り、僕の額にキスをしました。

「少々元気がありません」

「あら、じゃあ、おうちで寝てなさい」いかにも洗練された、知的な彼女らしく皮肉な言い方でした。

「どこのおうちでしょう」

「あなたのご自宅よ」

「家に帰ったって眠れるわけがないでしょう。わかっているくせに」

「じゃあ、私と同じ桟敷席に男性がいたからって、そんな不機嫌な顔しないで」

「そんな理由じゃありませんよ」

「いいえ、私にはお見通しよ。彼についてはあなたのほうがいけないのよ。もうこの話はやめましょう。芝居が終わったら、プリュダンスの家に来て。私が呼ぶまで彼女の家で待っていてね。わかった?」

「ああ、うん」

こんなふうに言われて拒絶できるはずがないでしょう。

「私のことまだ好き?」

「あたりまえでしょう」

「私のこと考えていてくれる?」

「ええ、一日中」

「私、あなたに恋してしまうのではないかと怖いのよ。ねえ、そうでしょ、プリュダンス」

「あらまあ、飽き飽きするほど聞かされたわ」

「さあ、席にお戻りになって。伯爵が戻ってくるわ、あなたと鉢合わせすると困るから」

「なぜです?」

「だって、あの人に会うと不愉快な気分になるでしょう」

「べつに、そんなことない。ただ、今夜ヴォードヴィル座に行きたいと言ってくれれば、僕だって、あなたに席を用意するぐらいできたのに、と思っただけです」

「残念ながら、私が何も頼んでもいないのに、あの人が席を用意して、私を誘ってくださったのよ。ご存じでしょう。私に断れるわけがないじゃない。だから、せめても、あなたに一筆書いて、私がここにいるのをお知らせし、会いに来てもらうことにしたわけ。私だって、少しでも早くあなたと再会できれば嬉しいもの。でも、あなたからこんな返礼があるなんて、いい勉強になりました」

「いや、僕が悪かった。すまない」

「じゃあ、お願いだから、さっさと席にお戻りになって。もうやきもち焼かないでね」

彼女はもういちど僕にキスをし、僕は桟敷席を出ました。

廊下に出ると、ちょうど戻ってきた伯爵に会いました。

僕は自分の席に戻りました。

結局、G伯がマルグリットと同じ桟敷席にいたのは、ごくあたりまえのことだったのです。伯爵は彼女の愛人だったことがあるのだし、彼女のために席を用意し、一緒に観劇するのも、実に自然なことです。マルグリットのような女性を愛人にするのならば、こうした習慣を受け入れるしかありませんでした。

だからといって、その晩、僕が悲しくなかったというわけではありません。マルグリットがプリュダンスを伴い、伯爵と共に出口の前に待たせてあった四輪馬車に乗り込むのを見送り、劇場を去るときに僕がどんなに悲しかったことか。

それでも、十五分後にはプリュダンスの家に行きました。ちょうどプリュダンスも家に戻ったところでした。

13

「私たちとほとんど変わらない時間で帰ってきたのね」プリュダンスが言いました。

「ええ」僕は上の空で応えました。「マルグリットはどこ？」

「自分の家よ」

「一人かい？」

「G伯と一緒」

僕は大股でサロンを歩きまわっていました。

「どうかしたの？」

「マルグリットの家からG伯が出てくるまでここで待っているのが楽しいと思うかい？」

「そういうあなただって、非常識よ。マルグリットがG伯を追い出せるわけがないでしょう。G伯とは昔からのおつきあいなのよ。ずいぶん貢いでくれた人だし、今も彼からお金をもらっているはず。あの娘は年に十万フラン［一億円相当］以上も使うんだから、借金もあるの。彼女が頼めば、公爵はいつも頼まれた額だけ、お金を渡してくれるけど、必要なお金をまるまる公爵に出させるわけにはいかないでしょう。少なくとも年に一万フランはお金を出してくれる伯爵は大事にしておかなくちゃ。マルグリットはあなたが好きよ。でも、あなたと彼女の関係は、あなたのためにも、彼女のためにも、一線を越えちゃいけないわ。あなたの七千フランだか八千フラン程度の収入では、彼女の贅沢な生活を支えることは不可能だもの。そんなんじゃ、馬車の維持費にもなりゃしない。マルグリットのことは今のまま、美しくて聡明な女性だと思うぐらいにして、一か月か、二か月、愛人気取りで楽しめばそれでいいじゃない。花やボンボンや芝居の席をプレゼントするとかね。でも、それ以上のことは望んでは駄目。愚かな嫉妬で彼女を困らせないで。相手がどんな女か、わかっているんでしょう。マルグリットは貞淑な貴婦人じゃないわ。彼女はあなたが気に入ったし、あなたは彼女が好き。それだけで充分でしょう。傷つきやすいあなたは可愛いと思いますけどね。ねえ、あなたはパリで最高の愛人をものにしたのよ。彼女の立派なアパルトマンに招いてもらって、ダイヤモンドをつけた彼女がいて、あなたはその費用を払う必要もない。それなのに、何が不満なの。ダメな人ね。望みすぎだわ」

「確かにそうだね。でも、自分でもどうしようもないんだ。あの男が彼女の愛人だと思うと、むかつくんだ」

「あら、そもそも、あの男は今も愛人なのかしら。彼女にとって必要な男、それだけよ。しかも、この二日間、彼女は伯爵に門前払いをくらわしている。それが今朝になってやってきたんだから、芝居の招待くらいは受けて、同席しないわけにいかないじゃない。今だって、伯爵は彼女を家まで送ってきて、ちょっと家に立ち寄っただけでしょう。あなたをここに待たせているんだから、きっと長居はさせないわ。どれもあたりまえのことじゃない。そうでしょう。あなただって、公爵のほうは仕方がないと思っているんでしょう」

「だって、あっちは老人でしょう。マルグリットとは男女の関係じゃないとわかっている。それに一人は許せても、二人となると話が違う。そんな軽い気持ちだったら、打算的な恋と同じです。愛しているなら何でも許せるとは言っても、そんなことまで受け入れて平然としていられるのなら、それを前提に商売をして、金を儲けている下賤な美人局と同じじゃないか」

「まあ、時代遅れなこと言って。もっと家柄の良い方、身なりの良い方、お金持ちの方だって、さっき私が言ったみたいに、複数の愛人をもつことを受け入れているわよ。そういう方を何人も知ってるもの。しかも別に無理をしているわけでもなく、恥じるわけでもなく、後悔することもない。そんなのどこにだってある話でしょう。だいたい、パリの高級娼婦たちが、パトロンの三人や四人をもたずにどうやって暮らしていけるというの？　どんな資産家だって、マルグリットのような女の生活をたった一人で支えられるはずないじゃない。五十万フラン［五億円相当］の不労所得なんて、フランスではよほどの大金持ちよ。でも、それだけあれば大丈夫ってわけじゃないわ。なぜだかわかる？　それだけの収入があったら、立派な屋敷に住み、馬をもち、使用人を置き、馬車もいるし、狩猟に行ったり友人とのおつきあいがあったりする。たいていの男は妻帯者だし、子供もいる。競馬もやれば、賭け事もするし、旅行にも行く。ほかにもいろいろ。どれもこれも、大事なやり方があって、それを守らなければ、あの人は落ちぶれたとか、後ろ指をさされてしまうのよ。そうなると、結局、五十万フランの年収があっても、愛人に渡せるのは、せいぜい年間四万とか、五万フランってところね。それでも、多いほうでしょうね。ほらね、だから足りない分は、ほかの愛人からいただくしかないの。それでも、マルグリットは運がいいわよ。一千万フラン［百億円相当］の財産をもつ金持ちの老人にめぐりあったんだから奇跡だわ。おまけに、彼には妻子もおらず、いるのは甥御（おいご）だけ。その甥御も金持ちだから、心配ない。公爵は彼女が欲しがるだけのお金をくれるし、見返りも求めない。でも、彼女は年間七万フラン以上はお願いできないの。老公はお金持ちだし、親切にしてくれるけれど、もし、彼女がそれ以上の金額を望んだら、きっと拒むでしょうね。

このパリで年収二万リーヴル[66]か三万リーヴル程度、要するに社交界に足を踏み入れたものの、そこで生きていくのがやっとの若者たちは、皆、ちゃんと心得ているわ。マルグリットのような女性を愛人にしたら、自分たちの与える金だけでは、彼女は家賃や使用人の賃金すら賄うことができないってことをね。もちろん、口に出しては言わないわよ。ただ見て見ぬふりをして楽しんでおいて、飽きたら、さようなら。もし

66　リーヴルはフランスの古い貨幣単位。一リーヴルは約一フランで、現在の日本円に換算すると千円相当。

見栄を張って、一人ですべてを与えようとするなら、愚かにも破産して、十万フランの借金をパリに残したまま、アフリカで自殺するのが関の山[67]。そうまでしてやっても、女に感謝されると思う？　感謝のかの字もないわ。それどころか、その男のせいで、生活を保障してくれる上客を失い一緒にいるあいだに手元の金までなくなってしまったと恨み事を言われるのがおちよ。こんな裏話を聞かせると、あなたはそんなのは恥ずべき人たちだと思うんでしょうね。でも、本当のことよ。あなたはいい人だし、私もあなたが大好きよ。でも、私は、もう二十年も、そういう女たちを見てきた。あの人たちがどんな人なのかわかっているし、どれほどの値打ちがあるかもよく知っている。だからこそ、美しい女性の気まぐれを真に受けてしまうあなたが心配なのよ」

　プリュダンスの話はさらに続きました。

「それだけじゃない。もしもマルグリットが本気であなたに恋をして、伯爵や老公を軽んじるようになったら、老公もマルグリットとあなたの関係に気がつき、マルグリットに自分とあなたのどちらかを選べと迫るでしょうね。そうなったらマルグリットはあなたのために大きな犠牲を払うことになる。確実にね。そんなことになったら、あなたは彼女に報いるだけの犠牲を払えるというのかしら。彼女に飽きたとき、もう彼女に興味がなくなったとき、彼女があなたのために失ったものをあなたが償えるとでも言うの？　何もできないでしょう。あなたが彼女をこの世界から引き離したら、それは彼女から財産も未来も奪うことになるの。女の盛りをあなたに捧げ、皆から忘れられてしまうんだからね。たとえば、あなたがそこらの男と一緒だとしましょう。あなたは、きっといつか、彼女の過去を挙げつらね、自分はほかの男どもと同じことをしただけだと言い訳しながら、去っていくんでしょうね。そうやって、彼女が落ちぶれるのを承知で見捨てるんだわ。じゃあ、今度は、あなたが、誠実な男性だとしましょう。そして、自分なら彼女を一生支えられると思い込んだとしたら、あなたは自ら不幸に身を投じることになる。だって、若者には許されるこんな関係も、年をとったら許されなくなるでしょう。彼女はやがてあなたの人生の重荷になるわ。彼女のせいで家庭ももてない、出世もできない。家庭をもち、出世することは殿方にとって第二の恋、そして最後の恋なのに。ね、だから私の言うとおりになさい。物事の価値を

67　一八三四年、アルジェリアに北アフリカフランス領総督府が置かれ、以降、多くのフランス人が入植。だが、一攫千金の夢破れ、死を迎える者も少なくなかった。

見誤らないで、女とつきあうにも現実を見て。何があっても、ああいう女に借りをつくるようなことは避けたほうがいいわよ」

言うことはもっともでしたし、あのプリュダンスがこんなことを言うなんてと驚くほど、筋の通った話でした。彼女の言うことは正しかったので、僕は何も言い返すことができませんでした。僕は手を差し出し、彼女の助言に礼を言いました。

「さあさあ、こんなしち面倒くさいお説教はやめましょう。ほら、笑って。人生はすてきよ。何色のガラスを通して見るかで、見える風景は変わってきますからね。ほら、お友達のガストンさんに聞いてごらんなさい。あの人は、恋ってものを私と同じように考えているんじゃないかしら。あなたも割り切って考えたほうがいい。さもないと、野暮な男になるわよ。あっちには、美しい娘が、来客が帰るのを今か今かと待っていて、あなたを思い、あなたのために夜の予定を空け、あなたを愛している。ええ、きっとそうだわ。さあ、私と一緒に窓のところに行きましょうよ。そんなに遅くならないうちに、伯爵が私たちに場所を譲り、帰って行くのが見えるはずよ」

プリュダンスが窓を開けたので、僕らはバルコニーに肘(ひじ)をつき、並んで立ちました。

プリュダンスはもう少なくなった通行人を眺め、僕は物思いにふけっていました。

先ほどプリュダンスに言われたことが頭のなかでぐるぐる回っていました。ええ、確かに彼女の言うとおりだと思わざるをえませんでした。でも、僕は彼女を本気で愛しており、そんなふうに考えるのはどうにも胸が苦しいのでした。そんなわけで、僕はときおり、ため息をもらしてしまい、そのたびにプリュダンスは僕を振り返り、手遅れの患者を前にした医者のように、肩をすくめてみせました。僕は内心つぶやきました。

「こんなに目まぐるしく一喜一憂していたら、人生が短く感じられるだろうな。マルグリットと知り合ったのはほんの二日前。彼女が僕のものになったのは、昨日のこと。それなのに、彼女の存在は僕の頭と心、そして僕の人生を占めるようになっていて、G伯爵が来ているというだけで、こんなに苦しいなんて」

ようやく伯爵が出てくるのが見えました。馬車に乗り込み、去っていきます。プリュダンスが窓を閉めました。

それと同時にマルグリットの呼ぶ声が聞こえてきました。

「さあ、早くいらっしゃい。食事を用意したわ。一緒に食べましょう」

彼女の家に行くと、マルグリットは僕に駆け寄り、首に手をまわして抱きつくと、そのまま力の限りに抱きしめてくれました。

「ずっとそんなふうに暗い顔してなくちゃいけないのかしら」

「いいえ、もう大丈夫よ。私がお説教したから、いい子になるって約束してくれたわ」

「それはよかった」

僕は無意識のうちにベッドに目をやっていました。寝具に乱れはありませんでした。マルグリットはすでに白いガウンを着ていました。

僕らはテーブルにつきました。

美しく、やさしく、情愛にあふれ、マルグリットにはすべてが揃(そろ)っていました。これ以上のことを彼女に望む権利など自分にはない。僕は幾度となくそう思わざるをえませんでした。このような立場になれば、人は普通喜ぶものでしょう。ウェルギリウスの羊飼い[68]のように、神、いやマルグリットという女神が与えてくれる恩恵を甘受すればそれでいいはずなのです。

僕はプリュダンスに言われたとおりにしようと努力し、二人のように陽気に振る舞おうとしました。でも、彼女たちがごく自然に明るく振る舞っているのに、僕は無理をしていました。大げさに笑ってみせると、彼女たちは僕が楽しんでいると思ったようですが、笑っているうちに僕はもう少しで泣きそうになっていました。

やがて食事が終わり、僕はマルグリットと二人きりになりました。彼女はいつものように、暖炉の前で絨毯(じゅうたん)に腰を下ろし、悲しそうな顔で暖炉の炎を見つめていました。

何か思いつめています。何を考えているのでしょう。僕にはわかりませんでした。僕はただ愛情を込めて、彼女を見つめていました。今後の苦しみを想像して怖くなる気持ちもありました。

「私が何を考えているか、わかる?」

「いや」

「計画を思いついたの」

「どんな?」

「まだ言えないわ。でも、それがうまくいけばどうなるかは教えてあげる。あとひと月ほどで私は自由の身になり、何の束縛もなくなるの。そしたら、夏には一緒に田舎(いなか)

68 『農耕詩』など牧歌的な作風で知られる古代詩人ウェルギリウス(紀元前七〇〜前一九年)の『牧歌』に登場する羊飼いのこと。

に行けるわね」

「どんな方法を使うのか、教えてもらえないのかな」

「だめ。私があなたを愛するようにあなたも私を愛してくださるなら、それだけでいいのよ。そうすれば、うまくいくわ」

「その計画とやらは自分だけで考えたの？」

「ええ」

「実行するのも一人でやるつもり？」

「ええ、面倒は私が一人で背負うわ」そう言ったときのマルグリットの微笑み（ほほえみ）を僕は生涯、忘れることはないでしょう。彼女はさらにこう付け加えました。

「でも、利益は二人のものよ」

利益と聞いて、僕は我知らず顔を赤らめました。B氏から金をまきあげ、デ・グリュと一緒に使ってしまったマノン・レスコーを思い浮かべたのです。[69]

僕は立ち上がりながら、少々きつい口調で言いました。

「マルグリット、僕自身が考え、実行した計画でない限り、僕はあなたと利益を分かち合うことはできません」

「どういうこと?」

「その楽しげな計画のために、あなたがG伯爵と手を組むのなら、僕はそこに加担するのも利益を受け入れるのもごめんだということです」

「子供ねえ。あなたは私を愛してくれていると思ったけれど、どうやら私の誤解だったみたい。なら、いいわ」そう言うと同時に彼女は立ち上がり、ピアノの蓋(ふた)を開くと、「舞踏への勧誘」を弾き始めました。でも、例のシャープが続いているところでいつものように手が止まってしまいました。

つい習慣でその曲を弾いたのでしょうか、それとも、知り合った日のことを僕に思い出してほしかったのでしょうか。僕にわかるのは、確かにあのメロディがあの晩の記憶を呼び起こしたということです。僕は彼女に歩み寄り、両手で彼女の顔を挟み、口づけました。「許してくれますか」僕は問いかけました。

「あら、わかっているくせに。でも、まだ二日目だというのに、もうあなたが私に許しを請う羽目になったということは、忘れないでね。何でも私の言うとおりにするっ

69 前掲(35ページの注23を参照)。

て約束したのに、守ってくれないじゃない」

「何を言うんですか。マルグリット、僕はあなたに夢中なんだ。だから、ちょっとしたことでも、すぐに嫉妬してしまう。さっきだって、あなたが計画を打ち明けてくれただけで、どんなに嬉しかったことか。でも、実際にどうするのかは何も言ってくれないから、つい不安になってしまったんだ」

「なるほどね。まずは、落ち着きましょうか」彼女は両手で僕を抱き寄せ、僕を骨抜きにするような、可愛らしい笑みを浮かべて僕を見つめました。

「あなたは私を好き。そうでしょう。田舎で私と二人きり、三、四か月過ごすことができたら、嬉しいでしょう。私もあなたと二人きりになれたら、どんなに嬉しいかしら。だって、一緒にいられるだけで幸せだし、それは私の健康にとっても必要なことですもの。でも、長いあいだパリを留守にするとなると、いろいろ片づけておかなければならないことがある。しかも、私のような女には、複雑な事情がつきものなの。私ね、そういう雑事とあなたへの気持ちとの折り合いをうまくつける方法を思いついたの。ええ、私のあなたを愛する気持ち。笑わないでね、本気なのよ。それなのに、あなたときたら、やたらと格好つけて。大げさなことばかり言って。あなたって、子供みたい。本当にもう小さな子供みたいなんだから。ただ、私があなたを愛しているということだけ、覚えておいて。何も心配いらないのよ。わかった?」

「ええ、何でもあなたの思い通りに。そうでしょう」

「あとひと月もしたら、どこかの村で、水辺を散歩したり、牛乳を飲んだりしましょうね。私、このマルグリット・ゴーティエがこんなふうに言うと不思議に思うかもしれないけど、どんなに楽しんでいるように見えようと、もうパリの生活には興味がないの。つまらないのよ。そうしたら、急に、子供の頃のような穏やかな生活が恋しくなったの。ええ、今でこそ、こんなだけれど、どんな人間にも子供時代はあるのよ。安心して。父は退役した大佐で、私はサン・ドニ育ち[70]なんて話じゃないから。私は田舎の少女だった。六年前まで自分の名前も書けなかったのよ。ね、安心したでしょう。心に浮かんだわくわくするような願望を打ち明けたのは、あなたが初めてよ。どうしてだと思う? きっと、あなたが私を愛していること、自分が幸せになりたいからじゃなくて、私を幸せにするために愛してくれていることがわかったからだわ。ほか

70 当時、サン・ドニには良家の子女が入る修道院があった。

の人は皆、私より自分が大切な人ばかりだったもの。

田舎には何度も行ったけれど、本気で行きたいと思ったことはないわ。こんなささやかな幸福が実現できるかどうかも、あなたしだいよ。ね、だから、意地悪言わないで。私にそんな幸福を与えてくださいな。こう思えばいいのよ、『どうせこの女、先は長くないのだ。あとになって、あのとき、なぜ、初めてのお願い、しかも実に容易いはずの頼みを聞いてやらなかったのだろうと悔いるのは嫌だな』って」

こんなことを言われて、何と返せばいいのでしょう。しかも、初めて愛を交わした夜を思い出し、これから二度目の夜が始まろうとしているときに、こんなことを言われたら。

一時間後、僕はマルグリットをこの腕に抱いていました。もし、彼女が罪を犯せと言うのなら、僕はきっと彼女の言うとおりにしたことでしょう。

朝六時、僕は帰りました。去り際に僕は彼女に尋ねました。

「今夜も会えるかい？」

彼女は僕を強く抱きしめましたが、何も答えませんでした。

家に戻ると、昼のうちに彼女から手紙が届きました。

「愛しいひとへ。ちょっと体調がすぐれません。医者は安静にと言います。今夜は早めに寝るので、来ないでください。そのかわり、明日の正午にお待ちしています。あなたが好きよ。」

「そんなの嘘だ！」ととっさに口をつきました。

額を冷たい汗がつたいました。ふと浮かんだ疑念に激しく動揺してしまうほど、僕は彼女を愛していたのです。

だが、マルグリットと一緒にいる限り、こんなことは毎日のように起こりうるでしょう。今までだって、ほかの女たちとつきあううちに、似たようなことは経験ずみですが、こんなふうに不安になったことはありませんでした。まったく、彼女はどうしてこれほどまでに僕の人生を支配してしまったのでしょう。

僕は考えました。彼女の家の鍵を持っているのだから、いかにも当然のように彼女に会いに行ってみようかと。そうすれば、さっさと真実を知ることができるし、もし、そこに別の男がいれば、殴ってやればいい。

その前にまず、シャンゼリゼに行きました。そして、四時間そこにいましたが、彼女は現れませんでした。夕方になると、彼女がよく行く劇場を手当たりしだいにまわってみました。彼女はいませんでした。

夜十一時、僕はアンタン通りに行きました。

マルグリットの部屋に明かりはありません。それでも、呼び鈴を鳴らしてみました。門番が誰に用かと尋ねます。

「ゴーティエ嬢を訪ねてきました」

「彼女は外出中です」

「じゃあ、彼女の部屋で待たせてもらおう」

「お宅にはどなたもいらっしゃいませんよ」

鍵を持っているのだから、無理に通してもらうこともできましたが、騒ぎになって恥ずかしい思いをするのも嫌だったので、僕はそのまま、そこを離れました。

でも、家に帰ったわけではありません。どうしても立ち去りがたく、マルグリットの部屋の窓から目が離せませんでした。じっと見ていれば、そのうち何かわかるのではないかという思いもありましたし、僕の疑念が決定的になるのを覚悟していたのかもしれません。

真夜中近くに見覚えのある箱型馬車(クーペ)が、九番地のあたりで停まりました。G伯爵が降りてくると、馬車を帰らせ、家に入っていきました。ほんの一瞬ですが、彼もまた僕のようにマルグリットは留守だと言われ、すぐに出てくるのではないかと期待しました。しかし、朝の四時になっても、伯爵はそのまま出てこず、僕は待ち続けることになったのです。

ここ三週間もずいぶん苦しい思いをしました。でも、あの晩の僕の苦しさに比べたら、そんなの大したことではなかったのです。

14

家に帰るなり、僕は子供のように泣きだしました。誰だって一度ぐらいは、恋人に裏切られた経験があるでしょうから、その日、僕がどれほどつらかったか、おわかりいただけることと思います。

頭に血がのぼって、どんな決心も実行できるような気になっていたのでしょう。彼女とは、今すぐに手を切ろうと思いました。そして、夜が明けたら自分のこれまでの生活に戻ろう、父や妹のもとに帰ろうと心に決め、朝が来るのを今か今かと待っておりました。父と妹の二人だけは、どんなときも僕を心から愛してくれて、僕を裏切ることのない存在なのです。

しかし、マルグリットには、僕がパリを去る理由を知らせておきたいと思いました。もう彼女を愛していないのならば、何も言わずに立ち去ることもできたでしょうが、そうはいかなかったのです。

僕は頭のなかで二十通は手紙を書き直しました。

僕が愛した女性は、そこらの商売女と同じだったのです。僕は彼女を買い被りすぎていました。マルグリットが僕を馬鹿(ばか)にし、侮辱的なまでに見え透いた嘘(うそ)で、僕を騙(だま)そうとしたことは明白でした。自尊心が傷つき、自分のことだけで頭がいっぱいでした。彼女とは手を切らなければなりません。しかも、僕がこの別れによってどんなに傷ついているかを知られたら彼女を喜ばすことになるので、そこは悟られないようにしなくてはなりません。かくして、僕は憤りと悲しみに涙を浮かべながら、できる限り優美な文体で彼女への手紙を書き上げました。

「親愛なるマルグリット
昨日のお身体の不調、大したことではなかったのなら幸いです。実は昨日の夜十一時、お見舞いに伺ったのですが、あなたは外出中とのことでした。G伯爵は、私よりも幸運だったようで、私の少しあとにやってきて、朝の四時になってもお帰りにならなかったようですね。

僕につきあわせてしまった退屈な時間についてはお詫び申し上げます。あなたと過ごした幸せな時間のことは一生忘れません。

今日もあなたのご様子を聞きに伺うべきだったのかもしれません。でも僕は父のもとに戻ると決めました。

さようなら、マルグリット。僕がもっとお金持ちなら、自分の思い通りにあなたを愛することができたでしょう。もっと貧しければ、あなたが望むようにすべてをあなたまかせにしてこの恋を続けることもできたでしょう。でも、僕はそれほどお金持ちでも、貧しくもないのです。ですから、おたがいもう忘れることにしましょう。あなたは、もともと大して関心もなかった僕の名を忘れ、僕は実現できない幸せを夢見たことなど忘れてしまえばいいのです。

一度も使わなかったこの鍵をお返しします。昨日のように、病に臥せることの多いあなたには、合い鍵があったほうが便利でしょうからね。」

もうおわかりでしょう。僕は不作法な皮肉をこめずには手紙を書き上げることができませんでした。それは結局、まだ彼女への気持ちが冷めていない証拠でもありました。

手紙を十回ほど読み返し、この手紙を読めばマルグリットも心を痛めるに違いないと思うと、少し気持ちが落ち着いてきました。僕は手紙に書いたような断固とした気持ちになろうと努め、朝八時になり、通いの使用人がやってくると、すぐにこの手紙を届けるよう言いつけました。

「お返事をお預かりしてくるのでしょうか」とジョゼフが言いました（ああ、その使用人はジョゼフという名前なのです。使用人にはありがちな名前ですね）。

「もし、『返事が必要ですか』と訊かれたら、特に何も言われてはおりませんと答えて、待ってみてくれ」

僕は、まだ彼女から何か返事があるのではという期待を捨てきれませんでした。

思えば、人間というのは弱くあわれなものですね。

使用人が出かけてから戻ってくるまで、まったくもって、気が気ではありませんでした。マルグリットがどんなふうに僕にその身を捧げてくれたかを思い出しては、どうして、あんな嫌みな手紙を書いてしまったのだろうとも思いました。彼女にしてみれば、僕を裏切ってG伯爵に会っていたわけではなく、G伯爵を裏切って僕に会っていたとも言えるのです。そんな理屈をこねて、複数の愛人にいい顔している女性は実際いるのですから。一方で、マルグリットが僕に誓った愛を思い出すと、先ほどの手紙ではまだ手ぬるかった、僕のこの誠実な愛を笑い飛ばした彼女にはもっと強い言葉を使ってしかるべきだったのではないかとも思いました。さらには、手紙なんて書かずに、夜明けとともに彼女の家に行けばよかったとさえ考えました。そうすれば、彼女が泣いて謝る姿を見ることができたかもしれません。

最後には結局、彼女はどんな返事をよこすのだろうと思い始めました。そして、もはや、彼女がどんな弁明をしても、それを信じてしまいそうな気がしてきました。

ジョゼフが戻ってきました。

「で、どうだった？」

「奥様はまだお休み中で、起きていらっしゃらないとのことでした。お目ざめになられたら、すぐに手紙をお渡しするようお願いしてきました。返信があれば、こちらに届けてくださることになっています」

まだ寝ているとは！

彼女が読む前に手紙を取り返しに行かせようと何度も考えました。でも、そのたびに自分に言い聞かせました。

「いや、もう手紙は彼女の手に渡っているのかもしれないのだから、そんなことをしたら、いかにも僕が後悔しているみたいじゃないか」

彼女からの返信が届くはずの時刻が近づくにつれ、手紙を書いたことを悔いる気持ちが強くなりました。

十時、十一時、ついに正午になりました。

正午、約束の時刻になると、僕はまるで何事もなかったかのように、彼女の家に行くことも考えました。要するに、鉄の輪に締め付けられるような状況に耐えられず、なんとか輪の外に出たいと、もはやそれしか考えられなかったのです。

そのとき、僕は、待つ人にありがちな迷信のような思いから、少し外出すれば、その間に、彼女からの返事が届くのではないかと思いつきました。返事というものは、今か今かと待っているとなかなか来ないくせに、留守をしているときに限って届くものですからね。

僕は昼食を口実に外出しました。

いつもならば、大通りの角にあるフォワ[71]というカフェに行くのですが、その日は、アンタン通りを抜けて、パレ・ロワイヤルに行くことにしました。遠目に女性の姿が見えると、もしや返信を届けに来たナニーヌではないかと思いました。しかし、使い走りらしき人物には誰も会わぬまま、アンタン通りを抜けてしまいました。パレ・ロワイヤルに着くと、ヴェリィ[72]の店に入りました。ウエイターが料理を運んできました。いや、正確に言うと、僕は料理に口をつけなかったので、彼は勝手に皿を運んできては、下げていただけです。

71 当時、イタリアン大通りにあった店。
72 ボジョレ回廊にあったこの店は、定食メニューを出した最初の店と言われる。

気がつくと目は常に時計を見ていました。

そろそろ返事が来ているはずだと思いながら、僕は帰宅しました。

それなのに、門番は何も預かっていないと言います。じゃあ、使用人の誰かが受け取っているのではと思いましたが、留守のあいだに訪れた者はなかったと言われました。

マルグリットが返事をよこすつもりなら、もうとっくに届いているはずです。

そうなると、あんな手紙を書くんじゃなかったという思いが込み上げてきました。僕は完全な沈黙を貫くべきだったのです。そうすれば、彼女も不安になったことでしょう。前の日に約束したにもかかわらず、僕が現れなかったら、きっと彼女は僕にどうして来なかったのかと尋ねるはずです。そのとき初めて、理由を明かせばよかったのです。そうなったら、彼女のほうでも弁明するしかないでしょう。そう、僕はただ彼女に釈明してほしかったのです。彼女が何か言い訳してくれれば、僕はそれを信じるでしょう。もう二度と会えないよりは、すべてを受け入れ彼女を愛し続けるほうがずっとましです。

彼女のほうから僕の家に来るのではないかとさえ考えていたのですが、何時間待っても、彼女は来ませんでした。

確かに、マルグリットはほかの女とは違うのです。あのような手紙を読んでも、反論せずにいられる女性は滅多にいないでしょう。

夕方五時になると僕は取るものも取りあえずシャンゼリゼに駆けつけました。僕は思いました。「もし彼女に会っても、何食わぬ顔でいよう。彼女はきっと、僕がもう愛想を尽かしたと思うに違いない」

ロワイヤル通りを曲がったところで、マルグリットが馬車で通り過ぎるのを見かけました。とつぜんだったので、僕は顔から血の気が引く思いでした。彼女は僕の驚きに気づいたでしょうか。動揺のあまり、僕に見えたのは彼女の馬車だけでした。

僕は、シャンゼリゼを歩きまわることはやめ、芝居のポスターを眺めました。劇場で彼女に会えるかもしれないと思ったのです。

ちょうど、パレ・ロワイヤル劇場[73]で、今日が初演の舞台がありました。マルグリットはきっとこれを見に来るはずです。

73 モンパンシエ通りに現存する劇場。

僕は七時に劇場に行きました。

桟敷席は売り切れていましたが、マルグリットは現れませんでした。

そこで、僕はパレ・ロワイヤル劇場を出て、ヴォードヴィル座、ヴァリエテ劇場、オペラ・コミック座と、彼女がよく行く劇場をまわりました。

でも、彼女はどこにもいません。

僕の手紙に傷つき、芝居を観る気さえなくしたのでしょうか。それとも、会ったら説明を求められると思い、僕を避けているのでしょうか。

そんなふうにうぬぼれながら大通りを歩いていると、ガストンにばったり会い、どこの帰りかと訊かれました。

「パレ・ロワイヤルの帰りさ」

「僕はオペラ座に行ってきたところなんだ。てっきり、君もあそこにいると思ったのに」

「どうして?」

「マルグリットがいたからさ」

「へえ、彼女がオペラ座に?」

「ああ」

「一人で?」

「いや、女友達と一緒だったよ」

「ほかに誰かいた?」

「G伯がちょっとだけ顔を出していたな。でも、帰るときは公爵と一緒だったね。いつ君が現れるかと思っていたんだがな。僕の隣の席はずっと空席だったから、君がその席を買っているんじゃないかと思ってさ」

「でも、なぜ、マルグリットがいれば、僕も来ているはずだと思ったんだ?」

「だって、君はマルグリットと良い仲なんだろ」

「誰から聞いた?」

「プリュダンスだよ。昨日、彼女に会ったときに聞いた。おめでとう。誰からも羨(うらや)まれる美人をものにするとは。逃げられないようにしろよ。あんないい女を愛人にできるのは、名誉あることだからな」

　ガストンにあっさりそう言われてみると、先ほどまでの自意識過剰な考えが馬鹿らしくなってきました。

もし、昨夜のうちにガストンに会い、今の言葉を聞いていれば、僕はきっと今朝のあの愚かな手紙を書かずにすんだでしょう。

プリュダンスの家に行って、マルグリットに話があると取り次いでもらおうかとも思いました。でも、マルグリットは僕に仕返ししようとして、今日は会いたくないとしか返してこないかもしれないとも考えました。結局、僕はアンタン通りを抜けて家に帰りました。

僕はもういちど、門番に手紙は来ていないかと尋ねました。

何も来ていません。

彼女は僕がどう出るか、今朝の手紙を取り消すつもりがあるのか、見極めようとしているのかもしれない。でも、僕が何も書き送らずにいたら、明日こそ、彼女は僕に何か書いてよこすかもしれない。そんなことを思いながら、ベッドに入りました。

その夜は、つくづく、あんなことをしなければよかったと思いました。家に一人でいると、不安と嫉妬で頭がいっぱいになり、眠ることもできません。あんなことをせず、約束したとおりにしていれば、今頃、僕は彼女のそばにいて、彼女の口から甘い言葉を聞いていたはずだったのです。まだ二度しか、彼女の甘い囁(ささや)きを聞いたことがないのに、それを思い出すだけで、独り寝の寂しさのなか、耳が熱くなるのでした。

冷静に考えれば考えるほど、自分が間違っていることになり、それこそが僕を苦しめる原因でした。実際、どう考えても、マルグリットは僕を愛しているという結論になるのです。まず、僕と二人だけで田舎(いなか)に行くという計画。そして、僕の財力では彼女の生活費どころか、ちょっとした気まぐれを満足させることさえできない以上、彼女が金目当てで僕の愛人になった可能性はないということ。つまり、彼女が僕に求めているのは、誠実な気持ちだけだったはずなのです。これまで金銭がらみの恋愛のなかで生きてきたからこそ、彼女は誠実な愛に癒(いや)しを求めていたのでしょう。それなのに、わずか二日目にして、僕は彼女の期待を裏切ってしまった。しかも許された二晩の愛に対し、ぶしつけな皮肉で返礼したのです。僕のしたことは滑稽(こっけい)どころじゃすみません。傲慢(ごうまん)もいいところです。彼女を責めることができるほど、僕は彼女のために何かをしたでしょうか。たった二日で身を引いてしまうなんて、まるで、恋人面して食事をごちそうになっておきながら、請求書が出てくるのではないかとびくびくしている居候のようではないですか。ああ、馬鹿みたいだ。僕がマルグリットと知り合ったのは、わずか三十六時間前なのです。愛人となったのは、二十四時間前。それなのに、僕は勝手にうぬぼれていた。そして、彼女が僕に分け与えてくれた幸福を享受することなく、彼女を独占しようとし、挙句の果てには、彼女のこれまでの男たち、この先も彼女の生活を支えてくれるはずの男たちと一気に縁を切れと迫ってしまったのです。ああ、どうして僕は、彼女を責めることができたのでしょう。彼女に落ち度はありません。マルグリットは体調が悪いので会えないと書いてきました。ほかの男が来るから会えないと、あからさまに本当の理由を書いてくることもできたはずですし、実際、そういう馬鹿正直な女はいるものです。僕はこの手紙の文言を信じ、アンタン通りを避けてパリの街を散歩することもできたはずです。友人たちと夜を過ごし、翌日、言われたとおりの時刻に彼女のもとを訪れることもできたはずです。それなのに、僕はオセロ[74]を気取り、彼女を見張り、もう会わないことで彼女を懲らしめたつもりになっていたのです。でも、彼女にしてみれば、僕と別れられてほっとしているのかもしれません。僕のことを救いようのない愚か者だと思っているのでしょう。マルグリットから返事がないのは僕を恨んでいるからではなく、軽蔑しているからかもしれません。

それなら、僕のほうとしては、彼女に贈り物のひとつでも届けてやればよかったのです。そうすれば、彼女は僕が親切な男だと思うでしょうし、僕のほうでも彼女を普通の商売女として扱うことで、対等な立場に立つことができたはずです。でも、商売のような駆け引きが少しでも混じることは、彼女の僕に対する気持ちはともかくとして、僕のこの恋に対する侮辱のように思えました。だって、この恋は純粋なものであり、誰かと分かち合えるものではないのです。どんな美しい贈り物でも、あの幸せな時間――それがどんなに短いものであっても――の代価にはなりえません。

そんなことを一晩中、繰り返し考え、この思いをマルグリットに伝えたい、すぐにでも話しに行こうと何度も思いました。

夜が明けるまで一睡もできず、熱っぽいままでした。マルグリットのことしか考えられなくなっていました。

おわかりでしょう。とにかく、決断するしかなかったのです。彼女と手を切るか、それとも、猜疑心(さいぎしん)を捨てるか。もっとも、彼女がもう二度と僕に会いたくないというのなら、こちらに選択の余地はないのですが。

74 シェイクスピア『オセロ』の主人公。オセロは妻の浮気を疑い、破滅の道を歩む。

でもね、人間というのはついつい決断を先延ばしにしようとするものです。このまま自宅にいるわけにもいかないし、マルグリットの家に行く勇気もない。そこで、僕は彼女に近寄る方策を思いつきました。まあ、偶然に会うことができれば、自尊心も大して傷つかずにすむと踏んだわけです。

朝九時、僕はプリュダンスのもとに駆けつけました。プリュダンスにしてみれば、こんなに朝早くから、いったいどうしたのかと訝（いぶか）るのも当然でしょう。

訪問の本当の理由は明かしませんでした。僕はただ、父の住むC市へ行くことにしたので、乗合馬車の席を取るために早起きしたのだと言っておきました。

「いいわねえ。こんないい天気の日に田舎に行けるなんて」

とプリュダンスが言うので、僕はからかわれているのかと思い、プリュダンスの顔を見てしまいました。

でも、彼女は本気でそう思っているようです。

「マルグリットにもひと声かけてから行くの？」このときもプリュダンスの声に皮肉はありませんでした。

「いや」

「そのほうがいいわね」

「そうかな」

「もちろんよ。だって、別れたんでしょう、わざわざ会いに行くことないわ」

「僕らが別れたの、君も知っているのか」

「マルグリットからあなたの手紙を見せられたわ」

「で、彼女、何か言っていたかい」

「『プリュダンス、あなたが気に入っていたあの坊ちゃんは、礼儀知らずね。こんなこと心のなかでは思っても、手紙に書くもんじゃないわ』って」

「どんな顔で、そう言ったのかな」

「笑っていたわよ。そのあとで、こうも言っていた。『二度も夜食をごちそうしてあげたのに、お礼の挨拶にすら来ないのね』」

僕の書いた手紙、僕の嫉妬の結果がこれです。彼女に愛されているといううぬぼれは、残酷なまでに踏みにじられてしまいました。

「昨日の夜、マルグリットは何をしていた?」

「オペラ座に行っていたわ」

「それは知っている。そのあとは？」

「自分の家で食事していたわね」

「一人で？」

「G伯が一緒だったと思うけど」

つまり、僕と別れても、彼女の生活は何も変わらなかったのです。

こうなったらもう、「君を愛していない女のことなど、もう考えるのはやめなさい」

と世間の人は言うでしょう。

僕は、無理に笑みを浮かべ、こう言いました。

「そうか、僕のせいでマルグリットが落ち込んでいるのかと心配したが、大丈夫そうで安心したよ」

「マルグリットの言うことだって、間違っちゃいないわ。でも、あなたはなすべきことをしたのだから、彼女より分別があったってことね。だって、あの娘あなたに恋をしているのよ。あなたの話ばかりするし、何だってやりかねないわ」

「僕に気があるのなら、どうして返事をくれなかったんだろう」

「彼女もあなたを愛したのは間違いだったと思ったのでしょう。女はね、恋の裏切りなら許せても、プライドを傷つけられるのは絶対に許せないの。どんな理由があるにしろ、二日だけつきあって別れるなんて、傷つかない女性はいないわ。マルグリットの性格はよくわかっているけれど、あなたに返事を書くくらいなら、死んだほうがましだと思っているに違いないわ」

「僕はどうしたらいいんだろう」

「別に何も。彼女はあなたを忘れるだろうし、あなたも彼女を忘れるでしょう。そうしたらもう恨みっこなしよ」

「でも、僕がお詫びの手紙を出したら、どうなると思う?」

「そんなことしちゃだめよ。彼女、きっとあなたを許してしまうわ」

僕はプリュダンスに抱きつきそうになりました。

十五分後、帰宅した僕はマルグリットに手紙を書いていました。

「昨日(きのう)書いた手紙を悔やみ、あなたが許してくださらないのなら、明日にはパリを出ていこうとしている者がおります。何時にお伺いすれば、あなたの足元で非礼をお詫びできるのかと知りたがっているのです。

どうかお一人の時間を教えてくださいませ。おわかりとは思いますが、懺悔（ざんげ）は立会人をおかずに行うものですから。[75]」

僕は韻のない恋歌（マドリガル）[76]のようなこの手紙を折りたたみ、ジョゼフに持っていかせました。ジョゼフは彼女に直接手紙を渡し、返事はのちほどと言われて帰ってきました。夕食のためにわずかに席をはずした以外、ずっと自宅で待ち続けましたが、夜十一時になっても返信はありませんでした。

そこで、もうこれ以上苦しむのはたくさんだと思い、明日こそはパリを発（た）とうと心に決めました。

そうと決めると、どうせ横になったところで眠れそうもないことだし、僕は、荷造りを始めたのです。

15

ジョゼフと共に荷造りを始めて一時間ほどしたころでしょうか、乱暴に呼び鈴を鳴らす音がしました。

「どうしましょうか」とジョゼフが尋ねるので、「開けておくれ」と答えましたが、マルグリットが直接来るわけはないし、いったいこんな時間に誰だろうと思っていました。

戻ってきたジョゼフが「ご婦人が二人いらしてます」と言います。

さらに聞き覚えのある声が聞こえてきました。プリュダンスの声です。

「アルマン！　私たちよ！」

僕は部屋を飛び出しました。

プリュダンスは立ったまま、サロンに飾られた骨董品（こっとうひん）を眺めていました。マルグリットはソファに座り、何か考えている様子です。

サロンに入るなり、僕はマルグリットに歩み寄り、彼女の前に跪（ひざまず）くと両手を握りました。僕は感極まったまま、「ごめん」と言いました。

75　懺悔は、通常、教会内部の狭小な懺悔室で、神父と二人だけで行われる。

76　大衆的な恋の歌。俗謡。通常は韻を踏む。

マルグリットは僕の額にキスをし、「もうあなたを許すのは三回目よ」と言いました。

「明日には出発しようと思っていました」

「私が来たからって、あなたの決心は変わるのかしら。あなたを引きとめに来たわけではないの。ここに来たのは、昼間時間がなくてお返事が書けなかったから。あなたに私が怒っていると思わせたままでいるのが嫌だったからよ。それにね、プリユダンスったら、私がここに来るのに反対だったの。ご迷惑かもしれないからって止められたのよ」

「迷惑だなんて、そんな。マルグリット、そんなはずないじゃないですか」

するとプリユダンスが口をはさみました。

「だって、お宅に女性が来ている可能性だってあるでしょう。私たちが現れたら、居合わせた女性はいい気はしないはず」

プリユダンスが反論するあいだ、マルグリットは僕のほうをじっと見つめていました。

「ねえ、プリユダンス、見当違いもはなはだしいよ」

プリユダンスは言いました。

「それはそうと、あなたのアパルトマン、すてきね。寝室も見せていただいていい？」

「ああ、どうぞ」

プリュダンスは僕の部屋に入っていきました。本気で部屋を見たいのではなく、先ほどの気まずい言葉を埋め合わせるために、僕らを二人きりにさせてくれたのでしょう。

僕はマルグリットに尋ねました。

「どうして、プリュダンスと一緒に来たんですか」

「一緒に芝居を見た帰りなの。それに、ここから帰るとき、誰かと一緒のほうがいいと思って」

「僕が送りますよ」

「ええ、でも、あなたに迷惑かけたくないし、うちの前まで来ていただいたら、きっとあなたは部屋に上がってもいいかと私に訊(き)くでしょう。私はあなたを部屋に通すわけにはいかないし、あなたが、拒んだ私を恨みながら帰っていくのもつらいわ」

「どうして、僕を部屋に通せないんですか」

「だって、監視されているのよ。ちょっとでも疑われたら、もう終わりよ」

「理由はそれだけですか」

「ほかに理由があれば言うわよ。もうおたがい隠し事はなしにしましょう」

「おやおや、じゃあ、マルグリット、回り道しないで率直に訊きましょう。結局、君は僕を少しでも愛してくれているんでしょうか」

「ええ、心から愛しているわ」

「では、どうして僕を裏切ったの？」

「ああ、もし私が公爵夫人で、二十万リーヴル〔二億円相当〕の不労所得があって、あなたというものがありながら、ほかにも愛人がいるとしたら、あなたは私の浮気を責める権利があるでしょう。でも、私はマドモワゼル・マルグリット・ゴーティエなの。四万フランの借金を背負い、何の財産もなく、年に十万フラン使って生活している。ね、これ以上問うのは野暮だし、答える必要もないでしょう」

「そうですね」僕はマルグリットの膝(ひざ)に頭を預けながら続けました。「でも、僕はあなたに夢中なんです」

「でしたら、私への愛情をもう少し加減していただくか、私のことをもう少しちゃんと理解していただくかしかありませんね。あなたの手紙でどんなに傷ついたことか。

もし私が自由の身だったら、一昨日（おととい）、伯爵を家に上げたりしなかったし、たとえ彼を家に上げたとしても、すぐにあなたのもとに謝りに行ったわ。さっき、あなたが私に謝ったみたいにね。そして、その先、もうあなた以外の愛人をもつこともなかったでしょう。半年ぐらいなら、あなただけを愛人として、幸せに暮らせるのではないかと思いもしたけれど、あなたはその計画が気に入らなかったようね。あなた、私がいったいどうするつもりなのか、聞き出そうとしたでしょう。でも、そんなのすぐに想像がつくはずじゃないの。そのために私は、あなたが信じられないほどの犠牲を払ったのよ。ええ、あなたに『二万フラン必要なの』って言えばよかったのかしら。あなたは私を愛しているから、たとえ、あとで私を恨むことになったとしても、きっと一度ぐらいはなんとかしてくれたことでしょう。でも、私、あなたに借りはつくりたくなかったの。私のこんな気遣いを、あなたはわかってくれなかった。ええ、私だって気を遣ったのよ。私たちのような女でも真心があれば、言葉や態度に、堅気の女性とは違うニュアンスや意味を込めたりするものだわ。つまりね、マルグリット・ゴーティエにとって、あなたにお金を要求せずに借金を返す方法を画策するのは、あなたへの思いやりであって、あなたは何も言わず、それを受け入れてくだされればいいの。ね、今日初めて知り合ったことにしましょう。初対面なら、私があんなお約束をするだけであなたは喜んでくださったはずですし、一昨日(おととい)何をしていたかなんて、お訊きにならないですむはず。私たちのような女は、ときに、身体でお支払いすることで、魂の充足を手に入れざるをえないの。だから、あとになって、期待どおりの充足感を得られないとなると、さらに苦しみを深めることになるのよ」

僕はただ聞き入り、感動しながらマルグリットを見つめていました。その足にキスするだけでもと思っていた、この美しい女性が、どういうわけか僕のことを思ってくれて、彼女の人生に僕が占めるべき場所をつくってくれたというのに、僕は彼女の与えてくれるものに満足できないなんて、男とはいったいどこまで欲張りなんでしょうか。しかも、僕は、当初の願いが早々にかなえられたにもかかわらず、さらに欲張ろうとしていたのです。

「ええ、そうね」彼女はさらに続けました。

「私たちのような運まかせの生き方をしていると、とんでもない夢をもったり、ありえないような恋をするものなの。何かに夢中になったかと思えば、すぐに別のものに熱中する。全財産をつぎこんでも女をものにできない男もいれば、花束ひとつで女を手に入れる男もいる。気まぐれと言えば気まぐれだけれど、それは私たちにとって唯一の気晴らしであり、言い訳でもあるのよ。ええ、あなたみたいに、すぐに気を許した人はほかにいなかった。誓って本当よ。なぜかしら。きっと、私が血を吐いているのを見たあなたが、私の手をとってくれたから。あなたは泣いてくれた。私をかわいそうに思ってくれたただ一人の人だからなの。ちょっと馬鹿な話をするけど、聞いてね。昔、犬を飼っていたの。その子は、私が咳き込むと悲しそうな顔をしてくれた。あの子だけは、私、本気で愛していたわ。

　その犬が死んだとき、私、母が死んだときよりも泣いたわ。まあ、そもそも、一緒に暮らした十二年間、母は私のことをぶってばかりだったのだけれど。でね、私はすぐに、あの死んだ犬と同じぐらい、あなたのことを好きになったの。涙にどんな力があるかご存じなら、男の人だってもっと愛されているでしょうし、私たちのせいで破産する人も減るんじゃないかしらね。

　でも、あの手紙を読んだら、あなたの言っていたこととは違っていた。あの文面を見て、あなたは人の心の機微をわかっていない人だと思いました。この先、あなたが私に何をしようとも、あの手紙ほど、私のあなたへの愛を傷つけるものはないでしょうね。ええ、嫉妬のせいでしょう。でも、ただのやきもちならともかく、あんなに皮肉で意地悪な嫉妬はひどいじゃないの。ただでさえ、あの日はひどく落ち込んでいたのよ。そこにあの手紙でしょ。正午にはあなたに会える、一緒に昼食をとれる、あなたに会えれば、ずっとつきまとって離れない嫌な気分も晴れるだろうと思っていたのに。ええ、あなたと出会う前は、そんな気分のときも、またいつものことだと平然としていられたのに」

「それにね」とマルグリットは続けました。「あなたは一緒にいて自由に考え、話すことができるただ一人の人だとすぐに思うようになったの。私のまわり、いいえ、私のような女に寄ってくる人たちは、皆、言葉の端々にまで勘繰りを入れ、何気ないしぐさにも何か意味を見出そうとする人ばかり。だから、お友達なんていないわ。いるのは自分勝手な愛人だけ。あの人たちはね、私たちのためと言いながらも、結局、自分たちの虚栄心のためにお金を使っているだけなのよ。

そういう人たちは、自分が楽しみたいときは私たちも陽気に騒げと言い、食事のときは健康的に食べることを求め、不安に苛(さいな)まれているときはこちらも心配そうにしていることを望む。自分の気持ちを表に出せば、罵(ののし)られたり、信用を失ったりするから、私たちは、心をもつことを禁じられているようなものだわ。

　自分が自分のものではないのよ。人間として扱ってもらえず、物と同じ扱い。大事にされても、それは虚栄心を満たすためだから、敬意なんてこれっぽちも示してもらえない。女友達はいるけれど、プリュダンスみたいに、もとは囲われ者で、年をとって、もう昔のようにはいかないのに、贅沢な暮らしが忘れられない人ばっかりよ。そんな人なら友達になってくれる。いえ、友達というより、一緒に食事をする程度のつきあいね。いろいろ親切にはしてくれるけれど、損得勘定なしにとはいかないわ。助言をするにしてもお金目当て。彼女たちはドレスやブレスレットをもらったり、ときどき馬車に同乗して散歩に行ったり、劇場の桟敷席に同席することが目当てだから、たとえ、私に十人以上のパトロンがいたとしても、そんなのちっとも気にしない。あの女たちは、私たちが前日に男から贈られた花束を持ちかえり、カシミアのショールを借りていく。頼み事を引き受けるときは、どんな小さなことでも二倍の見返りを要求する。あなたも見たはずよ。このあいだの晩、プリュダンスに頼んで公爵から六千フラン受け取ってきてもらったでしょう。あのときだって、彼女は私から五百フラン借りて、きっと返さないわ。私が絶対にかぶりそうもない帽子を持ってきて、それでちゃらにしようとするかもしれないわね。

ほらね、私のような女に、ううん、私に許された幸せはひとつだけ。私はときどき気が滅入るし、いつも病気に苦しめられているけど、私の生活にあれこれ干渉せず、私の身体よりも心を愛してくれる、立派な男の人を見つけること。ええ、公爵はまさにそういう方よ。でも、あの方はお年でしょう。年寄りは頼りにならないし、心の慰めにもならない。あの方の用意してくれた生活を受け入れられると思ったこともあった。でも、どうしようもないの。あんな生活、退屈で死にそうだった。どうせ、身も心も朽ち果てていくなら、石炭を燃やしたガスでじわじわと窒息するよりも、火に身を投じるほうがましじゃないかしら。

そんなときに、あなたに出会ったの。あなたは若くて、情熱的で、幸せな人。あなたこそ、騒々しい生活を送りながらも孤独に苛まれていた私がずっと待ち焦がれていた人だと思い込もうとした。そのままのあなたを好きになったのではなく、理想の人をあなたに見出そうとした。でもあなたは、その役目を受け入れてくれなかった。自分にはふさわしくないとはねのけようとした。結局、あなたもほかの男と同じ、無粋な愛人でしかないのね。だったら、皆と同じようにして。お金を払ってちょうだい。

もうそれで終わりにしましょう」

長い時間、心の内を語り、疲れてしまったのでしょう。マルグリットはソファの背にぐったりともたれかかりました。軽く咳き込みそうになり、ハンカチで口を押さえてなんとかそれをこらえ、ついでに目元をぬぐいました。

「ごめん。すまなかった」僕は彼女に囁(ささや)きました。「そんなこと、全部わかっていたんだ。でも、愛しい君の口から聞きたかった。すべて忘れよう。でも、これだけは覚えておいてほしい。僕は君のもの。君は僕のもの。まだ二人とも若いし、心から愛し合っている。

マルグリット、僕を君の思うままにしてくれればいい。奴隷のように、犬のように、何でも君の言うとおりにする。でも、お願いだから、あの手紙は破り捨ててくれ。僕を明日、出発させないでくれ。さもないと、僕は死んでしまう」

マルグリットはドレスの下の胴着(コルセット)から手紙を取り出し、僕に返しながら、えもいえぬやさしい笑みを浮かべてこう言ったのです。

「ほら、ここにあるわよ」

僕は手紙を破り、彼女が差し出したその手に、涙ながらに口づけました。

ちょうどそのとき、プリュダンスが戻ってきました。マルグリットが声をかけます。

「ねえ、プリュダンス、この人、何を頼んできたと思う?」

「許してほしいって言うんでしょ」

「そのとおり」

「で、あんた、許すの?」

「許さざるをえないでしょう。でも、もうひとつお願いされちゃった」

「なに?」

「私たちと一緒に食事したいんですって」

「ふうん、あんたはそれでいいの?」

「あなたはどう思う?」

「二人とも揃ってお馬鹿さんな子供ね。でも、私もおなかがすいたわ。さっさと決めれば、さっさと食事にありつけるわよ」

「じゃあ、三人で私の馬車に乗っていきましょう」

そして、マルグリットは僕を振り返って言いました。

「はい、これ。ナニーヌはもう寝ているだろうから、あなたが扉を開けてちょうだい。

さあ、この鍵を受け取って。もうなくさないでね」

僕は息ができなくなるくらい強くマルグリットを抱きしめました。

そこにジョゼフがやってきました。

「旦那様、荷造りが終わりました」

満足げな顔で告げるジョゼフに僕は言いました。

「すっかり終えたのかい？」

「はい、旦那様」

「ご苦労さん。では、荷解きを頼む。出発はとりやめだ」

16

「僕らの関係が始まったときのことは、もっと手短に話すこともできたかもしれません」とアルマンは私に言った。「でも、僕が彼女の言うことをすべて受け入れるようになり、彼女が僕なしではいられなくなるまでに、どんな出来事があり、どんな経緯があったのか、あなたにも知っておいてほしかったのです」

マルグリットが僕の家を訪れた翌日、僕は彼女にあの『マノン・レスコー』を贈りました。

このときから、僕は自分の生活を変えることにしました。マルグリットの生活は変えられないのですから、こちらが変わるしかないのです。僕は何よりもまず、自分が引き受けた役割について立ち止まって考える暇などもたないように心がけました。だって、ふと冷静になると、悲しい思いが湧き上がるのを自分ではどうしようもなかったからです。そんなわけで、これまで、たまの例外を除き平穏に過ごしてきた僕の人生は、とつぜん、少なくとも表面上はだらしなく騒々しい生活になってしまいました。たとえ損得勘定抜きの愛情とはいえ、あのような女を恋人にする以上、金を使わないわけにはいかないのです。花束や芝居の席、夜食やピクニック、こうしたちょっとした気まぐれがけっこう高くつくし、彼女が求めれば、僕には何も拒めないのです。

前にも申し上げましたが、僕に財産はありません。父はC市でこの頃すでに税務署長をしておりまして、今もその職にあります。真面目で通っており、その信用があるからこそ、官職につくときに必要な保証金も融資してもらえたようです。この職によって十年前から父は年収四万フラン〔四千万円相当〕を得ており、そこから融資を返済し、将来妹が結婚するときの持参金を積み立てていました。ええ、父は、稀に見る立派な人だと思います。亡くなった母から相続した六千フランの年収があるのですが、父は長らく望んでいた今の職につくことができると、それを僕と妹に分けてくれました。さらに、僕が二十一歳になると、父は、これに加え、年間五千フランの生活費をくれるようになりました。こうして年額八千フランが保証されているのですから、あとは僕が弁護士なり医者なりの職をもち、自分で収入を得れば、充分パリで暮らせるはずでした。こうして僕は上京し、法律を勉強しました。弁護士の資格も取得したのですが、多くの若者がそうであるように、資格は宝の持ち腐れとなり、パリでぶらぶらと暮らしていたのです。大して金は使っていません。それでも、八か月で一年分の生活費を使ってしまいましたので、残りの四か月、夏のあいだは父のもとへ帰りました。それで、まあ、年間一万二千リーヴル〔一万二千フラン＝千二百万円相当〕で暮らし、孝行息子だと思わせることもできました。ざっとこんな経済状態で、借金はまったくありませんでした。

そんなときに、僕はマルグリットと知り合ったのです。

おわかりでしょう。好むと好まざるとに関係なく、これまでよりお金が必要になりました。マルグリットは、実に気まぐれな女です。ありとあらゆる娯楽こそが彼女の生活であり、それを深刻な出費とは思わない女なのです。そして、少しでも長く、僕と一緒に過ごしたいと思うあまり、マルグリットは毎日、午前中のうちに手紙をよこし、彼女の家ではなく、パリや郊外のレストランで夕食をとりましょうと誘ってくるのです。僕は彼女を迎えに行き、夕食をとり、芝居を見に行き、夜食も一緒にとることが度々ありました。一晩に四、五ルイ〔八十～百フラン＝八万～十万円相当〕を使うことになり、月に二千五百フランから三千フラン〔二百五十万～三百万円相当〕の勘定になります。一年分のお金が三か月半でなくなってしまうわけです。こうして、僕は、借金するか、マルグリットと別れるかのどちらかを選ばねばならなくなりました。

もちろん、二番目の選択肢はありえません。そこで、彼女と別れなくてすむなら、どんなことでも受け入れるつもりでおりました。

こんな細かい話までお聞かせして申し訳ありません。でも、先々起こることとの原因は、結局、ここにあったのです。今、お話ししているのは飾らない事実なのです。僕はといえば、馬鹿正直なまでに細々と、事の成り行きをそのまま語るまでです。

つまり、誰がどうやっても僕に彼女を忘れさせることはできないのですから、僕としては彼女のために使うお金をなんとか工面するしかありませんでした。一方、僕の恋はあまりにも激しいものであり、マルグリットと離れている時間はどんなに短くてもまるで数年のように感じられました。そこで、何かほかに夢中になれるものを見つけ、彼女と離れているときも、気がつかないうちに時が過ぎるようにしたいと思ったのです。

僕はまず自分の少ない財産を担保にして、五、六千フラン［五百万～六百万円相当］を借り入れ、賭け事をするようになりました。賭博場が廃止されて以来、街のあちこちで賭けが行われるようになっていますからね。昔は、フラスカティ[77]に行って、ひと財産稼ぐことも可能でした。あの頃は、現金を賭けるのが普通でしたから、たとえ負けても、また勝つこともあると考え、自分を慰めることができました。でも、今は、

77　イタリアのフラスカティ庭園を模してモンマルトル大通りに造られたホテル兼遊技場。一八七三年に閉鎖。その後もしばらくレストランとして営業していた。

支払いに厳格なごく一部のクラブを除き、大きく勝ったところでその場で現金を手にできることはまずありません。理由は簡単です。

賭けをやりに来るのは、金に困っているか、生活費すらままならない若い人ばかりなのです。だからこそ、彼らは賭け事に手を出すのですが、そんな人が賭けをすれば、当然、結果は見えています。運よく勝てたとしても、負けた側は、相手が馬や愛人に費やす金を用立ててやると思うと面白くありません。結局、勝ったほうが負けたほうに金を貸すことになり、それが募るうちに、賭博場で始まったつきあいは、喧嘩で終わることになる。しかもこうした諍いは、いつの世も、名誉や人生に少なからぬ傷を残すものです。こうして正直な人間は、若者たちに寄ってたかってすっからかんにさせられてしまいます。その若者たちだって、年収が二十万フラン［二億円相当］に届かないということを除き、別段欠点があるわけでもない真面目な人間なのです。

ええ、賭博でいかさまをした挙句、ある日とつぜん高跳びするしかなくなったり、遅まきながら逮捕されたりする者については言うまでもないでしょう。

こうして僕は、忙しなく、騒々しく、火山のように激しい生活に身を投じてしまったのです。以前なら、こうした生活は、考えるだけでぞっとしたはずのものです。でも、マルグリットへの愛を貫くためには、どうしようもなかった。だって、ほかに方法があったと思いますか。

彼女の家に行かない夜。一人で家にいても、眠れるわけがありません。嫉妬が僕を眠らせないのです。じっとしていても、焦燥感が募り、血が騒ぐばかりです。賭け事をしていれば、いっときとはいえ、心を占める嫉妬の炎を忘れることができます。僕は思いがけず勝負に集中することができたのです。でも、それも、彼女に会える時刻になるまでの暇（ひま）つぶしにすぎません。彼女のもとに向かう時刻になると、勝っていようが負けていようが、同じテーブルを囲んでいる者たち、そこを離れても僕のように幸福が待っているわけではない寂しい人たちを憐（あわ）れみつつ、僕は何の躊躇（ちゅうちょ）もなくテーブルを離れることができました。彼女への愛がそれほど激しいものであることを自分でも思い知らされました。

多くの者は必要に駆られてギャンブルをします。でも、僕の場合、ギャンブルはあくまでも、薬のようなものでした。

マルグリットに会えないから賭けをするのであって、彼女と一緒にいさえすれば、ギャンブル熱も冷めるのです。

そんな生活をしていても、僕はけっこう冷静でした。支払える範囲でしか負けないし、勝つにしても負けを埋め合わせる程度にしか勝ちません。

それでも、運が味方してくれたのでしょう。借金もせずに、賭け事をしなかった頃の三倍も金を使っていました。思い煩うことなく、マルグリットのあらゆる気まぐれを満たすことができると思うと、ギャンブル生活の誘惑に抗うのは容易なことではありませんでした。マルグリットは変わらず僕を愛してくれていました。いえ、それどころか、以前にも増して愛情は深まったように思えました。

先ほど申し上げたように、最初の頃、僕は午前零時から朝の六時までしか彼女の家にいることができませんでした。やがて、ときおり、桟敷席に同席できるようになり、彼女が僕の家まで夕食に来ることもありました。ある朝、僕は朝八時まで彼女の家に長居をしました。さらに、ついには正午まで帰らずにいた日もあったのです。

心より先に、まずマルグリットの身体に変化が訪れました。僕は彼女の病を治そうとしました。すると、彼女もまた僕の思いを汲み取り、感謝の気持ちを表すべく、僕の言うことを聞いてくれたのです。僕は荒療治に頼ることも、特に無理することもなく、彼女のこれまでの習慣のほとんどをあらためさせました。医者も紹介しました。

この医者に彼女を診察してもらったところ、健康のためにできることがあるとすれば、休養と安静だけだと言われました。そこで、僕は、夜食の習慣や宵っ張りの生活を控えさせ、滋養のあるものを食べ、規則正しい睡眠をとるようにさせました。マルグリットも知らず知らずのうちに新しい生活に慣れ、こうした生活が健康に効果があることを感じているようでした。すでに、この頃から彼女は夜の外出を少しは控えるようになり、天気が良ければ、カシミアのショールにくるまり、ヴェールをかぶって、僕と二人、徒歩で散策に出るようになりました。夕方、シャンゼリゼに行き、子供のように、並木道の木陰を駆けまわって遊んだこともあります。疲れて帰ると、軽い夜食をとり、少しだけピアノを弾いたり、本を読んだりしたあと、就寝するのです。そんなの、かつてはありえないことでした。以前は、聞いているだけで胸が張り裂けそうになるほど苦しげな咳が続いておりましたが、この頃になると咳き込むこともほとんどなくなりました。

　六週間もすると、伯爵とは完全に縁が切れ、もう何の気兼ねもなくなりました。彼女が僕との関係を隠さねばならない相手は、公爵だけとなったのです。その公爵も、僕が来ているときは、しばしば門前払いをくらっていました。使用人に「奥様はお休みになっています。起こしてはならないと言われております」と言われてね。

僕と会うことが習慣になり、マルグリットが僕に会わずにいられなくなった頃、僕は、引き際を心得たベテラン賭博師のように、博打から手を引きました。すべて精算してみると、勝ちが続いたこともあり、一万フランほどの勝ち越しになっていました。このときは、この一万フランが、どんなに使ってもなくならない大金のように思えたものです。

いつもならば父や妹のもとに戻る時期が来ていました。でも、僕はパリに残りました。父と妹からは何度も手紙が来て、それぞれに、帰省を促す文言がありました。そのたびに、僕は、こちらは元気であること、お金は足りていることを書き、できる限りの返事を出していました。健康とお金は、父がいちばん心配していることでしょうから、そう書いておけば、恒例の帰郷を先延ばしにしても、少しは父を安心させられるだろうと思っていたのです。

そんなある日のことです。朝の明るい日差しに目を覚ましたマルグリットは、ベッドから飛び起きると、今日は一日田舎(いなか)に連れて行ってくれないかと僕にせがみました。プリュダンスを呼びにやり、僕らは三人で出発しました。マルグリットは、公爵が来たら、天気がいいのでプリュダンス・デュヴェルノワさんと一緒に田舎へお出かけになりましたと告げるよう、出かける前にナニーヌに言い含めておりました。

プリュダンスを同行させたのは、公爵に疑われないようにするためだったのですが、理由はそれだけではありません。彼女は、こうしたピクニックにうってつけの人でした。いつも陽気で、どんなときも食欲旺盛（おうせい）で、一緒にいて退屈しないうえに、卵やさくらんぼ、牛乳から兎肉（うさぎにく）のソテーまで、パリ近郊の定番料理を注文し、文句のつけようがない昼食を用意するのもお手のものです。

さてあとは、どこへ行くかです。

これもプリュダンスが解決してくれました。

「本物の田舎に行きたいの？」

「ええ」

「じゃあ、ブージヴァル[78]に行って、寡婦（やもめ）のアルヌーおばさんの店〈ポワン・ド・

78　パリ郊外西に位置する村。デュマ・フィスの住んでいたマルリー・ル・ロワにも近い。ピサロやモネなどの絵画でも知られる。

ジュール〉で食事しましょう。さあ、アルマン、馬車を呼んできてちょうだい」

一時間半後、僕らはアルヌーの店にいました。あなたもご存じかもしれませんね。平日はホテルもやっていて、日曜日には酒場になるあの店ですよ。高台の上にあり、庭がちょうど二階家の高さだから、眺めが良くてね。左は、マルリーの水道橋[79]まで地平線が広がり、右には、どこまでも丘が連なっているんです。セーヌ河も、このあたりは水量がほとんどなく、白いモワレ地の幅広リボンのように、ガビヨン平野とクロワシー島[80]のあいだを流れていました。クロワシー島は、背の高いポプラの木が風に震え、柳がさやさやと囁（ささや）くなか、常に水に揺られているかのようでした。

遠くには、照り渡る太陽の光を受け、赤い屋根の白い家々が立ち並んでいました。大小の工場も遠くから見ると無粋な世俗感を失い、美しい眺めのなかに溶け込んで見えるから不思議です。

さらに遠くにはパリが霞（かす）んで見えました。

プリュダンスが言ったように、これぞ本当の田園風景でした。ええ、そうです。まさにかくあるべしという昼食でした。

良い思い出をくれたので恩に着るわけではありませんが、僕はいつも言っているんです。ブージヴァルは名前こそ無粋ですが、ありとあらゆる土地を思い浮かべても、本当に、あれほど美しいところは、なかなかあるものではありません。僕はたくさん旅をしました。立派なものもたくさん見ました。でも、丘に守られるように、ふもとに存在するこの村、この小さくとも朗らかなブージヴァルの村ほど、すてきな場所はほかにありません。

アルヌーさんが、舟遊びを勧めてくれました。マルグリットとプリュダンスは喜んで勧めに従いました。

恋に田園風景はつきものです。ええ、そのとおりです。広がる青い空、芳香、花々、そよ風。野原や森の光り輝く静けさ。愛する女性の背景にこれほどふさわしいものはありません。ある女性を強く愛していれば、どんなに彼女を信用していても、これま

79 セーヌ河の水をヴェルサイユ庭園に運ぶ水路。
80 イヴリンヌからブージヴァルまで二・五キロにわたって続く、セーヌ河の中州。俗称グルヌーユ島（蛙島）、現在はショッセ島と呼ばれる。

で貞淑だったのだから、この先もきっと大丈夫だと思っていても、多かれ少なかれ嫉妬心を抱くことがあるはずです。恋をしたことがあるなら、本気で恋をしたことがあるのなら、すべてを捧げて共に生きたいと思ったその相手を、世間から切り離し独り占めしたい衝動にかられたことがあるはずです。その女性が周囲の人にまったく無関心だったとしても、彼女がほかの人や物にふれるたびに、その香り、その存在の一部が損なわれるような気がしてしまうのです。僕は人並み以上にそうした思いを抱いていました。だって、僕の恋はありふれた恋ではありませんでしたから。ええ、確かに、僕は、ごく普通の男たちと同様、できる限りの愛情を彼女に注ぎました。でも、相手はマルグリット・ゴーティエです。パリには、彼女とかつて関係をもった男たち、彼女と将来、そういう関係になるかもしれぬ男たちがあふれているのです。でも、田舎にいれば、まわりにいるのは知らない人、僕らには何の関心もない人ばかりです。しかも、年に一度しかない春の美しい風景のなか、都会の喧騒から遠く離れて過ごせるのです。ここならば、僕も愛しい人を人目から隠し、羞恥心や不安を忘れて彼女を愛することができるというものです。

　マルグリットは徐々に高級娼婦の面影を失っていきました。僕のそばにいるのは、若くて美しい娘。僕の愛する女性であり、僕を愛してくれているマルグリットという名の女性です。過去はすでに形を失い、未来は雲ひとつない空のように明るい。太陽は貞節な花嫁を照らすように、彼女に降り注いでいました。僕らは、ラマルティーヌ[81]の詩を思い出させ、スキュド[82]の歌をうたうためにつくられたかのような、このすてきな場所を二人で散歩するのです。マルグリットは、白いドレスを着て、僕の腕にもたれるように歩きます。夜は夜で星空の下、昨晩と同じ愛の言葉を繰り返す彼女の姿が目に浮かびます。世界は遠いところで淡々とまわっているだけで、僕らの青春、僕らの恋が描く色彩躍る絵画をその影で曇らせることはありません。

ほら、これが、その日、熱い太陽が木漏れ日とともに僕に見せてくれた夢です。河に浮かぶ島にボートで行き、これまで彼女を縛ってきた人間関係から解き放たれて、草の上に寝そべっているあいだ、僕は、さまざまな夢想に心を遊ばせ、思いつく限り

81　アルフォンス・ド・ラマルティーヌ（一七九〇～一八六九年）。『瞑想詩集』など叙情的な作品で知られる詩人。
82　ポール・スキュド（一八〇六～六四年）。音楽評論家、作曲家。

の希望で花束をつくっていたのです。

そう、そのとき、僕のいた場所から、河岸を見ると、三階建ての瀟洒な家が見えましてね。家の前の半円形の柵越しに天鵞絨のように密集した青い芝生が見えました。家の裏には小さな森があります。奥まっていて見通せない場所がいくつも存在し、前日つくった小道も翌朝には苔に覆われてしまいそうな森です。

その家には誰も住んでいないらしく、花をつけた蔓草が、石段が見えなくなるほど生い茂り、二階まで届くほどでした。

この家をじっと見つめるうちに、そこが自分の家のような気がしてきました。そのぐらい、僕の夢をそのまま形にしたような家だったのです。僕はあの家に暮らすマルグリットと自分の姿を思い描きました。昼は、丘を覆い尽くす木立の中を歩きまわり、夜は芝生に腰を下ろす生活。もし実現したら、自分たちほど幸せな人間はこの世にいないだろうとさえ思いました。

「あらすてきな家！」

マルグリットが言いました。きっと僕の視線をたどったのでしょう。もしかすると、僕の考えていることまで見抜いていたのかもしれません。

「どこ?」プリュダンスが問うと、「あそこよ」とマルグリットは例の家を指さしました。

「あら、いいわね。あんたの好み?」

「ええ、とっても」

「じゃあ、公爵に頼みなさいよ。あんたの頼みなら、きっと借りてくれるわよ。その気なら、私から伝えてあげてもいいわ」

マルグリットは、「どうしたらいい?」という顔で僕を見ました。

プリュダンスの最後の言葉で夢想はあっさりと宙に消え、とつぜん現実に突き落とされた僕は、しばし茫然としておりました。そして、自分でも何が何だかわからず、口ごもりながら言いました。

「ああ、それはいいね」

「じゃあ、そうしましょう」マルグリットは僕の言葉を自分の都合のいいように解釈したらしく、僕の手を握り、言いました。

「さあ、あの家が貸家かどうか見に行きましょう」

行ってみると、借り手を探しており、家賃は月二千フラン〔二百万円相当〕とのことでした。

「あなた、ここが気に入った？」と彼女は僕に聞きました。

「でも、僕がここに来るわけにはいかないだろう」

「私がここに隠遁（いんとん）するのは誰のためだというの。あなたのために決まっているじゃない」

「じゃあ、僕にここの家賃を払わせてくれ」

「馬鹿なこと言わないで。そんなの必要ないし、だいいち危ないじゃないの。わかっているでしょう。私がそんなことを頼める相手は、一人しかいないってこと。ねえ、私にまかせて。何も言わないで」

　そこにプリュダンスが口をはさみます。

「じゃあ、二日ほど暇になることがあったら、私もここに来ていいかしらね」

　僕らはその貸家をあとにし、新しい計画についてしゃべりながら、パリへの帰途につきました。車中、僕は両腕でずっとマルグリットを抱きしめていました。そのおかげか、馬車を降りる頃には老公への後ろめたさも薄まり、彼女の計画を落ち着いて考えられるようになっていました。

17

翌日のことです。朝早くに公爵が来るはずなので、僕は早々に彼女の家をあとにしましたが、彼女は公爵が帰りしだい、夜の予定を書いた手紙をよこすと約束してくれました。

　実際、まだ昼のうちにこんな走り書きを受け取りました。

「公爵とブージヴァルに行ってきます。今夜八時にプリュダンスの家に来て」

　約束の時刻にプリュダンスの家に行くと、マルグリットはもう戻っており、すぐにやってきました。入ってくるなり、彼女は言いました。

「ぜんぶ、うまくいったわよ」

「家を借りられたの？」とプリュダンス。

「ええ。公爵はすぐにいいって言ってくれたわ」

　僕は公爵とは面識がありませんでしたが、こんなかたちで彼を騙すことを後ろめたく思いました。

「それだけじゃないのよ」マルグリットはさらに続けます。

「ふうん、どうしたの？」

「私、アルマンの部屋についても考えたの」

「同じ家に寄宿させるつもり？」プリュダンスが笑いながら問いました。

「ううん、でも、〈ポワン・ド・ジュール〉に部屋を見つけたの。公爵とあの店で昼食をとったのよ。それで、公爵が外を眺めているときに、アルヌーさんに聞いたの。アルヌーさん、だったわよね、あの人。そう、で、いいアパルトマンはないかと尋ねたら、ちょうどいいのがある、居間と小部屋と寝室が揃っていると言うの。完璧じゃない。月六十フラン［六万円相当］ですって。心配性のあなたの気持ちを引き立たせてくれるような家具も揃っているわ。もう予約してきてしまったの。どうかしら、私うまくやったと思わない？」

　僕はマルグリットに抱きついてしまいました。彼女はさらに続けます。

「楽しくなりそうね。あなたには勝手口の鍵をあげるわ。公爵には、表玄関の鍵を渡すと約束したけれど、たぶん受け取らないんじゃないかしら。来るとしても、昼間しか来ないわけだし。ここだけの話だけど、私をしばらくパリから遠ざけることができるので、公爵は私が急に田舎で暮らしたいと言いだしたのを喜んでいるみたい。そうすれば、公爵の親族からも文句を言われないしね。でも、パリが大好きな私が田舎に引きこもりたいなんていったいどんな風の吹きまわしかと訝っていたわ。病気の療養のためだと答えておいたけど、あんまり本気にしていなかったみたいね。かわいそうに老公爵は、いつも警戒しているの。ねえ、アルマン、私たち、よくよく気をつけましょうね。あの人、田舎でも私を見張らせるわ。家を借りてもらうだけではなく、私の借金も肩代わりしてもらうことになるのだから、気をつけないと。ええ、私、残念ながらちょっと借金があるのよ。ねえ、そんなこんなで、あなたもわかってくれるわね？」

「ああ、うん」僕は、こんな生活をしていると、ときおり湧き上がってくる後ろめたさをなんとかなだめながら、応えました。

「あの家のなかまで、いろいろ見てきたの。すてきな暮らしになりそうよ。公爵が何から何までやってくれるわ」マルグリットは有頂天になって僕に抱きつき、さらに続けました。

「大好きなあなた！　あなた運がいいわね。大金持ちがあなたのベッドを買ってくれるのよ」

「で、いつからあっちに住むの？」とプリュダンスが尋ねました。

「できるだけ早い時期に」

「馬車や馬も向こうに？」

「ええ、何もかも。プリュダンス、私がいないあいだ、このアパルトマンを頼むわ」

一週間後、マルグリットはあの田舎家を手に入れました。僕も〈ポワン・ド・ジュール〉に身を落ち着けました。

そんなふうにして始まった生活は、そう簡単に語れるものではありません。ブージヴァルに移ってすぐの頃は、マルグリットもこれまでの習慣を一気に変えることができずにいました。毎日のようにどんちゃん騒ぎが続き、パリの女友達が次々とやってきたのです。一か月のあいだ、マルグリットはいつも八人から十人の来客と食卓を囲んでいました。プリュダンスも次々と知り合いを連れてやってきて、まるで自分の家であるかのように、もてなすのでした。

ご想像のとおり、すべては公爵の財布で賄（まかな）われていました。それなのに、プリュダンスはときおり、僕のもとにやってきて、マルグリットに頼まれたと言い、千フラン札を掠め取っていくのです。ほら、博打で儲けた金のこと、お話ししましたよね。僕はそこから、マルグリットに頼まれたというとおりの額をプリュダンスに渡していました。さらに、手持ちの金では、彼女が必要とする額を賄えるか心配だったので、パリに戻ってお金を借りてきました。以前にも、借金をして、その後きちんと完済していたので、そのときと同額なら大丈夫だと思ったのです。

　こうして私は父からの金に加え、一万フラン［一千万円相当］ほどの金を手元に置いていました。

　マルグリットが女友達を呼んではしゃぐのもだんだんと下火になってきました。なにしろ、そうした宴席はお金がかかるし、ときおり僕にまでお金を出させるのは申し訳ないと思ったからでしょう。マルグリットの保養のためにこの家を借り、彼女を住まわせた公爵も、この家には来なくなっていました。いつ来ても騒々しい大人数の来客がいて、顔を合わせるのが嫌だったのです。彼は、そういった人たちに姿を見られるのさえ避けていました。殊に、こんなことがあったので、彼の足はさらに遠のきました。その日、公爵は、マルグリットと二人きりで夕食をとろうと思ってやってきました。でも、着いてみるとまだ十五人ほどの来客がいて、彼にしてみれば夕食の始まる時刻だというのに、まだ昼食の宴が続いていたのです。何も知らない公爵が食堂の扉を開けると、なかにいた女たちが一斉に大声で笑いました。公爵は、女たちのはしゃぎぶりに侮辱されたような気分になり、その場で踵(きびす)を返してしまいました。

マルグリットはすぐに席を立ち、隣の部屋で公爵に追いつくと、来客たちの無礼を忘れてもらおうと必死になだめました。でも、自尊心を傷つけられた老人は、すっかり気分を害してしまいました。女主人の立場にありながら、来客たちの無礼を許してしまった彼女を責め、ずいぶんと冷ややかな声で、乱痴気騒ぎのために金を出すのはもうたくさんだと告げたかと思うと、怒りにまかせて帰ってしまったのです。

以来、公爵から連絡はありませんでした。マルグリットは来客を断るようになり、生活習慣を改めることで、老公をなだめようとしましたが、公爵から何か言ってくることはありませんでした。僕としては、彼女が僕だけのものになり、ようやく夢がかなったのが嬉(うれ)しくてなりませんでした。マルグリットはもう僕なしでは生きられなくなっていました。それがどんな結果を招くかを案じることなく、彼女は僕との関係を隠さなくなり、僕は彼女の家に入り浸りになりました。使用人たちも僕を主人と認め、「旦那様(だんなさま)」と呼ぶようになりました。

新たな生活について、プリュダンスは何度もマルグリットにお説教していました。でも、マルグリットは僕を愛しているから、僕なしでは生きてゆけないから、将来どうなろうとも、いつでも僕と一緒にいられるこの幸福を手離したくないからと答えていました。さらには、今の生活を快く思わないなら、もう来てくれなくてもかまわないとまで言いました。

僕は、それを扉の外で聞いていました。その日、プリュダンスはマルグリットに大事な話があると切りだしました。二人は部屋に入り、扉を閉めてしまったので、僕は扉に耳を当てて聞いていたのです。

数日後、再びプリュダンスがやってきました。

彼女が家に入ってきたとき、僕は庭の奥にいました。プリュダンスには僕がいるのが見えなかったようです。マルグリットが彼女を迎え入れたときの様子からすると、先日と同じような話がまた始まりそうな気がしたので、僕はその日も二人の会話をひそかに聞くことにしました。

案の定、二人は連れ立って居間に入り、扉を閉めました。僕は扉の外に立ちました。

「それで?」マルグリットが問いかけます。

「それでね、公爵に会ってきたわ」

「何て言っていた？」

「このあいだのことは、喜んで許そうと言っていたわ。でも、あんたが公然とアルマン・デュヴァルと同棲していることを知って、そっちのほうは許せないって言っていた。公爵はね、『その青年と別れるなら、以前のように望むだけのものを用意しよう。でも、その男と別れないのなら、もう私に何を頼んでも無駄だ』って言っていたわ」

「で、あなた何て言ったの？」

「とにかく公爵の言葉をお伝えして、あんたを説得してみますって申し上げたわ。ねえ、よく考えなさい。あんたはこれまでの恵まれた生活を失うことになるし、アルマンにそれだけの経済力はないわ。あの青年は、あんたを心から愛しているけれど、あんたに必要なすべてを支払えるだけの財力はない。あの人はいつかあんたを捨てるでしょう。そうなってからでは、もう遅いわ。公爵はもうあんたのために何もしてくれないでしょう。私からアルマンに話をしてもいいわよ」

何も答えなかったところを見ると、マルグリットも考え込んでいたのでしょう。彼女が何と答えるのか、僕は動悸（どうき）が激しくなりました。

「無理よ」彼女は答えました。「アルマンとは別れない。彼と暮らしていることも隠さない。馬鹿だと思うでしょう。でも、彼が好きなの。私にどうしろと言うのよ。それに、今はもう、アルマンだって、誰にも邪魔されずに私を愛することがあたりまえになっている。一日一時間だって、私と離れて過ごすのが彼には苦痛なのよ。そもそも、私はもう先が短いのだから、公爵の言いなりになって、不幸せに暮らすなんて時間の無駄。あんなお爺さん、見ているだけで老けちゃいそうなんだから。公爵にはせいぜい財産を出し惜しみさせておけばいい。私は私でなんとかするわ」

「どうやって？」

「さあ、わからないけど」

プリュダンスは何か言い返そうとしたのでしょう。でも、僕は居ても立ってもいられず部屋に駆け込むと、マルグリットの足元に跪いてしまったのです。こんなふうに愛してもらえるなんて、と僕は彼女の手に嬉し涙をこぼしました。

「マルグリット、僕の命を捧げます。もうあんな爺さんなんか、どうでもいい。僕がそばにいるんだから。絶対に君を捨てたりしない。ああ、君がくれる幸福に見合うだけのものを僕は君に与えているんだろうか。もう誰かに義理を感じることはない。ねえ、マルグリット、僕らは愛し合っている。ほかのことはどうでもいいんだ」

「ええ、そうよ、そうよ、愛してるわ、アルマン」マルグリットは僕の首に両腕をまわし、囁くように言いました。「こんなふうに愛せるなんて思ってもみなかった。それほど愛している。幸せになりましょう。穏やかに生きていきましょう。これまでの生活とは完全に縁を切るわ。今となっては恥じているんです。だからあなたも私の過去は責めないでね」

涙で声が出ませんでした。答えようにも、マルグリットを自分の胸に抱き寄せることしかできなかったのです。

彼女はプリュダンスを振り返り、昂った感情のままに言いました。

「ね、今のやりとりを公爵にお伝えしてちょうだい。もうあなたなしでやっていくと公爵に言っておいてね」

この日から公爵のことも気にならなくなりました。知り合ったばかりの頃から考えると、マルグリットは、ずいぶん変わりました。出会った頃の暮らしを僕に思い出させるものは何もかも遠ざけようとしていました。彼女が僕に示した愛情、そして心遣いは、妻が夫に、姉が弟に示す愛情や心遣いを超えるものでした。病のせいもあるのか、マルグリットは周囲の影響を受けやすく、気が変わりやすいところがありました。過去の習慣を捨てると同時に女友達とのつきあいもやめ、かつての浪費癖をあらためると同時に言葉遣いまで変わりました。僕が購入した小さなボートで舟あそびをしようと連れ立って家を出るとき、白いドレスに大きな麦わら帽子をかぶり、河辺の冷たい風から身を守るべく、飾り気のない絹の外套（がいとう）を腕にかけた彼女を見かけた人がいたとしても、まさかこの女性が、四か月前まで豪奢（ごうしゃ）な暮らしとスキャンダルで有名だったあのマルグリット・ゴーティエだとは思わなかったことでしょう。

ああ、僕らは早く幸せになろうと急（せ）いていました。この幸福が長くは続かないことがわかっていたみたいに。

もう二か月のあいだ、パリにすら行っていませんでした。会いに来る人もあまりいませんでしたが、数少ない例外が、プリュダンスとジュリー・デュプラでした。ジュリーのことは前にも話しましたね。だいぶあとのことになりますが、今、枕元にある日記、この悲しい日記を、マルグリットが託したあの女性です。

僕は朝から晩まで毎日、ただひたすら彼女にかしずいて暮らしていました。庭に面した窓を開け、夏の光が花々や木陰に楽しげに降り注ぎ、光を浴びて次々と花が開くさまを並んで眺めながら、二人とも、これまでは知らずにいた本当の意味での暮らしを満喫していたのです。

マルグリットはまるで子供のようにちょっとしたことに驚いては、夢中になっていました。ある日など、十歳かそこらの少女のように蝶々（ちょうちょう）や蜻蛉（とんぼ）を追いかけて庭のなかを走りまわっていたんですよ。以前は、一家族（ひとかぞく）が悠々暮らせるほどの金額を花代に費やしていた彼女が、芝生に座り込み、一時間ものあいだ、自分と同じ名前の小さなマルグリットの花[83]を眺めていたこともありました。

この頃、マルグリットは時間を見つけては『マノン・レスコー』を読んでいました。一語ずつ真剣にたどりながら、この本を読んでいる彼女の姿を目にしたことも一度や二度ではありませんでした。そして、彼女はいつも、本当に相手を愛していたら、マノンのようなことはできるはずがないと言うのでした。

公爵からは何度か手紙が来ていました。宛名の筆跡で彼の手紙とわかると、マルグリットは読みもしないで、僕にその手紙を渡しました。

ときに、読んでいて涙が浮かぶような文言がそこには綴（つづ）られていました。

彼は、お金を出さないと脅せば、マルグリットが自分のもとに戻ってくると思っていたようです。でも、そうした方策に効果がないと気づき、どうしようもなくなったのでしょう。何でも受け入れるからまた以前のように彼女のもとを訪問することを許してほしいと再び頼んできたのです。

僕は、切々と同じことを繰り返す公爵の手紙を読み、破り捨てました。手紙の内容はマルグリットに話しませんでしたし、公爵と縒りを戻してはどうかと勧めることもしませんでした。あわれな公爵の苦しみを思うと、同情の念はありましたが、もし彼との仲直りを勧めようものなら、かつてのように公爵の来訪を許すことで、この家の経費を彼に払わせようとしていると思われそうな気がして嫌だったのです。僕をこんなふうに愛したことによって、この先彼女の身に何が起ころうとも、僕は彼女の生活を支えるだけの覚悟ができていましたし、その覚悟を少しでも疑われるようなことは絶対にしたくなかったのです。

返信がこないので、公爵はついに手紙をよこさなくなりました。こうして、僕とマルグリットは将来のことなど気にもせず、二人だけの生活を続けたのです。

83　キク科の多年草マーガレットのこと。モクシュンギクとも呼ばれる。

18

田舎での新しい生活について細部まで語るのは難しいですね。僕らにしてみれば、子供の遊びのような楽しい出来事でいっぱいの日々だったのですが、話を聞かされるほうにしてみれば、意味のないことでしょう。一人の女性を愛するというのはどういうことか、一日がどんなに短く感じることか、あなたにもおわかりになるでしょう。ただもう恋のときめきだけで何もしないうちに翌日になってしまう。愛し合い、信じ合い、激しく燃える恋に溺れると、ほかのことはどうでもよくなってしまうことも、ご存じでしょう。愛する女しか目に入らず、それ以外の人間には無関心になってしまう。これまでほかの女に愛情のかけらを振りまいたことさえ悔やまれる。今この手のなかにある、ただ一人の手しか握っていたいとは思わない。頭のなかはただひとつの恋でいっぱい。しかも、その恋は絶えず湧き出てくるものですから、そこから気をそらすようなことは何もできず、考えることも思い出すこともできません。毎日、恋する相手の新たな魅力、これまで経験したことのない快楽を発見するのです。

欲望は尽きず、日々その欲望を満たし続けることこそが、生きることであり、魂はもはや巫女として、恋の聖なる炎を維持する任を果たしているだけなのです。

家のすぐ裏にある小さな森に行き、二人並んでそこに腰を下ろし、夕涼みすることもよくありました。もうすぐ訪れる夜の時間、朝まで抱き合って過ごすあの濃密な時間を思いながら、夕暮れの朗々とした虫の声に耳を傾けるのです。ある日などは、太陽が部屋に差し込まないようにして、一日中ベッドの上で寝そべって過ごしたこともあります。カーテンをぴったりと閉めていると、外の世界から完全に遮断され、まるで時間が止まったかのようでした。ナニーヌだけは、僕らの寝室に入ることを許されていましたが、それも食事を運ぶときだけです。その食事さえも笑ったり、ふざけたりして何度も中断しながら、だらだらと寝そべったまま口にしただけでした。そうこうするうちに、そのまま眠ってしまうこともありました。でも、その眠りもほんの束の間にすぎません。僕らはまるで、ときおり水面に顔を出しても、ひと呼吸ついただけで、執拗に潜り続ける潜水夫のように、僕らの愛の深みへと戻っていったのです。

だが、ふと目をやると、マルグリットの顔が悲しそうに見えたり、涙さえ浮かべていることがありました。いったいなぜ、そんなふうにとつぜん悲しくなるのかと尋ねたところ、こんな答えが返ってきました。

「アルマン、この恋はありきたりの恋じゃないわ。あなたは私を、まるで私が今までほかの男性のものになったことがないかのように愛してくれる。でも、いつかあなたはこの愛を後悔し、私の過去を責め、挙句の果てには、あなたと出会ったときに私がいたあの世界に、私を追いやろうとするのではないかしら。そう思うと不安になるの。新しい生活を知ってしまった以上、あの頃の生活に戻ったら、私、死んでしまう。お願いだから、私を捨てないと約束して」

「もちろん、約束するよ」

僕がそう言うと、その誓いが真実であるかどうかを読み取ろうとするかのように、彼女は僕の目をじっと見つめ、次の瞬間、僕に抱きついてきました。そして僕の胸に顔をうずめ、こう言ったのです。

「ああ、あなたをどれほど愛していることか、あなたにはきっとわからないでしょうね」

ある晩、僕らは、バルコニーの手すりに肘をつき、雲のベッドからなかなか顔を出そうとしない月を眺めていました。僕らは手をつないだまま、びゅうびゅうと木々を揺らす風の音を聞いていました。ゆうに十五分は無言のままそうしていたでしょうか。ついにマルグリットが言いました。

「もう冬ね。どこかへ行きたくない？」

「どこへ？」

「イタリアがいいわね」

「ここでは退屈？」

「冬が嫌なの。パリに戻るのが嫌だし」

「どうして？」

「いろいろあるから」

彼女はそれ以上理由を説明せず、唐突とも思える勢いで話を続けようとしました。

「ねえ、行きたくない？　もっているものは全部、売っちゃいましょう。そしてイタリアに行くの。イタリアなら過去は問われない。誰も私を知らないもの。ねえ、行きましょう」

「ああ、君が行きたいのならば行こう。旅に出よう。でも、どうして何もかも売り払う必要があるんだい。帰ってきたときのために、気に入っているものは残せばいいじゃないか。確かに、僕は大金持ちではないから、君にそんな犠牲を払わせることになってしまうのかもしれない。でも、それで君が少しでも喜んでくれるのなら、五か月や六か月ゆっくり旅をするぐらいの金はある」

「そうじゃないの」彼女は窓辺を離れ、部屋の隅にあるソファに腰を下ろして話を続けました。「わざわざイタリアまでお金を使いに行くなんて、無駄遣いじゃないかしら。ここでの生活だって、あなたにずいぶんな負担をかけているし」

「僕を責めるのかい、マルグリット。ひどいじゃないか」

「ごめんなさい」マルグリットは僕に手を差し出しました。「悪天候だと、神経にさわるのよ。本気で言ったんじゃないわ」

そして、僕にキスをしたあと、彼女はしばらく物思いに沈んでいました。

こんなことが何度もあったのです。どうしてそんなふうになるのかはわかりませんでした。でも、マルグリットに将来を心配する気持ちがあるのは、想像できました。僕の愛を疑っているはずはありません。僕の気持ちは日々強まっていったのですから。でも、彼女が悲しそうな顔を見せることが度々ありました。彼女自身はそれを体調のせいにして、僕に本当の理由を明かそうとはしませんでした。

あまりにも単調な生活に退屈しているのかと思い、パリに戻ろうかと言ってみたこともありましたが、彼女は一度も首を縦に振らず、この田舎よりほかに幸せに暮らせる場所などないと言うのでした。

プリュダンスは滅多に来なくなっていましたが、その分、手紙をよこすようになっていました。ただ、手紙が来るたびに、マルグリットは、ひどく不安そうな様子になるのです。でも、手紙を見せてくれと僕から頼んだことはありません。その内容は想像するしかありませんでした。

ある日のことです。マルグリットは寝室にいました。僕が部屋に入ると、彼女は手紙を書いていました。

「誰に手紙を書いているんだい」

「プリュダンスよ。読み上げましょうか」

疑っていると思われるのが何よりも嫌でしたので、その必要はないと答えました。でも、その一方で、この手紙を読めば、彼女が悲しげな顔を見せる理由がわかるだろうという確信もありました。

翌日は快晴でした。マルグリットは、ボートでクロワシー島へ散歩に行こうと言いだしました。彼女はその日、とても陽気でした。家に戻るとちょうど夕方の五時でした。

僕らが家に入るなり、ナニーヌが言いました。

「プリュダンス・デュヴェルノワさんがいらっしゃいました」

「もう帰ったの？」マルグリットが尋ねました。

「はい、奥様の馬車でお帰りになりました。奥様は了承済みだとおっしゃっていました」

「ええ、そうよ。じゃあ、食事にしてちょうだい」とマルグリットは上機嫌でした。

二日後、プリュダンスから手紙が来ました。そして、二週間ほど、マルグリットは、僕が気になっていた、あの悩み事から解放されたようでした。憂い顔を見せなくなったマルグリットは、僕にこれまで心配かけてごめんなさいと、何度も何度も詫びるのです。

でも、馬車は戻ってきませんでした。

ある日、僕は尋ねました。

「プリュダンスはどうして箱型馬車(クーペ)を返してこないのかな」

「二頭いる馬のうち片方が病気なのよ。車体の修理も頼んでいるの。ここにいれば馬車は必要ないのだから、パリに帰ってからよりも今のうちに直しておいたほうがいいでしょう」

　数日後、プリュダンスがやってきて、マルグリットの言ったとおりだと僕に説明しました。

　マルグリットとプリュダンスは二人だけで庭を散歩し、僕が合流すると急に話題を変えました。

　プリュダンスは、夕方、帰るときになって、冷えるのでカシミアのショールを貸してほしいとマルグリットに頼みました。

　そんなふうにして一か月が過ぎました。その間、マルグリットはかつてないほど楽しそうで、僕に対しても今まで以上に深い愛情を注いでくれました。

　でも、馬車はいつまでたっても戻らないし、カシミアも返してもらっていないのです。そうしたことが、自分でも理由のわからないまま、どこか心の隅に引っかかっていました。マルグリットがプリュダンスの手紙をどの引き出しにしまっているのかはわかっていましたので、彼女が庭の奥にいる隙（すき）を狙（ねら）って、大急ぎでその引き出しを開けようとしましたが、だめでした。二重に鍵（かぎ）が掛かっていたのです。

そこで、アクセサリーやダイヤモンドを入れている引き出しも見てみました。こちらの引き出しは難なく開いたのですが、宝石箱は姿を消していました。当然、宝石箱の中身も一緒になくなっておりました。

痛いほどの不安で胸が締め付けられました。

宝石類が消えた理由をマルグリットに問いただそうかとも思いましたが、きっと何も教えてくれないでしょう。

そこで、僕は彼女にこう言いました。

「マルグリット、パリに行ってきてもいいかな。ここにいることを知らせていないので、パリの家に父からの手紙が届いていると思うんだ。きっと心配しているはずだから、返事を出しておかないと」

「行ってらっしゃい。でも、遅くならないうちに帰ってきてね」

僕はブージヴァルを発（た）ち、まっすぐにプリュダンスの家に行きました。

「さて、正直に言ってくれ。マルグリットの馬はどこにいる」

僕は単刀直入に尋ねました。

「売ったわ」

「カシミアのショールは」

「売った」

「ダイヤモンドは？」

「質に入れた」

「誰が売ったり、質に入れたりしたんだい？」

「私よ」

「なぜ、僕に知らせてくれなかった」

「マルグリットに口止めされたの」

「どうして、そんなことしたんだ。金のことなら僕に言えばいいじゃないか」

「でも、マルグリットがそうしたがらないの」

「その金を何に使ったんだい」

「返済よ」

「彼女、そんなに借金があるのか」

「あと三万フラン〔三千万円相当〕。だいたいそんなところね。ああ、前にも言ったわよね。でも、あなたは本気にしなかった。さあ、これでもうわかったでしょう。あの家の家具は公爵が注文したものだから、家具屋が公爵のところにお金をもらいに行ったの。ところが、公爵はその家具屋を門前払いにし、その翌日にはマドモワゼル・ゴーティエに関する支払いは拒否するという書状まで送りつけたというの。そこで、家具屋がマルグリットに支払いを求めてきたものだから、とりあえず、一部だけお金を払ったのね。ほら、私があなたからもらったお金で数千フランほど。そのうち、意地悪な人がいて、その家具屋に、あの女は公爵に捨てられ、財産のない青年と暮らしているんだぞって吹き込んだらしいの。その噂を聞いて、ほかの債権者も彼女のところへ取り立てにやってきて、差し押さえをした。マルグリットはすべてを売り払ってしまおうとしたけれど、時すでに遅しというわけ。そもそも、私は反対したのよ。でも、借金は返さなければならない。あなたにはこれ以上甘えられないから、彼女は馬もカシミアも売って、宝石を質に入れたの。なんなら、買い取り書と質札も見せましょうか」

プリュダンスは引き出しを開け、僕に書類を見せました。

プリュダンスは続けました。「ほら、私の言ったとおりでしょう」と言える場面がくると、女性はなかなか執拗ですね。

「ねえ、愛し合い、田舎で霞を食べて生活すれば、それでなんとかなると思っていたの？　無理よ。そんなの無理。理想だけじゃなくて、現実の生活があるの。どんなに高潔な決意をしても、地上の営みとあなたをつなぐ鎖からは自由になれないの。馬鹿馬鹿しいと思うだろうけれど、鉄の鎖でつながれているんだから、そう簡単に切り離せるものではないのよ。マルグリットがほかの男と二股をかけようとしないのは、あの娘のほうがおかしいのよ。私があの娘にお説教したのだって、間違ったことをしたとは思ってないわ。だって、あの娘が身ぐるみはがされて惨めな思いをするのを見ていられなかったんだもの。でも、あの娘は耳を貸さない。あなたを愛している、だから何があっても裏切れないって言うばかり。ええ、ええ、美談ですわね。詩にありそうな純愛ね。でも、愛では借金を返せないの。何度でも言うわ。今では、借金が三万フランよ」

「わかった。僕が払う」

「今度はあなたが借金するわけ？」

「ああ、そうさ」

「そんなことしたら、大変よ。お父様とは絶交、仕送りはもらえない。三万フランなんてそう簡単に手に入るもんじゃないわ。ねえ、よく聞いて、アルマン。私、あなたよりは女というものがわかっているつもりよ。そんな馬鹿なことをしてはだめ。後悔するのが目に見えている。落ち着いて考えなさい。マルグリットと別れろとは言わない。でも、夏の初め、彼女とつきあいはじめた頃の生活に戻りなさい。マルグリットが借金を返す方策を見つけるのを許してやって。そうすれば、公爵は徐々に彼女のもとに戻るでしょうし、あの娘さえ望めばN伯も戻ってくる。昨日だって、N伯は、借金もすべて肩代わりするし、月額四千フラン〔四百万円相当〕か、五千フラン程度は約束できるって私に言ったのよ。あの人は、年収二十万フランあるんだから。マルグリットもいいご身分になれるわ。ねえ、あなた、何度も言うけど、いずれは別れなきゃならないの。一文無しになってからじゃ遅いのよ。まあ、N伯はちょっとお馬鹿さんだから、彼とマルグリットが良い仲になっても、あなたは彼女と会い続けることができるでしょう。マルグリットだって、最初のうちは、ちょっと泣くかもしれないけど、そのうち慣れてしまって、あなたの選択は間違っていなかったと感謝するわ。

マルグリットが人妻だと思いなさいよ。夫の目を盗んで会えばいいの。それでいいじゃない。

前にも同じことを言ったわね。あのときは、ただの助言だった。でも、今は、もうほかに選択肢がなくなってしまったようなものよ」

プリュダンスの言葉は残酷なほど理にかなったものでした。彼女は書類を片づけながら続けました。

「まあ、そんなもんよ。商売女というのは、人から愛されることばかり考えて、自分が誰かを愛することなんて考えないのが常ですからね。そうして、お金をためて、三十歳くらいになったら、損得勘定抜きの愛人をもつという贅沢を楽しむ。私だって、若いときの自分に今のような分別があったらと思うわ。ねえ、マルグリットには何も言わず、彼女をパリに戻してあげればいいのよ。もう四、五か月も二人きりでいたんだから、それが分別ってものよ。あなたはただ目をつぶっていてくれればいいの。パリに帰って二週間もすれば、N伯と良い仲になるでしょう。この冬はちょっとお金をためて、また来年の夏にでもあなたと楽しめるようになればいいわ。皆、そうやっているのよ」

　プリュダンスは自分の助言にご満悦でしたが、憤慨した僕は即座に却下しました。僕の愛が、そして僕のプライドがそれを許さなかっただけではありません。もうすっかり過去の生活と縁を切った以上、当のマルグリットだって、こんな提案を受け入れるよりは、死を選ぶだろうと思ったからです。僕はプリュダンスに言いました。

「もう、冗談はよしてくれ。マルグリットには、いくら必要なんだ？」

「さっきも言ったでしょう。三万フランよ」

「期限は？」

「二か月後」

「なんとかする」

　プリュダンスは肩をすくめました。

「金ができたら君に渡すけど、マルグリットには僕が出したと言わないでくれよ」

「ええ、ご安心なさい」

「もし、彼女がほかにも何か売ってほしいとか、質に入れてほしいと頼んできたら、僕に知らせて」

「その心配はないわ。もう売るものも質草になるものもないもの」

その後、僕は父から手紙が来ていないか確かめるため、まっすぐに自宅に向かいました。

手紙は四通届いていました。

19

父の手紙のうち、最初の三通は、連絡をよこさない僕を心配し、理由を尋ねるものでした。四通目では、誰かから僕の生活の変化を聞いたらしく、近々パリまで会いに行くと書いてありました。

僕は子供の頃からずっと父を心から尊敬し、また親愛の情を抱いてきました。そこで、僕は父に手紙を書き、音信不通だったのはちょっと旅に出ていたためだと説明し、パリに来るのならば出迎えに行くので、日取りをあらかじめ知らせてほしいと告げました。

僕は使用人にブージヴァルの住所を渡し、実家のあるC市の消印が押された手紙が来たら、すぐに届けるように言いつけ、早々に田舎(いなか)に戻りました。

マルグリットは庭門の前で僕の帰りを待っていました。

その目には不安が浮かんでおりました。彼女は僕に抱きつき、どうしてもこう訊かずにいられなかったのです。

「プリュダンスに会った?」

「いいや」

「でも、ずいぶんパリに長居したじゃない」

「父から手紙が何通も来ていて、返事を書かなければならなかったんだ」

少しするとナニーヌが大慌てで外から戻ってきました。

マルグリットは立ち上がり、ナニーヌに何か小声で話しかけました。

ナニーヌが行ってしまうと、マルグリットは再び僕の横に腰を下ろし、僕の手をとって言いました。

「どうして嘘をついたの? プリュダンスのところへ行ったんでしょう」

「誰から聞いたんだい?」

「ナニーヌよ」

「彼女は、どこから聞いたというんだ」

「あの子、あなたのあとをつけていたの」

「君がつけるよう命じたんだね」

「ええ。もう四か月、私のそばを離れようとしなかったあなたが、こんなふうにパリに行くなんて何か理由があると思ったの。あなたに何か不幸があったのかもしれない、誰か別の女と会うのかもしれないと心配だったのよ」

「冗談じゃない」

「安心したわ。あなたがパリで何をしたのかは、もうわかっている。でも、何を聞かされてきたのかまでは、まだ聞いていないわ」

僕はマルグリットに父からの手紙を見せました。

「そういうことじゃないの。私が知りたいのは、プリュダンスの家に行った理由よ」

「ちょっと挨拶(あいさつ)に寄っただけさ」

「嘘つき！」

「いや、病気の馬は回復したのか、君から借りたカシミアや宝石はそろそろ返してもらえるのか、聞きに行っただけさ」

マルグリットは顔を赤らめましたが、何も言いませんでした。

「君が馬やカシミアやダイヤモンドをどうしたのか、話は聞いたよ」

「いけなかった?」

「いや、怒っているのは、金が必要なのに、僕に相談してくれなかったことのほうだよ」

「私たちみたいな関係で、女の側に少しでもプライドというものがあるのなら、愛する人にお金をせがみ、愛情にお金をもちこむよりも、わが身を犠牲にしてできる限りのことはするものでしょう。あなたは私を愛している。それは確かでしょう。でも、私のような女に対する愛情は、いつ切れてもおかしくない細い糸でかろうじて心に留められているようなもの。先のことはわからないわ。ある日急に面倒なことが起こったり、気まずくなったりすれば、私たちの関係だって計算ずくだったのではないかと思うようになるかもしれない。プリュダンスはおしゃべりね。私、馬なんて必要ない。だから売って倹約しようと思っただけ。なくても不便はないもの。これで馬のための費用も払わなくてすむし。あなたが愛してくださるなら、私はそれしか望まない。馬がなくたって、カシミアがなくたって、ダイヤモンドがなくたって、あなたは私を愛してくださるのでしょう」

彼女はいかにも自然な調子でこう言ってのけたので、僕は聞いているうちに涙ぐんでしまいました。

僕は愛情を込めて彼女の両手を握りながら言いました。

「でもね、マルグリット、君だってわかっていたはずだよ。君がそんな犠牲を払ったら、僕だっていつかは気がつくはずだと。そして、それを知ったとき、僕が傷つくということも」

「どうして？」

「だって、僕への愛が原因で君が宝石まで手離すなんて耐えられないんだ。何かがきっかけで面倒が起こったり、気まずくなったときに、別の男と暮らしていればこんな思いはしなくてすんだのにと君が思うようなことは僕だって嫌なんだよ。たとえ一瞬でも、君が僕を選んだことを後悔するなんて、あってほしくないんだ。数日のうちに、君の馬もカシミアもダイヤモンドも取り返してみせるからね。だって、どれもこれも、君には、空気のように必要なものだもの。妙な話だと思われるかもしれないけれど、僕は素朴な君よりも、贅沢（ぜいたく）を好む君が好きなんだ」

「じゃあ、私をもう愛していないってこと？」

「馬鹿(ばか)なことを！」

「私を好きなら、私の好きなようにあなたを愛させてくれるはずでしょう。それなのに、あなたはいつまでも私を贅沢しなくては生きてゆけない女、あなたに金を使わせる女だと思っている。私の愛の証(あかし)を受け取るのが、あなたにとっては恥だと言うの？　口では何と言おうと、いつかは私と別れるんでしょう。女にあそこまでさせておいてと、世間から後ろ指をさされないように気をつけているだけなんでしょう。ええ、あなたは正しいわ。でも、私はあなたを買い被っていたみたい」

そう言うとマルグリットは立ち上がろうとしました。僕は彼女を引きとめて言いました。

「僕はただ君を幸せにしたいだけ。君から責められたくないだけさ」

「別れるつもりなんでしょう」

「別れるだって？　なぜ、そんなことを言うんだ。どうして僕らが別れなくちゃならないんだ」

「あなたのせいでしょう！　自分の立場を私にわかるように話そうとしてくれないし、私を昔のような贅沢好きの女のままでいさせることで見栄(みえ)を張ろうとしているあなたが悪いのよ。あの頃のまま、私が今でも贅沢好きな女だと見なすことで、私を不道徳な存在にして、見下そうとしているんでしょう。あなたのもっているお金だけで二人で幸せに生きてゆけるはずなのに、そうしようとしないのは、私の献身的な愛を本物だと信じていないからなのでしょう。愚かな偏見にとらわれ、勝手に身を滅ぼそうとしているのはあなたじゃないですか。私が馬車や宝石をあなたの愛と天秤(てんびん)にかけているとでも言うの？　贅沢だけが私の幸福だとでも言うのかしら。確かに、以前、誰も愛せなかったあの頃は、虚栄心を満たすことが幸福だったかもしれない。でも、本気で恋をしている今、見栄なんて馬鹿馬鹿しいことでしかないわ。私の借金を肩代わりして、財産を使い尽くして、ようやく女を囲った、つもりになるのね。そんなの何か月続くかしら。せいぜい二、三か月じゃないの。お金がなくなって初めて、私の言うとおりの生活を始めようとしても、もう遅いのよ。そうなったら、あなたは私に養われる立場になるけど、そんな自尊心が傷つくようなことあなたにできるはずないもの。今なら、八千フランから一万フラン〔八百万〜一千万円相当〕の収入はあるのだから、それだけでなんとかやりくりできるでしょう。私がもっているもので特に必要のないものは売ってしまいましょう。それだけでもうまく運用すれば、年間二千リーヴル

〔約二千フラン＝二百万円相当〕ぐらいにはなる。感じの良い小さめのアパルトマンを借りて、そこで二人で暮らしましょう。夏は田舎で過ごすにしても、こんな大きな家ではなくて、二人で住むのにちょうどいい小さな家でいいじゃない。あなたは誰にも頼らずやっていけるし、私は自由の身よ。二人とも、まだ若い。アルマン、お願いだから、かつて私が否応なく送っていたあの暮らしに私を戻そうとしないで」

　僕は感謝と愛情で涙が洪水のようにあふれてきて、言葉が返せなかったので、マルグリットに抱きついてしまいました。彼女はさらに続けました。

「あなたに内緒で全部片づけてしまうつもりだったの。借金を返して、新しいアパルトマンを準備するところまで。十月にはパリに戻って、何もかも打ち明けるつもりだったのに、プリュダンスがあなたにすべて話してしまった以上、事後承諾ではなく、今のうちに同意していただかなくてはならないわね。ねえ、私を愛しているなら、お願いよ」

　こんなふうにお願いされて却下することなんてできません。僕は感極まり、マルグリットの両手をとり、口づけするとこう言いました。

「ああ、君が望むなら何でもするよ」

こうして、彼女が決めたとおりにすることになりました。

するると彼女は有頂天になり、踊ったり歌ったりしたのです。実に楽しそうに新しいアパルトマンはこぢんまりしたものにしましょう、どこの地区の、どんな間取りのところにしましょうなどと早くも僕に相談するのです。

彼女は幸せそうでしたし、この計画に満足しているようでした。確かに、新居の計画は僕たち二人を決定的に結びつけるものになりそうでした。

僕のほうでもすべてを彼女まかせにして、何もしないわけにはいかないと思いました。

僕はざっと生活設計を考えてみました。まず財産の現状を把握し、母の遺産から入るお金はマルグリットに譲ることにしました。もちろん、そのぐらいのことで、彼女が僕のために払った犠牲に報いることができるとは思えませんでした。

それ以外に、父からもらう五千フラン〔五百万円相当〕の仕送りがありました。年間五千フランあれば、何があっても、生活できるはずです。

僕はそう決めてもマルグリットには言わずにおきました。話せばきっと拒絶されると思ったからです。

マルグリットに渡そうと考えた収入というのは、僕が見たこともない家屋のもので、六万フラン相当のこの家の抵当権を僕は亡き母から相続していたのです。僕にわかっているのは、家族ぐるみで昔からつきあいがある、父の公証人が三か月に一度、僕に七百五十フラン［七十五万円相当］を渡し、僕は領収書にサインをして彼に渡すというやりとりだけでした。

　マルグリットと連れ立ち、パリにアパルトマンを見に行った日、僕はこの公証人のもとに立ち寄り、この権利を第三者に譲渡するにはどうしたらいいのかを尋ねました。

　公証人は生真面目（きまじめ）な人ですので、僕が破産したのではないかと思い、なぜそんな必要があるのか聞き出そうとしました。遅かれ早かれ、いつかは贈与する相手の名前を明かさなくてはならないのですから、僕はその場で公証人に事情を説明しました。

　職業上の立場からも、古くからの知り合いとしても、反対されて当然と思っていました。ところが、彼は特に何も言わず、最善の方法をとると約束してくれたのです。

　もちろん、父には内緒にしてくれるよう公証人によくよく頼んだうえで、僕はジュリー・デュプラの家に行き、僕を待っていたマルグリットと落ち合いました。プリュダンスに会うと、またお説教されるだろうと思ったマルグリットは、ジュリーの家で僕を待つことにしたのです。

僕らはアパルトマンを見て回りました。どれを見ても、マルグリットは高すぎると言い、僕は狭すぎると言いました。それでも、ようやく二人とも気に入るところがみつかりました。パリで最も静かな地区に、母屋から独立した離れを見つけたのです。離れの裏には感じのいい庭があり、庭を取り囲む塀は、近所の目を気にしなくてすむ程度には高く、眺めを邪魔しない程度には低くなっていました。

期待していた以上にすてきな家でした。

僕は自分のアパルトマンを引き払う準備のため、プロヴァンス通りの自宅に行きました。マルグリットは、その間に、ある周旋人と会うことになっていました。彼女の女友達が金に困り、この男に家財の売却を仲介してもらったことがあるとかで、同じようなことを頼もうというわけです。

その後、彼女は嬉しそうな様子でプロヴァンス通りの僕の家にやってきました。男は彼女の代わりに借金を返済し、債権者から完済証明をもらったうえで、家財道具すべてを手離すことを条件におよそ二万フランを融通すると約束したそうです。

あなたは、あの競売で高額の売上金があったことをすでにご存じですよね。この周旋人とやらが、いかに不誠実に三万フランを超える大金を懐に入れようとしたか、おわかりになるでしょう。

僕らは上機嫌でブージヴァルに戻りました。これからの話をしていると、僕らの楽天的な性格、そして何よりも僕らの愛の力によって、光り輝く未来が待っているような気がしてきたのでした。

一週間後、昼食をとっていると、ナニーヌが入ってきて、僕の使用人が来ていると告げました。

僕が通すように言うと、ジョゼフが入ってきました。

「お父上がパリにいらしてます。お宅でお待ちです。即刻、お帰りになるようにとのことです」

来て当然の知らせでした。でも、その知らせを受けて、僕とマルグリットは顔を見合わせました。

二人とも不幸の前触れを感じたのです。

彼女も僕と同じことを考えたのでしょうが、何も言わなかったので、僕は彼女の手をとり、声をかけました。

「心配しなくていいよ」

「できるだけ早く帰ってきてね」マルグリットは僕を抱きしめ、囁きました。「窓からずっと外を見て、待っているわ」

僕はジョゼフを一足先にパリに帰し、すぐに帰宅する旨を伝えさせました。

そして、二時間後、僕はプロヴァンス通りの自宅にいたのです。

20

部屋着姿の父は僕の家のサロンで、誰かに宛てて手紙を書いていました。

僕に気づき目をあげたその様子だけで、何か深刻な話があってきたのだということはすぐにわかりました。

でも、僕はその顔を見ても何も気づかなかったふりで通すことにしました。僕らは、いつものように抱擁を交わしました。

「お父さん、いつ来たんですか？」

「昨日の夕方だ」

「いつものように、この家に泊まったんですか」

「ああ、そうだ」

「せっかく来てくれたのに、留守にしていてすみません」

父の冷ややかな表情からして、僕がそう言った途端、お小言が飛んでくるかと思っていました。でも、父は何も答えず、書き終わったばかりの手紙に蠟印(ろういん)を押し、ジョゼフに渡して投函するように言いつけました。

ジョゼフが出かけ、二人きりになると、父は立ち上がり、暖炉に寄りかかりながら、話し始めました。

「さて、アルマン、真面目な話をしようか」

「はい、何でしょうか、お父さん」

「隠し事はなしだぞ」

「ええ、いつもそうしていますよ」

「おまえが、マルグリット・ゴーティエと同棲しているというのは本当か」

「ええ、本当です」

「あの女がどういう筋の女か、知っているな」

「パトロンのいる女でした」

「この夏、妹や父の待つ実家に帰らなかったのは、その女のせいなのか」

「はい、そのとおりです」

「おまえはその女を本気で愛しているのか」

「おわかりでしょう、お父さん。そうでもなければ、お父さんたちとの神聖な約束を反故(ほご)にしたりしませんよ。帰省しなかったことについては、本当に申し訳なく思っています」

父もまさか僕がここまできっぱりと答えるとは思っていなかったようです。しばらく考え込み、それからこう言いました。

「こんな生活がいつまでも続けられるものではないとわかっているね？」

「お父さん、確かに不安がないわけではありませんが、続けるつもりです」

「だが、私がそれを許さないことは、おまえだってわかっているはずだ」

父の声は先ほどよりも冷ややかな調子に聞こえました。

「お父さんの名前、そして我が家の名誉を重んじ、それに背くようなことは何もしていないと思うからこそ、今の生活を続けてきたのです。何も恥じることがないからこそ、これまで僕は不安を乗り越えてこられたのです」

恋の情熱が、僕をかえって冷静にしていました。マルグリットのためなら、たとえ父に刃向かうことになろうが、どんな戦いも辞さない覚悟だったのです。

「それでは、生活を変える時期が来たのだ」

「なぜですか、お父さん」

「おまえはデュヴァル家の名誉を重んじると言ったが、今、まさにそれを傷つけようとしているからだよ」

「お言葉の意味がわかりません」

「説明しよう。愛人がいる。それはかまわない。遊び慣れた男が高級娼婦を愛人にしたときのように、ちゃんと金で買えばいい。それなら結構。なのに、おまえは、その女のせいで大事な家族との約束をないがしろにしたうえに、私たちの暮らす田舎にまで醜聞が届くほど乱れた生活を送り、私がおまえに与えたこの高潔な名前を汚そうとしている。これはあってはならぬことだし、この先もこんな生活を続けるのを許すわけにはいかない」

「お父さん、聞いてください。お父さんに悪い噂を聞かせた人間は、誤解しているのです。ええ、ゴーティエ嬢は僕の恋人です。一緒に暮らしています。よくあることじゃないですか。ゴーティエ嬢と結婚するとは言ってませんよ。僕は自分の都合のつく範囲の金を彼女に渡しているにすぎません。借金もしていませんし、お父さんがおっしゃるような恥ずべき行為は一切しておりません」

「父というのは、どんなときも息子が道を誤りそうになっているのを目にしたら、その道から救い出さねばならないものなのだ。確かに、おまえはまだ道を踏みはずしてはいない。だが、今後、道を踏みはずすことは目に見えている」

「お父さん！」

「私はおまえよりも世の中というものがわかっている。真に純粋な愛情は、貞節な女性だけに宿るものだよ。マノン・レスコーのような女は誰だって、デ・グリュのような情夫の一人ぐらいはいるものだ。時代や風俗は変化しているが、どんなに世間が変わっても、良い方向に変わらなければ意味がないじゃないか。愛人とは別れなさい」

「お父さんには逆らいたくありませんが、彼女と別れるなんてできません」

「じゃあ、私が別れさせてやろう」

「お父さん、残念ながら、娼婦たちを島流しにした聖マルグリット島[84]の監獄はもう存在しないんです。もしあったとしても、彼女が島流しになるなら、僕も一緒にその島に行くといたしましょう。仕方がないじゃありませんか。僕は間違っているかもしれません。でも、彼女と一緒にいることでしか、僕は幸福ではいられないのです」

「おい、アルマン、目を見開いて、父を見なさい。私は、いつもおまえを愛し、おまえの幸福だけを願ってきた。多くの男たちと関係をもってきた女を相手に夫の真似事をして暮らすのが名誉あることだと思うのか？」

「彼女はもう僕以外の男とは関係をもたないのですから、過去など関係ありません。彼女が僕を愛し、そして、僕への愛情と、二人が愛し合うことで彼女は生まれ変わったのです。心を入れ替えたのですから、もうそれでいいはずです」

「ふむ、高級娼婦を更生させるのが、男にとって名誉ある使命だとでも思っているのか。そんな馬鹿げたことが、神からおまえに与えられた人生の目的だとでも？　ほかに情熱を傾けるべき使命はないのか。そんな見当違いの努力を重ねて、いつかは実を結ぶと言うのかね。今はそんなことを言っても、四十歳になったとき、おまえ自身がいったいどう思うだろう。おまえはきっと若き日の恋を笑うだろう。いや、それも笑うことができればまだましなほうだ。その恋がおまえの過去にあまりにも深い傷を残していたら、笑うどころではすまないだろうからね。もし、この父が名誉と公正を重んじて確固たる人生を歩むかわりに、おまえのような考え方に染まり、恋にすべてを捧げていたら、今のおまえはないのだよ。アルマン、よく考えなさい。これ以上、そんな馬鹿げたことを言ってはいけない。その女とは別れなさい。父がこれだけ頼んでいるのだから」

僕は何も答えませんでした。

「アルマン、死んだ母さんのためにも、父を信じ、今の生活を捨ててくれ。ひとたび離れてしまえば、思っていたよりもずっと早く、そんな生活は忘れてしまうことだろう。おまえは、訳のわからない理屈をつけて今の生活に執着しているだけなのだ。おまえは二十四歳なんだぞ。将来のことを考えなさい。おまえはいつまでもその女を愛し続けることはできないだろうし、女のほうだっていつまでもおまえを愛するわけ

84 南仏カンヌの沖、レランス諸島のひとつで、現在は観光地。デュマの『鉄仮面』もここの監獄が舞台。

じゃない。おまえたちは、愛というものを大げさに考えすぎている。このままでは人生を棒に振る。あと一歩踏み出せば、もう今の道に戻ることはできなくなる。若いときの愚かな失敗を死ぬまで後悔することになるぞ。さあ、行こう。一、二か月、妹のそばで過ごすといい。家族のもとでゆっくり休んで、慎み深い愛にふれれば、熱だって冷めるさ。そう、病気で熱が出たときと同じようなものだ。

相手の女もそのあいだに落ち着くだろう。新しい愛人を見つけるに違いない。自分はこんな女のために、父と諍いを起こし、父の愛情を失いそうになったのかと思う日がいつかやってくる。そしておまえは、あのとき迎えに来てくれて助かったと私に礼を言うことだろう。

さあ、アルマン、一緒に帰ろう」

そこらの女が相手なら、確かに父の言うとおりなのでしょう。でも、マルグリットだけはほかの女と違う。僕はそう信じていました。でも、父の言葉は、最後のほうになると、実にやさしく、本気で懇願するかのような調子だったので、僕は何と返していいのかわからなくなりました。

「どうだい」父は心のこもった真剣な声で言いました。

「どうと言われても、何も約束はできません。お父さんの言うことは、僕にできることではないからです」

父が苛立っているのは、その態度を見ればわかりました。それでも、僕は続けました。

「お父さんこそ、僕らの関係を大げさに考えすぎです。マルグリットはあなたが思うような女ではありません。この恋は、僕を悪い道に誘うどころか、僕のなかに高尚な感情を育ててくれるものなのです。相手の女性が誰であれ、真実の恋はいつだって、人を成長させるものです。お父さんだってマルグリットに会えば、僕が誤った道を進んでいないことがわかると思いますよ。彼女はどんな良家の女性にも負けないくらい高潔な人なのです。ほかの女たちが強欲であるのと同じぐらいに、彼女は欲のない人なんです」

「それでも、その女は、おまえのもっている財産を平気で受け取ろうとしているではないか。おまえが母さんから相続し、その女にやろうとしている六万フランは、おまえの財産のすべてとなるのだからな。いいな、よく覚えておくんだぞ」

父は、この捨て台詞のような脅し文句を最後通告としてとっておいたのでしょう。でも、僕にしてみれば、懇願されるよりも、威圧的に出られたほうが対抗しやすいのです。

「六万フランの件、誰から聞いたのですか」

「公証人だ。彼のようなきちんとした人が私に知らせもせずに勝手にそんなことをすると思ったのか。私は、女一人のために息子が破産するのをなんとか食い止めようとパリにやってきた。おまえの母は、おまえが恥ずかしくない生活を送れるようにとこの金を遺した。愛人のご機嫌取りに使うために金を遺したわけじゃないぞ」

「お父さん、信じてください。マルグリットはこの権利譲渡のことは何も知らないんです」

「じゃあ、どうしてそんなことをしようとしたんだ」

「お父さんは先ほどから彼女を蔑み、別れろと言いますが、マルグリットは、僕と生きるために、自分のもっているものをすべて犠牲にしてくれたんです」

「で、おまえはその犠牲に甘えたというのかな。マルグリット嬢にそんな犠牲を払わせるとは、おまえ、恥ずかしくないのか。もうたくさんだ。その女とは別れなさい。先ほどはおまえに懇願したが、今度は本気で命令するぞ。そのような下劣な行為は我が家の恥だ。さっさと荷物をまとめろ。私と一緒に来るんだ」

「お父さん、すみません。僕は行きません」

「どうして?」

「僕はもう親の命令に従う年齢ではないからです」

僕の口答えに父は青ざめました。

「わかった。こうなったら、私は私でやらせてもらうぞ」

父が呼び鈴を鳴らすと、ジョゼフが現れました。

「私の荷物をパリ・ホテルに運んでくれ」

そう言うと父は部屋に行き、身支度を始めました。

父が部屋から出てくると、僕は父の前に立ちました。

「お父さん、約束してください。マルグリットを苦しめるようなことだけはしないと」

父は足を止め、僕に侮蔑(ぶべつ)の眼差(まなざ)しを向け、一言だけ返しました。

「おまえはどうかしてしまったのだな」

そして、乱暴に扉を閉め、去っていきました。

僕もすぐに家を出ると馬車に乗り、ブージヴァルへと戻りました。

マルグリットは窓辺で僕の帰りを今か今かと待っていました。

21

「ああ、ようやく帰ってきたのね。お帰りなさい！」

マルグリットは声をあげ、僕に駆け寄って抱きつきました。

「顔色が悪いわね」

僕は父とのやりとりを彼女に話しました。

「ああ、そんなことだろうと思っていたわ。ジョゼフが来てお父様の到着を告げたとき、悪い知らせが届いたみたいにぞっとしたのよ。かわいそうに。あなたがそんなに苦しげなのは、私のせいなのね。お父様と仲たがいするよりも私と別れたほうがいいのかもしれない。でも、私、お父様に何も悪いことをしていないわ。私たち、静かに暮らしてきたし、この先はこれまでよりもさらにひっそりと暮らしていくつもりなのに。お父様だって、あなたが愛人をもつことは当然だと認めているわけだし、相手が私でよかったと思ってくれたらいいのにね。だって、私はあなたを愛しているし、あなたの暮らしが許す以上のものは望んでいないんだもの。アルマン、私たちの今後の計画についてもお父様にお話ししたの？」

「ああ。でも、父としてはそれがいちばん気にくわなかったみたいだ。僕らが本気で愛し合っていることがわかったから、余計に苛立ったんだろう」

「じゃあ、どうするの？」

「マルグリット、一緒に耐えよう。嵐が過ぎるのを待つだけさ」

「過ぎてゆくかしら」

「そうなってくれなきゃ困るよ」

「でも、お父様もこのままではすまないでしょう」

「父が何をすると言うんだい」

「さあ、わからないわ。父親というのは、あらゆる手を尽くして、息子に言うことを聞かせようとするものじゃないかしら。私の過去を、あなたにあれこれ思い起こさせるとか、新しい噂をでっち上げてでも、あなたが私を捨てるように仕向けるんじゃないかしら」

「僕は君を愛している。わかっているくせに」

「ええ。でも、遅かれ早かれ、父親の決定には従わなくてはならないし、あなたがお父様に説得されてしまうかもしれないということもわかっている」

「それはないよ、マルグリット。僕が父を説得するんだ。父はきっと友人たちから吹き込まれた出まかせを真に受けて、腹を立てただけなんだろう。父は本来、善良で公正な人だから、考え直してくれるはずさ。それに、そもそも、父のことなんてどうでもいいんだ」

「アルマン、そんなこと言ってはだめよ。私のせいであなたが家族ともめるなんて、私には何よりもつらいことだわ。今日はもうこれで、この話はやめましょう。でも、明日になったら、もういちどパリに行ってきて。

お父様のほうでもあなたと同じように、いろいろ考えているはず。今日よりもおたがいに歩み寄れるかもしれない。お父様のやり方に逆らわないで、少しだけでもお父様の考えに譲歩するような態度を見せて。そんなに私に執着していないふりだけでも。そうすれば、今のままでいることを許してくれるかも。ねえ、諦(あきら)めないで。それに、これだけは確かよ。何があろうとも、私はあなたのそばを離れません」

「誓うかい?」

「今さら、誓う必要があるかしら」

ああ、愛する人の声に説き伏せられるのはなんとも甘美なものですね。マルグリットと僕は、少しでも早く実現させなければならないことのように、その日はずっと、これからの計画を話し合って過ごしました。実は、何か起こるのではないかと二人ともずっとびくびくしていたのですが、幸い、何もないままで、その日は終わりました。

翌日、僕は十時に出発し、正午近くに父の滞在先のホテルに着きました。

父はすでに外出していました。

もしや僕のアパルトマンにいるのではないかと思い、そちらにも行ってみました。誰も来なかったと使用人に言われ、今度は公証人のところに行きました。父はこちらにも来ていませんでした。

僕はホテルに戻り、六時まで待ちました。それでも、父は戻ってきませんでした。

僕はブージヴァルに戻りました。

マルグリットは、昨日のように窓辺で僕の帰りを待ちかねていたわけではなく、暖炉のそばに座っていました。もう暖炉に火を入れるような季節となっていたのです。

何か真剣に考え込んでいるらしく、僕が近寄っても足音に気がつかず、振り向きもしませんでした。そして、僕がそっと額にキスをすると、まるでそのキスで目が覚めたかのように、びくりとしたのです。

「ああ、驚いた。お父様、どうだった？」

「いや、会えなかったんだよ。いったい、どうしたんだろう。僕のアパルトマンにも来ていなかったし、心当たりのある場所をまわったけど、どこにも来ていなかった」

「じゃあ、また明日、行ってみて」

「父のほうから何か言ってくるまで待とうと思うんだ。僕はもう、やるべきことはやったつもりだし」

「いいえ、そんなことではだめ。明日は必ず、お父様のところに行って」

「どうして明日でなくてはいけないんだい？」

「だって」僕の問いかけにマルグリットが少し頬を赤らめたような気がしました。

「だって、そのほうがあなたの熱意が伝わるじゃない。そうしたら、早々にお父様のお許しをいただけるかもしれないでしょう」

マルグリットは、その後も夜までずっと、どこか心配そうに、ぼんやりと悲しげにしていました。話しかけても一度では返事が返ってこないほどです。マルグリット自身は、ここ二日のとつぜんの出来事で将来のことが不安になり、気が沈んでいるだけだと言っていました。

僕は一晩中、彼女を安心させようとしました。そして翌日、彼女は相変わらず心配そうな様子で、僕を送り出したのです。なぜ彼女がそんなに不安がるのか、僕には理由がわかりませんでした。

前日同様、父は留守でした。でも、出がけに置いていったという僕宛ての手紙がありました。

「もし、今日も私に会いに来たのなら、四時まで待っていてほしい。四時まで待って、私が帰らなければ、明日の夕食時にもういちど来てくれ。話がある。」

僕は四時まで待ち、父が戻らなかったので、ブージヴァルに帰りました。

前の晩、マルグリットは悲しげな様子でしたが、その日の彼女は興奮し、落ち着きを失っていました。僕が部屋に入ると僕の首にかじりつき、僕の腕のなかで、しばらくのあいだ泣いていました。

なぜ、そんなふうにとつぜん悲しみに襲われたのでしょう。徐々に激しくなる嗚咽(おえつ)

に驚き、理由を尋ねました。ですが、彼女は、本当のことを言いたくないときに、女性が口にするような、ありとあらゆる言い訳を並べ、はぐらかすばかりです。

やがて彼女が少し落ち着いたので、僕はパリでのことを話しました。そして父の手紙を見せ、楽観的な憶測でなだめようとしました。

しかし、父の手紙を目にし、僕の話を聞くうちに、マルグリットはまた泣き始め、その泣きじゃくり方はさらに激しくなり、心配になった僕はナニーヌを呼びました。神経の発作でも起こすのではないかと思った僕は、ナニーヌと共に彼女を寝かしつけました。その間、マルグリットは何も言わずに泣くばかりでしたが、僕の両手を握り、何度も何度も口づけておりました。

僕がパリに行っているあいだに、何か手紙が届かなかったか、来客はなかったかとナニーヌに尋ねてもみました。彼女がこんな様子なのは、それが原因かと思ったのです。しかし、ナニーヌは、誰も来なかったし、手紙も来ていないと言いました。

それでも、昨日から急に様子がおかしくなったのですから、何かあったには違いないのです。マルグリットが僕にそれを隠そうとすればするほど、僕は心配になりました。

晩になるとマルグリットも少しは落ち着いてきました。そして、僕をベッドの足元に座らせ、僕を愛している、いつまでも愛していると繰り返すのでした。マルグリットは僕を見つめ、微笑(ほほえ)みましたが、その目は涙で潤み、無理に笑っていることは明らかでした。

僕はなんとかして、彼女の悲しみの本当の理由を聞き出そうとしました。でも、先ほど申し上げたとおり、彼女は曖昧なことを言うばかりで、本当のことを言おうとはしませんでした。

マルグリットは僕の腕のなかで眠ってしまいました。だが、その眠りすらも休息とは程遠く、ただ身体を苦しめるばかりです。眠っていてもなお、ときに声をあげ、ときに飛び起き、僕がそばにいることを確認すると、僕に彼女への永遠の愛を誓わせるのです。

こうして、彼女が断続的に悲しみに襲われ、発作を繰り返すうちに夜が明けようとしていました。僕にはもう何が何だかわかりませんでした。明け方、マルグリットはようやく微睡(まどろ)みました。なにしろ、もう二晩、彼女はろくに眠っていなかったのです。

この休息も長くは続きませんでした。

十一時頃、マルグリットは目を覚まし、僕が隣にいないことに気がつくと、部屋のなかを見まわし、大きな声をあげました。

「もう出かけてしまうの?」

「いや、まだいるよ」僕は彼女の手をとりながら、答えました。「寝かしておいてあげようと思っただけだよ。まだ早いよ」

「パリには何時に行くの?」

「四時だ」

「そんなに早いの。でも、それまでは私と一緒にいてくれるのよね」

「もちろんだよ。いつもそうしているだろう」

「ああ、嬉しい! お昼を食べに行きましょうか」

そう言いながらも彼女はどこか上の空でした。

「ああ、君がそうしたいなら、そうしよう」

「出かけるまでは、ずっと抱いていてね」

「うん。できるだけ早く帰るようにするよ」

「帰ってくるの?」彼女は血走った目で僕を見つめて言いました。

「あたりまえじゃないか」

「そうよね。今夜、あなたは、帰ってくる。私は、いつものように、待っている。そして、あなたは、私を、愛してくださり、私たちは、知り合ったときから、ずっと、幸せだったし、これからも、幸せで、いられるのよね」

マルグリットのしゃべり方は、ひどくぎこちなく、その言葉の裏にはなかなか消えない苦悩が隠れているようでした。僕は今にも彼女が錯乱状態に陥り、倒れてしまうのではないかとひやひやしていました。

「いいかい、マルグリット、君は病気なんだ。そんな君を放っておくわけにはいかない。父には、今日は行けないと一筆書き送ればすむ」

「だめだめ!」彼女は急に大声を出しました。「それじゃだめよ。お父様は、せっかく会ってやろうと思ったのに、私が邪魔をしたと思って、気を悪くなさるわ。そんなことしちゃだめ。行かなくちゃだめ。絶対に行かなくては! 私、病気ではないもの。健康そのものよ。ただ悪い夢を見て、寝覚めが悪かっただけ」

こう言ったあと、マルグリットは先ほどまでに比べ、少しでも陽気に振る舞おうと努力しているようで、もう涙を見せませんでした。

家を出なければならない時刻になると、僕はマルグリットを抱きしめ、駅[85]まで一緒に歩かないかと誘いました。散歩することで少しは気晴らしになり、外の空気を吸えば気分転換になるのではないかと思ったのです。

それより何より、少しでも長く彼女と一緒にいたいという思いもありました。

マルグリットは僕の誘いを受け、コートを取ってくると一緒に歩きだしました。帰りが一人になるのを避けるため、ナニーヌも同行させました。

もう行くのはやめようと二十回は思いました。でも、すぐに戻れると思いましたし、新たに父の怒りを買うことも心配だったので、結局パリ行きの汽車に乗りました。

「じゃあ、また今夜にね」と別れ際、僕はマルグリットに言いました。

彼女は何も答えませんでした。

以前にも一度、僕が「また今夜」と言っても彼女が答えなかったことがありました。覚えていらっしゃいますか、あのG伯。そう彼がマルグリットの家で夜を過ごしたあのときです。でも、あれはずいぶん前のことですし、もう僕の記憶から消えかけていました。そんなわけで、この日、確かに、僕は何か不安を感じておりましたが、彼女が僕を裏切ることを心配していたわけではないのです。

パリに着くと、僕は真っ先にプリュダンスを訪ね、マルグリットのところへ行ってもらおうとしました。元気で明るい彼女が一緒なら、マルグリットの気も晴れるのではないかと思ったのです。

門番に取り次ぎを頼まず、そのまま入っていくと、プリュダンスは化粧室にいました。僕を見るなり、彼女は訝るような顔で言いました。

「あら、マルグリットも一緒なの？」

「いや」

「彼女、どうかしたの？」

「体調を崩していてね」

「じゃあ、来ないのね」

「彼女が来ることになっていたのかい？」

85　一八三七年にパリ・サン＝ラザール駅とサン＝ジェルマン＝アン＝レイ駅、そして一八三九年にはパリ・サン＝ラザール駅とヴェルサイユ右岸駅を結ぶ鉄道が開通しており、ブージヴァルからも鉄道でパリに行けるようになった。

　プリュダンスは顔を赤らめ、何やら当惑した様子でした。

「あなたがパリに来ているのなら、あの娘もあとから来るのかと思って、そう言っただけよ」

「いや、来ないよ」

　僕はプリュダンスを見つめました。彼女はうつむき、その態度からは、僕にあまり長居されては困ると思っていることがうかがえました。

「君に頼みがあって来たんだ。もし、ほかに予定がないなら、今夜、マルグリットに会いに行ってくれないか。一緒にいて、夜も泊まっていけばいい。今日の彼女は、今まで見たことがないような様子だったので、病気になってしまうのではないかと心配なんだ」

「パリで食事の約束があるの。今夜、マルグリットのところには行けないわ。そのかわり、明日、行かせてもらうわね」

　プリュダンスもマルグリットと同じぐらい、気もそぞろな様子でした。僕はプリュダンスの家をあとにして、父のもとに行きました。父は、こちらの出方を探るように、じっと僕を見つめました。

そして、僕に手を差し出し、こう言ったのです。

「アルマン、二度も来てくれて嬉しいよ。つまり、おまえのほうでも、いろいろ考えてくれたということだね。私自身もあれから、いろいろ考えたよ」

「では、お父さんのほうではどんな結論なのか、お聞かせください」

「このあいだは、周囲から聞いた話を鵜呑みにしてしまったようだ。おまえには厳しく言いすぎたと思っている」

「本当ですか、お父さん」僕は嬉しくてつい大きな声が出てしまいました。

「若いときは誰でも恋人をもって当然だ。新たに調べさせたところによると、おまえの愛人が、ほかの女ではなく、ゴーティエ嬢でよかったと思うようになった」

「ああ、お父さん、ありがとう。こんなに嬉しいことはありません」

こうして僕らは少し雑談したのち、テーブルにつきました。夕食のあいだじゅう、父は実に愛想よくしていました。

僕は一刻も早くブージヴァルに戻って、父が僕らを認めてくれたことをマルグリットに報告したくてたまりませんでした。そんなわけで、僕はつい、何度も時計に目をやっていました。

「ずいぶん時間を気にしているね。そんなにさっさと私から去りたいのか。若さだな。いつだって、若者は誠実な愛に背を向け、気まぐれな愛に走るんだ」

「お父さん、そんなこと言わないでください。マルグリットの愛は気まぐれではありません」

父は答えませんでした。その様子は僕の言うことを疑っているわけではなさそうでしたが、信じているようでもありませんでした。

父は、その夜パリに留まるようしつこく勧め、帰るのは明日でもいいではないかと、僕を引きとめようとしました。でも、病人のようなマルグリットを一人にしておくわけにはいきません。僕は父にそう説明し、今夜は遅くなる前に帰らせてもらい、明朝また来ると約束しました。

空は晴れていました。父は駅のホームまで僕を送ると言いました。あの晩ほど、幸せだったことはありません。未来が、長いこと僕がそうあってほしいと思っていた姿で見えてきたような気がしたからです。

そして、父のことが、今まで以上に大好きになりました。

僕が汽車に乗り込もうとすると、父は最後にもういちど、このまま泊まっていきなさいと言いました。僕が首を縦に振らないので、父はこう言いました。

「そんなに彼女を愛しているのか」

「ええ、心から」

「じゃあ、帰りなさい」

父は浮かんだ考えを追い払おうとするかのように額に手をやりました。そして、何か言いたそうに口を開きましたが、そのまま僕の手を握り、唐突なまでに「また明日！」と大声で言いながら立ち去っていきました。

22

汽車はちっとも進んでいないような気がしました。

ブージヴァルに着いたのは夜の十一時でした。

家に着くと、窓に明かりはなく、呼び鈴を鳴らしても誰も出てきません。

こんなことは初めてでした。ようやく庭師が出てきて、僕はなかに入りました。

ナニーヌが明かりを持って出てきました。僕はマルグリットの寝室に行きました。

「マルグリットはどこだ？」

「奥様はパリにお出かけになりました」

とナニーヌが答えました。

「パリに？」

「はい、そうです」

「何時頃？」

「旦那様がお出かけになって一時間後です」

「何か僕に伝言は？」

「いいえ」

ナニーヌは部屋から出ていきました。

僕は考えました。彼女はよほど心配だったのだろう。僕が父に会いに行くと言ったのを、自由に一日過ごすための口実かもしれないと思い、確かめるためにパリまで行ったのかもしれない。

もしかすると、プリュダンスが何か重要な話があると彼女を手紙で呼び出したのかもしれない。

一人になった僕はそんなふうに思いました。でも、パリに着き、僕はプリュダンスに会っているのです。あのとき、マルグリットに何か書き送ったことを匂わせるような話はしていなかったはずです。

そのとき、とつぜんプリュダンスが口にした言葉を思い出しました。マルグリットが体調を崩していると言ったとき、彼女はこう言ったのです。「じゃあ、来ないのね」そういえば、約束を反故にされたかのような言葉に違和感を抱き、プリュダンスの顔に目を向けたとき、彼女は、どこか当惑した様子でした。さらに、マルグリットが一日泣き続けていたことも思い出しました。実を言うと、父が温かく迎えてくれたことに安堵し、僕は、その前日マルグリットが流した涙を忘れかけていたのです。

その瞬間から、最初に浮かんだ「もしや」という疑念を取り囲むように、その日に起こったさまざまなことが頭に浮かび、疑念はもはや心にしっかりと根づいてしまいました。そう、父が妙に優しかったことも含めて、すべてが僕の疑念を確実なものにしていったのです。

マルグリットは執拗(しつよう)なまでに僕をパリに行かせようとしました。そばに残ろうとすると、落ち着いたふりをしてみせました。僕は、騙(だま)されたのでしょうか。マルグリットは僕を裏切ったのでしょうか。留守に気づかれないよう、僕より先に帰ってくるつもりだったのに、何か偶然の出来事で足止めをくらったのでしょうか。どうしてナニーヌに何も言わなかったのでしょうか。せめて僕に何か伝言を残そうとしなかったのでしょうか。あの涙は、この不在は、この訳がわからない状態は、いったいどう考えればいいのでしょうか。

誰もいない部屋の真ん中で、恐れおののきつつ、僕はそんなふうに考えをめぐらせ、時計を見つめていました。時計の針は午前零時を指しており、まるで、もう遅い、もう二度と彼女は帰ってこないと言っているかのようでした。

しかし、僕らが二人で準備している計画、そのために彼女が僕のために申し出て、僕が受け入れてきた献身を考えると、彼女が僕を裏切り、ほかの男のもとへ行ったなどということがあるでしょうか。それはありえない。僕は最初に頭に浮かんだ疑念を捨て去ろうとしました。

マルグリットは家財の買い手を見つけたのかもしれない。売却の契約のためにパリに行ったのかもしれないぞ。僕には知られたくなかったのだろう。たとえ、今後の生活に必要だからという理由で、僕が彼女の申し出を受け入れたとしても、それは僕にとってつらい決断だったのを彼女はわかっていたはずだ。話せば、僕の自尊心を傷つけ、機嫌を損ねることになると思ったのかもしれない。すべてが片づいたら、帰ってくるつもりなのかもしれないな。プリュダンスはその売買契約に立ち会うため彼女の到着を待っていたのか。だから、僕を見て困惑したんだ。マルグリットは今日のうちに契約を終えることができなかったのかもしれない。パリの自宅に泊まったのだろう。いや、もうすぐ帰ってくるのかもしれないな。僕が心配するだろうことはわかっているはずだし、彼女が僕をそのままにしておけるはずがないもの。

いや、でも、それでは、あの涙はどういうことだろう。きっと彼女は、これまで豪奢な調度のなかで暮らしてきただけに、あれを全部手放すとなると、どんなに僕への愛情が深いとはいえ、涙を流さずにいられなかったのだ。贅沢をすることで彼女は幸せを感じ、人からも羨まれてきたのだから。マルグリットが愛着のある家財を惜しむ気持ちを責める気にはなりませんでした。帰ってきたら、彼女が家を空けた理由を言い当ててみせ、そこらじゅうに接吻してやろうと思い、僕は彼女の帰りを待ちわびました。

ところが、夜が更けても、マルグリットは帰ってきませんでした。

不安は、徐々に輪を狭めるかのように、僕の頭と心を締め付けていきました。きっと何かあったに違いない。怪我をしたのだろうか、病気になってしまったのだろうか。もしや命を落とすようなことに。もうすぐ惨事を告げる伝令が来るのではないだろうか。夜が明けても、この不安と心配は続くのだろうか。

彼女がいないせいで、こんなに苦悩しているというのに、彼女に裏切られたのかもしれないとは、露ほども疑いませんでした。きっと、彼女の意志ではどうにもならない何かが起こり、帰ってこられないに違いない。考えれば考えるほど、何か不幸に遭遇したとしか思えなかったのです。まったく、男というのはうぬぼれが強いものですね。どんなふうにでも、自分の都合のいいように思えるものなのです。

鐘が午前一時を告げました。あと一時間待ってみよう。午前二時になっても、マルグリットが帰ってこなかったら、パリに向かおう。

それまでのあいだ、何か読んでいようと本を探しました。考えるのが嫌になったのです。

ふと見ると、テーブルの上に『マノン・レスコー』が開きっぱなしになっていました。ところどころ、濡れたあとがあります。涙かもしれません。ぱらぱらと頁をめくったあと、僕は本を閉じました。不安という名のヴェール越しに頁を眺めても、文字がまるで頭に入ってこなかったのです。

時がたつのがやけに遅く感じました。空は雲に覆われ、秋の雨が窓を打っていました。空っぽの寝台が、墓所のように見えてきたりもしました。僕は不安でたまりませんでした。

扉を開け、耳をすましましたが、聞こえるのは木々のあいだを吹き抜ける風の音ばかりでした。道を通り過ぎる馬車は一台もありません。一時半を告げる教会の鐘が寂しげに鳴り響きました。

ふと何者かが家に闖入してくるような気がして怖くなりました。こんな時間、こんな悪天候のなか、訪れるものがあるとしたら、不幸しか考えられません。

二時の鐘が鳴りました。もう少しだけ待ってみました。静寂のなか聞こえるのは、柱時計が時を刻む音、単調で規則正しい音だけです。

寂しく不安な心を抱えているせいで、寝室のすべてのものが何やら悲しげに見えてきます。僕はようやく心を決め、寝室を出ました。

隣の部屋を見ると、ナニーヌが手仕事の途中で眠り込んでいました。扉の音に驚き、目を覚ましたナニーヌは、僕に気がつくと、奥様はお帰りになりましたかと尋ねました。

「いいや。でも、もし入れ違いに、マルグリットが帰ってきたら、僕は心配でたまらずに、パリまで迎えに行ったと伝えてくれ」

「こんな時間にお出かけですか」

「ああ」

「でも、どうやって？　この時間では馬車も見つかりません」

「歩いていくさ」

「雨が降っていますよ」

「そんなの関係ない」

「奥様はお戻りになりますよ。たとえ、お帰りにならなくても、様子を見に行くのは、夜が明けてからでもよろしいじゃありませんか。道中、襲われて殺されてしまいます」

「そんなに危なくはないよ。じゃあ、明日には帰るから」

気立てのいいナニーヌは僕のためにコートを用意し、肩に掛けてくれました。そして、アルヌーさんの店に行き、女主人を起こして、馬車が用意できないか訊いてみましょうとまで言ってくれました。でも、僕は同意しませんでした。そんなことをしても断られる可能性が高いし、さっさと歩きだしてしまえば、その間に道のりの半分は行けるだろうと踏んだからです。

それに、僕は不安に取りつかれており、この昂った気持ちを落ち着かせるには、外気にあたり、肉体を酷使することが必要でした。

僕はアンタン通りのアパルトマンの鍵を持ちました。そして、柵のところまで見送りに出てきてくれたナニーヌに行ってくるよと告げ、歩きだしました。

最初は走りました。でも、地面は降りだした雨に濡れており、歩くよりも走るほうが体力を消耗するので、すぐに疲れてしまいました。三十分ほど走ったところで、僕は汗びっしょりになり、ついに足を止めざるをえなかったのです。息を整え、さらに歩きました。闇は深く、道端の木々が、まるで幽霊が襲いかかってくるかのようにとつぜん目の前に現れるので、ぶつかりそうになっては、震えあがりました。

荷馬車も一、二台見かけましたが、まもなく追い抜いてしまいました。

ブージヴァルのほうへ早足で駆けていく四輪馬車にも会いました。目の前を馬車が通り過ぎた瞬間、もしや、この馬車にマルグリットが乗っているのではないかという思いが湧き上がりました。

僕は足を止め、声をかぎりに叫びました。「マルグリット！　マルグリット！」

しかし、何の返事もなく、馬車はそのまま走り去りました。僕はしばらく馬車を見送ったのち、また歩きだしました。

二時間ほど歩いて、エトワールの門[86]に着きました。

パリの街を見ると少し元気が出ました。僕はこれまで幾度となく通ってきたシャンゼリゼの並木道を走って下っていきました。

夜の道には誰一人おりません。

まるで死者の都を歩いているようです。

やがて、夜が明け始めました。

アンタン通りに着く頃になると、街はまだ完全に目覚めていないものの、少しずつ活気を取り戻しつつありました。

マルグリットの家に着くと、朝五時を告げる鐘がサン・ロック教会[87]から聞こえてきました。

僕は門番に名を告げました。この門番は、僕から二十フランのチップを何度も受け取っていたので、朝五時とはいえ僕をマルグリットの部屋に通しても大丈夫な相手だと認めてくれました。

そんなわけで、僕は何の問題もなくなかに入れてもらえたのです。

マルグリットが来ているかどうかを門番に確認することもできましたが、いないという答えが返ってくるような気がしていました。それでも、僕はあと二分、結論を先延ばしにしたかったのです。だって、疑っているあいだはまだ一抹の希望があるのですから。

僕は扉に耳をつけ、何らかの音や気配がないかと探りました。

部屋のなかは静まり返っています。田舎（いなか）の静寂がここまで漂ってきているかのようでさえありました。

86　パリ、エトワール広場（現シャルル・ド・ゴール広場）にある凱旋門のこと。ちなみに、パリとブージヴァルのあいだの距離は十三キロほどなので、かなり速いペースで歩いたことになる。

87　パリ一区。ラクロの『危険な関係』にも登場。

僕は鍵を開け、なかに入りました。

すべての窓はきっちりとカーテンが閉まっていました。

食堂のカーテンを開け、寝室に向かいます。寝室の扉を開けました。

カーテンに駆け寄り、乱暴に紐（ひも）を引きました。

カーテンが開き、朝の弱い光が差し込みました。僕はベッドに駆け寄りました。

空っぽでした。

次々と扉を開け、すべての部屋を見てまわりました。

誰もいません。

気がへんになりそうでした。

化粧室に行き、窓を開くと、僕は大声で何度もプリュダンスを呼びました。

しかし、向かいの窓は閉じたままでした。

僕は下まで降りて門番に、昨日、ゴーティエ嬢がここに来たかと聞きました。

「はい、プリュダンス・デュヴェルノワ様と一緒にいらっしゃいました」

「僕に伝言は?」

「いいえ」

「二人はそのあとどうした？」

「馬車にお乗りになりました」

「どんな馬車だった？」

「お宅の馬車でした」

いったいどういうことでしょう。

僕は隣家の呼び鈴を鳴らしました。

門番が出てきて門を開き、「どなたにご用でしょう」と僕に尋ねました。

「デュヴェルノワさんのところへ」

「あの方はお留守ですよ」

「本当ですか」

「ええ。ほら、昨日の夕方、あの方宛てに届いた手紙がここにあります。まだお渡しできていないんです」

門番が僕に手紙を見せるので、僕は何気なくそこに目をやりました。

マルグリットの筆跡でした。

僕は手紙を手に取りました。

表書きは、「デュヴェルノワ様」となっており、「デュヴァル様にお渡しください」という添え書きがありました。

「僕宛てじゃないか！」と言いながら僕は門番に宛名書きを見せました。

「ああ、あなたがデュヴァル様でしたか」

「ええそうです」

「ああ、思い出しました。よくデュヴェルノワ様の家にいらしてましたね」

とりあえず外に出ると、僕は手紙を開封しました。

たとえ足元に雷が落ちたとしても、この手紙を読んだときほどの衝撃ではないでしょう。

「アルマン、あなたがこの手紙を読むとき、私はもう別の男性のものとなっております。あなたとの関係はもう終わったのです。

お父様のもとにお戻りなさい。妹さんに会いにゆくといいわ。妹さんは、私たちのような不幸な女とは無縁の純潔なお方でしょうから、そういう方のそばにいれば、マルグリット・ゴーティエという堕落した女に受けた心の傷など、すぐに忘れてしまうことでしょう。いっときとはいえ、あなたはその女を愛してくださいましたし、ただ一度だけの幸せな時間をくださいました。人生の残りは長くはないでしょうし、長くあってほしくないと思っています。」

最後のほうを読む頃には、もうどうにかなりそうでした。

実際、今にも路上に崩れ落ちてしまいそうな状態だったのです。雲がかかったかのように視界がぼんやりとし、こめかみが激しく脈打っていました。

ようやく気を取り直し、あたりを見まわすと、誰一人、僕の不幸に足を止めることはなく、ほかの人たちの生活はいつもどおりに続いているのがとても不思議に思えました。

マルグリットのもたらした衝撃に、とても一人では耐えられそうにありませんでした。

そのとき、ふと、父がまだパリにいること、しかも十分も歩けば父のもとに行けることを思い出しました。傷心の原因が何であれ、父なら僕を慰めてくれるだろうと思ったのです。

僕は無我夢中で、追われる盗人(ぬすっと)のように、パリ・ホテルまで走りました。父の部屋の扉には鍵が挿さったままになっていました。僕は部屋に入りました。

父は本を読んでいました。

父は僕が現れてもあまり驚かず、まるで僕を待っていたかのようでした。

僕は無言のまま父に抱きつき、マルグリットの手紙を見せました。そして、ベッドの前に座り込み、熱い涙を流したのです。

23

止まっていた時間が動きだし、何もかも日常のようにことが運んでいくなかで、僕はまだ始まったばかりの今日この日が、これまでとは、まったく違うものであるという現実を、なかなか信じられずにおりました。何か思い出せない事情があって、マルグリットの待つ家に帰れずに一夜を過ごしたものの、ブージヴァルに戻れば、昨晩の僕がそうだったように、彼女が心配そうな顔をして僕の帰りを待っているのではないか、そして、いったい何があったのかと尋ねるのではないかという気がしたことも一度や二度ではありませんでした。

人間というのは、一度なじんでしまうとそう簡単に習慣を捨てることはできないもので、その習慣が断ち切られると、生活のすべてがもはやこれまでどおりにはいきません。僕らの恋もそうでした。

そんなわけで、これは夢ではないのだと自分に言い聞かせるために、僕は何度もあの手紙を読み返さなければなりませんでした。

精神的なショックがあまりに大きく、肉体もまた動くことを拒んでおりました。不安に苛(さいな)まれ、ブージヴァルからパリまで夜中に歩き通し、その挙句に今朝、あの手紙を読んだものですから、もう精根尽き果てていたのです。僕がすっかり腑抜(ふぬ)けになっているのをいいことに、父は僕を実家に連れて帰ろうとし、僕はついに説き伏せられてしまいました。

僕は父に言われるがままに約束しました。とても議論するだけの気力がありませんでしたし、このようなことがあった後だけに、真の愛情の助けがなければとても生きていけないと思ったのです。

傷心の僕を慰めようとしてくれる父の気遣いを心底ありがたく思いました。

唯一思い出せるのは、この日の午後五時頃、父が僕を駅馬車に乗せたことだけです。

父は僕には何も言わず、使用人に身の回りのものを鞄にまとめさせ、自分の荷物と一緒に馬車の後ろにくくりつけ、僕を故郷へと連れていきました。

パリの街が見えなくなり、道がだんだん物寂しくなるに連れて、僕は心の空虚さを思い出し、自分が今、何をしているのかを初めて自覚しました。

その途端、またしても涙が流れ出しました。

どんなに尊敬する父からの言葉であっても、言葉で慰められるものではないと父もわかっていたのでしょう。父は泣きじゃくる僕に何も言おうとはしませんでした。それでも、ときおり、すぐ隣に心許せる相手がいることを思い出させるかのように、手を握ってくれました。

夜、僕は少し眠りました。マルグリットの夢を見ました。

ふと眠りから覚め、思わず身を起こした僕は、一瞬、自分がなぜ馬車のなかにいるのか理解できませんでした。

やがて、何があったかを思い出し、僕はがっくりと頭を垂れました。

あえて父と話をしようとは思いませんでした。僕はずっと父からこう言われるような気がしていたのです。「ほら、私の言ったとおりではないか。あの手の女の愛など信じてはいけないのだ」と。

　でも、父は、そら見たことかとばかりに強気に出ることはありませんでした。僕がパリを離れる原因となった出来事とは、まったく関係のない話しかしませんでした。そうこうするうちに僕らは故郷のC市に到着しました。

　妹と再会の抱擁を交わしたとき、マルグリットが手紙のなかで僕の妹について書いていたことを思い出しました。でも、どんなに善良な妹であっても、マルグリットを忘れさせるほどの力をもっていないことは、すぐに思い知らされました。

　ちょうど、猟期が始まったところでした。父は僕の気晴らしになると考えたようです。隣人や友人に声をかけ、狩猟の会を開いてくれました。僕は、特に嫌がるでもなく、かといって意気揚々というわけでもなく、猟に出かけました。パリを離れて以来、ずっとこんな感じで、何をするにも無気力だったのです。

　駆り出し猟が始まり、僕も言われたとおりの配置につきました。でも、安全装置をはずしもせず、僕は銃をかたわらに置いたまま、物思いにふけっていました。

　ただ流れる雲を眺めていたのです。広い野原に一人きり、とりとめもなく考えをめぐらしていました。ときどき、誰かから声をかけられ、そちらを見ると、僕から十歩ほどのところに兎（うさぎ）がおり、狩りの仲間がそれを指さしながら叫んでいました。

どんな小さなことでも父は見逃しませんでした。落ち着きを取り戻したのは、表向きだけだと気づいていたのです。今はすっかり無気力になっていても、そのうち何か恐ろしいこと、命の危険があることまで、しでかしかねないと思ったのでしょう。無理に慰めようともせず、僕の気を晴らそうと手を尽くしてくれていました。

妹は、当然ながら、何があったかを一切打ち明けられておりませんでした。あんなに陽気だった私が、いかにも憂鬱（ゆううつ）そうに、悲しそうにしているのを見て、さぞ不思議に思っていたことでしょう。

悲しみに沈むなか、ふと気がつくと父が心配そうな顔で僕を見つめていることがありました。そんなとき僕は父の手をとり、不本意ながら父に心配をかけてしまったことを詫（わ）びるかわりに、無言でその手を強く握りしめたものです。

そんなふうにして一か月が過ぎました。でも、僕にとってはそれが限界だったのです。

何をしていても、どこにいても、マルグリットのことを思い出しました。僕は彼女をあまりにも深く愛していたし、そのときもまだ愛しておりましたから、とつぜん無関心になることなどできはしませんでした。愛するにしろ、恨むにしろ、とにかくもういちど会うしかないと思うようになりました。ええ、すぐにでも。

そう考え始めると、どうしても会わなくてはならないという強い意志がもはや頭を離れず、ついには、しばらくのあいだ無気力だった肉体をも突き動かすほどのものとなったのです。

「いつかそのうち」の話ではありません。一か月先、一週間後でも遅すぎます。マルグリットに会わねばと思い始めた途端、明日にでも会わねばならないと思ったのです。そこで、僕は父に、パリに用事があるのでしばらく留守にするが、すぐに帰ってくるつもりだと告げました。

父はきっと僕がパリに行く目的を察したのでしょう。一生懸命、僕を引きとめようとしました。それでも、僕の焦燥を見て取り、ここで無理に引きとめて何か悲劇が起きても困ると思ったらしく、父は僕を抱きしめ、できるだけ早く帰ってきてくれと涙を流さんばかりに頼みました。

パリに着くまで、僕は眠れませんでした。

パリに行っても何をするつもりやら、自分でもわかっていませんでした。でも、マルグリットに会わなければならないことだけは確かでした。

まず、プロヴァンス通りの家に寄って着替えたあと、天気が良かったし、まだ時間も早かったので、シャンゼリゼに行ってみました。

半時間ほど歩いた後、遠目に、マルグリットの馬車がロン・ポワンからコンコルド広場方向に走ってくるのが見えました。

馬は買い戻したのでしょう。馬車はかつてのままでした。ただし、彼女は乗っていませんでした。

馬車が空であることに気づき、周囲を見まわすと、マルグリットが歩いてこちらにやってくるのが目に入りました。僕が今まで会ったことのない女性と一緒です。

僕の横を通り過ぎるとき、彼女の顔は青ざめ、唇は無理に笑おうとするあまり、緊張に引き攣っていました。僕はといえば、激しい動悸で立っているのがやっとでした。それでも、なんとか冷ややかな表情を取り繕い、素っ気ない会釈を返したのです。それとほぼ同時に、彼女は自分の馬車にたどりつき、連れの女性と共に馬車に乗り込みました。

マルグリットの性格はわかっています。思いがけず僕に会って、取り乱したに違いありません。きっと、彼女は僕がパリを離れたことを知り、別れた相手と顔を合わせずにすみ、ほっとしていたのでしょう。それが、戻ってきた僕と顔を合わせ、彼女と同様に青い顔をしているのを見たのですから、僕が戻ってきたのにはきっと理由があるのだと察し、これから起こるだろうことまで想像したに違いありません。

もしマルグリットが不幸せな境遇にあり、復讐するよりも助けてやらねばならないような状態にあったのなら、僕はたぶん彼女を許し、彼女を恨んだり傷つけたりすることなど考えなかったでしょう。でも、彼女は不幸せそうには見えませんでした。少なくとも、見た目ではね。誰か別の男が、彼女に贅沢な生活を再開させたのでしょう。僕にはできなかったことです。僕たちの別れ、そう、それも彼女から一方的に告げられた別れは、結局のところ、最も下劣な理由、金の問題が原因だったわけで、僕は恋心も自尊心も傷つけられ、苦しめられた償いを彼女に求めずにはいられなくなりました。

僕は、彼女が何をしているのか無関心ではいられませんでした。ということは、彼女にとって最も手痛い復讐は、僕から無視されることのはずです。だから、僕はあくまでも無関心を装わねばなりませんでした。それは彼女の前だけではなく、ほかの人の前でも同じです。

そこで、僕は愛想のいい顔をつくり、プリュダンスの家を訪ねました。小間使いが奥に女主人を呼びに行き、僕はサロンで待たされました。ようやく、プリュダンスが現れ、僕を居間に通しました。僕が腰を下ろした瞬間、サロンの扉が開く音がし、続いて、床を歩く足音、最後に玄関の扉を乱暴に閉める音が聞こえてきました。

「お邪魔だったかな」僕はプリュダンスに尋ねました。

「いいえ。マルグリットが来ていたのよ。あなたの名前を聞いて、逃げてったわ。たった今、出ていったのは彼女よ」

「僕が怖くて逃げたとでも言うのかい」

「いいえ。むしろ、あなたに不愉快な思いをさせたくないからだと思うわ」

「ふうん。それはどうかな」

僕はなんとか普通に呼吸しようと努力していました。感情が昂(たかぶ)り、息がつまりそうだったからです。

「彼女は馬車や調度品やダイヤモンドを取り戻すために、僕と別れたんだ。仕方ないよ。彼女を責めてはいけないと思っている。今日、彼女を見かけたよ」

僕は何気ない調子でそう言いました。

「どこで？」そう言いながらプリュダンスは僕の顔を見ました。その目は、あれほどまでに情熱的な恋をしていた青年はもはやどこに行ってしまったのかしらと言わんばかりでした。

「シャンゼリゼ通りで。とてもきれいな娘が一緒だった。あれは誰なんだろう」

「どんな娘？」

「ブロンドで細身、髪を縦ロールにしていた。青い目で、とてもエレガントだった」

「ああ、それならオランプね。確かにきれいな娘だわ」

「誰か決まった相手がいるの？」

「特定の人は誰もいない。だから、誰とでもいい仲になっちゃうような娘よ」

「住所は？」

「トロンシェ通りの××番地。あら、やだ、あの娘に気があるの？」

「さあね。でも、そうなってもおかしくない」

「マルグリットのことは？」

「もう何とも思ってないと言えば嘘になる。でも、別れ方って大事だと思うんだよ。

マルグリットはあまりにも簡単に僕との関係を解消した。で、僕のほうでも、あんなに夢中になった自分を愚かだったと思えるようになった。だって、僕は本当に彼女を愛していたからね」

僕がどんな調子で話していたか、想像がつくでしょう。額には汗が流れていました。

「あの娘だってあなたを愛していたし、今も愛しているわ。その証拠に、今日、あなたの姿を見かけたあと、あの娘はすぐに私のところにそれを話しに来たもの。ここに来たときだって、重病人みたいにがたがた震えていて、今にも倒れそうだったほどよ」

「で、彼女は何て言ったの？」

「『プリュダンス、きっと、彼はあなたのところに来るわ』って。どうか許してくれるよう頼んでほしいって」

「ああ、許すよ。そう伝えておいてくれ。彼女はいい娘だ。でも、所詮、商売女だったということさ。彼女が僕にしたことだって、予想はついていたはずなんだ。向こうから別れてくれて感謝してるよ。だって、二人だけで生きていこうなんて、あのままだったら、いったいどうなっていたことだろうって、今では思っているんだ。あんなの正気の沙汰ではなかったよ」

「ああ、どうしてもそうせざるをえなかったとあなたがわかってくれるなら、彼女も喜ぶと思うわ。ちょうどいいときに別れたのよ。マルグリットが調度の売却を頼んだ周旋人とやらが、債権者を訪ね歩いて、いくら貸しているか調べたものだから、債権者たちも皆、心配になったらしくて。あと二日ですべて差し押さえられて、売り払われてしまうところだったの」

「で、今はもう返済したのかい」

「だいたいね」

「誰が金を出したんだい」

「N伯よ。本当にもう、こんなに都合の良い人って存在するものなのねえ。要するに、伯爵は二万フラン出してやっと自分の想いをとげたってわけね。自分に気がないのはわかっているのに、彼女にはとても親切にしてくれる。馬を買い戻してくれたのも彼よ。宝石も質屋から払い出してくれたし、公爵がくれていたのと同じぐらいの金額を彼女に渡してくれている。彼女さえへんな気を起こさなければ、伯爵はこの先も彼女のそばにいるでしょうね」

「で、今、彼女は何をしているの？　ずっとパリにいるのかな」

「あなたと別れてからは、二度とブージヴァルに行きたがらないわ。私がブージヴァルまで出向いて荷物を取ってきたのよ。あなたの分までね。そこにまとめてあるから、あとで誰かに取りに来させてちょうだい。全部揃（そろ）っているはずよ。イニシャル入りの財布を除いてね。マルグリットがそれだけは欲しがって、家（うち）に持っていったわ。もし、返してほしければ、私から言ってあげるわよ」

「そのくらいあげるよ」僕はつぶやくように答えました。心の底から湧き上がった涙が目からこぼれそうだったんです。あの幸せな時間を過ごしたブージヴァルの村を思い出したからです。そしてまた、マルグリットが僕の持ち物、僕を思い出させるものを手元に置きたがっていたと聞いたせいでもありました。

もし、そのとき、彼女が部屋に入ってきたら、僕は復讐の決意などあっさりと捨て去り、彼女の足元に跪（ひざまず）いていたでしょう。

「それにしても」とプリュダンスは話を続けました。「あんな彼女初めて見たわ。ほとんど眠ってないんじゃないかしら。舞踏会に行って、夜中に食事をして、酔っぱらって。このあいだなんて、夜宴に出たあと、一週間まるまる寝込んじゃったのよ。

医者からようやく起きていいと言われたら、性懲りもなくまた遊びまわって、あのままでは死んじゃうわ。あの娘に会うつもり？」

「まさか。僕は君に会いに来たのさ。君はいつも僕にやさしかったからね。そもそも、マルグリットと出会う前から君とは知り合いだったわけだし。彼女の愛人になれたのも君のおかげだし、別れることができたのも君のおかげだ。そうだろう」

「まあね。確かに、あの娘があなたと別れるよう、あらゆる手を尽くしたわ。でも、結局、あなた方のためだったのだから、感謝してよね」

「君には二重の意味で感謝しているよ」と言いながら僕は立ち上がりました。というのも、僕の言うことを真に受けているプリュダンスを見ているうちに胸がむかむかしてきて耐えられなかったのです。

「あら、もう行くの？」

「ああ」

もう、うんざりでした。

「今度はいつ会えるかしらね」

「また、そのうちにね」

「じゃあ、さようなら」

プリュダンスは玄関まで僕を見送ってくれました。僕は目に怒りの涙を浮かべ、「絶対に復讐してやる」という決意とともに、自宅に戻りました。

マルグリットも結局ほかの娼婦たちと同じなのだ。彼女は僕を深く愛していたけれど、所詮、過去の生活に戻り、馬車をもち、どんちゃん騒ぎに興じることのほうが大事だったのだ。

眠れない夜、僕は自分にそう言い聞かせました。僕は表面上、冷静を装っていただけでした。でも、もし、本当に冷静に考えることができていれば、マルグリットが再び騒々しい生活に身を投じたのは、頭から離れない考え、次々と浮かんでくる思い出から逃れようとしていただけなのだと気がついていたでしょう。

だが残念なことに、このとき、僕は陰険な情熱に取りつかれていました。あわれなマルグリットをなんとか苦しめてやりたいとしか考えていなかったのです。

男というのは、ちっぽけな感情のひとつでも傷つけられるとそれだけで、ずいぶんと小物になりはて、卑しい存在になってしまうものですね。

マルグリットを見かけたときに一緒にいたあのオランプという女性は、マルグリットの友人とまでは言えなくても、彼女がパリに戻って以来、いちばん頻繁に会っている人物のようです。そのオランプが舞踏会を開くというので、僕はきっとマルグリットも来ているはずだと思い、なんとかこの舞踏会に潜り込もうと、つてを頼って招待状を得ました。

苦しい思いで胸をいっぱいにしたまま、僕が会場に着くと、舞踏会はすでに宴たけなわといったところでした。人々は踊り、ときに大声を出して騒いでいました。カドリーユ[88]の一群のなかに、N伯爵と踊るマルグリットの姿がありました。伯爵は実に得意げで、皆に向かって「この女は自分のものだ」と見せつけようとしているようでした。

僕はマルグリットの正面、マントルピースにもたれ、彼女の踊る姿を見つめていました。僕の姿が目に入った途端、彼女に動揺が見え始めました。僕は、彼女のほうを見て、素っ気なく手振りと目顔で挨拶してやりました。

舞踏会が終わったら、彼女は僕ではなく、あれほど嫌っていた馬鹿な金持ちの男と

88　十八～十九世紀に流行したダンス。コントルダンスの一種で、四人一組で踊る。

一緒に帰るのだろう、そして、彼女の家で彼らはどんなふうに夜を過ごすのだろう、そんなことを想像しただけで顔がほてり、なんとか彼らの仲を邪魔してやりたいという思いが湧き上がってきました。

コントルダンス[89]のあと、僕はこの家の女主人、オランプ嬢に挨拶(あいさつ)に行きました。その日の彼女は、ドレスから美しい肩とまぶしいほどの胸を覗(のぞ)かせ、招待客の目を楽しませていました。

確かにきれいな女性でした。見た目だけで言えば、マルグリットよりも美しいと言ってもいいでしょう。僕がオランプと話しているあいだ、マルグリットが彼女に向けていた視線から察するに、マルグリットもそう思っているのでしょう。オランプとつきあうようになれば、きっとN伯爵のように他人に自慢できるはずです。実際、オランプは、マルグリットが僕を惹(ひ)きつけたのと同じくらいに、恋心を抱かせるのに十分な美貌(びぼう)の持ち主でした。

当時、オランプには特定の相手がいなかったので、彼女の愛人になるのはそう難しくないと僕は思いました。要するに、ある程度お金を出しさえすれば、振り向かせることができそうでした。

僕は心を決めました。この女をものにしてやろう。

僕はオランプと踊りながら、彼女を口説き始めました。

半時間後、マルグリットは死人のように青ざめた顔で外套（がいとう）をはおり、舞踏会の会場を出ていきました。

24

それだけでもしてやったりと思いましたが、まだ気がすんだわけではありません。マルグリットが、今でも僕を気にかけていることがわかり、僕は卑怯（ひきょう）にもそれを利用しようとしました。彼女がこの世を去った今となっては、神様も僕が彼女にした卑劣な行為をお許しにならないでしょう。

夜食が出て、さらに場が賑（にぎ）やかになったのち、今度は博打（ばくち）が始まりました。

僕はオランプ嬢の横に陣取り、やけに大胆な賭（か）けに出ることで、彼女の関心を引き

89 十八～十九世紀に流行した英国風のダンス。

だか、わずかな時間で、百五十ルイ〔三千フラン〕だか、二百ルイ〔四千フラン〕だかを稼ぎ、目の前に積み上げていくと、オランプは、じっと燃えるような目でその金を見ておりました。

本気で賭け事に熱中せず、オランプを気にかけていたのは、僕だけでした。その晩、僕は最後まで勝ち続け、オランプに金を貸してやったのです。オランプは、すでに手持ちの金をすべて、いえ、もしかすると全財産を失っていました。

宴会は、朝五時にお開きになりました。

僕は三百ルイ〔六千フラン＝六百万円相当〕儲けました。

賭けに参加した連中は全員出ていき、僕だけがそこに残りました。宴席の客に知り合いはいなかったので、誰にも気づかれずにすみました。

オランプは自ら階段の明かりをつけ、皆を見送っていました。僕はほかの客と同様、帰るふりをしておきながら、別れ際にもういちど彼女に歩み寄って声をかけました。

「お話があります」

「明日にして」

「いいえ、今すぐでなくては」

「あら、何でしょう」

「では」僕は彼女の家のなかに戻り、彼女に言いました。

「ずいぶん、負けていましたね」

「ええ」

「全財産つぎこんだのでしょう」

彼女は口ごもりました。

「正直におっしゃい」

「ええ、まあ、そうよ」

「僕は三百ルイ儲けた。ここに泊まらせてくれるなら、これを、そっくりそのまま、君にあげよう」

そう言いながら僕は金貨の入った袋をテーブルに置きました。

「どうしてそんなことを?」

「君が好きだからさ」

「そんなの嘘。あなたはマルグリットが好きだから、私を愛人にすることで、彼女に復讐するつもりなんでしょう。私のような女を騙そうったって無理よ。残念ながら、私はあなたの提案を受けなければならないほど、年寄りでも醜くもないわ」

「じゃあ、断るのかい」

「そうよ」

「お金の話抜きなら僕を好きになってくれたのかな。でも、そうなったら僕のほうがお断りだ。ねえ、オランプ、考え直してくれよ。もし僕が誰かに三百ルイを届けさせて、今と同じ条件を出したら、君だってこの金を受け取ったんじゃないかな。でも、僕はこうして直接交渉することにした。理由なんて気にしないで、僕の申し出を受け入れてくれないかな。君の言うとおり、君は美人だし、僕が君に恋をしても何の不思議もないだろう」

マルグリットも、オランプと同様いわゆる高級娼婦でしたが、僕は初対面の彼女に、このときオランプに言ったようなことを言うことはできませんでした。それは僕がマルグリットに本気で恋をしていたからであり、彼女がほかの女性にはない美点の持ち主であると感じていたからです。オランプは飛びぬけて美しい女でしたが、こうした交渉のさなかに、僕はすでに彼女に嫌悪感を抱き始めていました。

結局のところ、オランプは僕の思惑どおり、提案を受け入れました。正午、彼女の愛人となった僕は、彼女の家をあとにしました。でも、ひとたびベッドを離れると、僕はもう、そこで交わした愛撫も愛の囁きも思い出すことがなかったのです。オランプは、僕から三百ルイを受け取る見返りとして、一生懸命、僕を愛撫し、愛を囁いていたようなのですが。

もっとも、身を滅ぼしてまで、オランプに貢ぐ男もいたんですよ。

さて、その日から、僕はあらゆる機会に乗じて、マルグリットを苦しめるようなことばかりしていました。オランプと彼女は互いに距離をおくようになりました。理由はもうおわかりでしょう。僕はオランプに馬車や宝石を買い与え、賭け事に手を出し、オランプのような女に夢中になった男がしでかすような馬鹿げたことを片端からやってみせました。やがて、僕の新しい愛人の噂は周囲に広まりました。

プリュダンスでさえ、噂を本気にし、僕がすっかりマルグリットのことを忘れてしまったと思ったようです。当のマルグリットはといえば、僕がオランプとつきあっている理由を見抜いていたのか、それともほかの人たち同様、僕が本気で恋をしていると思ったのかはわかりませんが、毎日のように僕が彼女を傷つけることばかりしていても、堂々とした態度を崩さず、じっと耐えているようでした。それでも、彼女は苦しそうでした。実際、見かけるたびにマルグリットの顔色はさらに青ざめ、さらに悲しげになっていったのです。僕の彼女への愛は、その激しさのあまり、もはや憎しみに近くなり、彼女の苦しむ姿を毎日のように眺め、僕はそれを楽しんでさえいました。卑劣と思えるほど残酷な仕打ちをしたとき、マルグリットが懇願するような眼差しで僕を見つめているのを幾度となく目にして、自分の行為が恥ずかしくなり、彼女に謝ろうと思ったこともありました。

だが、そんな後悔の念は長くは続きませんでした。オランプのほうでも、もはやプライドを捨て去り、マルグリットを傷つけることをすれば、僕から好きなだけ金を搾り取れると考えるようになったらしく、僕をたきつけてマルグリットを苛み、機会あるごとにマルグリットを侮辱するようになっていました。ほら、男性の後ろ盾を得た女性が、執拗に卑怯な攻撃をすることがあるでしょう。あれですよ。

マルグリットは僕らに会うことを恐れて、舞踏会にも劇場にも顔を見せなくなりました。そこで今度は、罵倒する言葉を書き連ねた手紙を彼女のもとに匿名で次々と送りつけました。僕はオランプにマルグリットの悪口を言わせ、僕自身も彼女について悪い噂を広めました。

あんなことをしたなんて、自分でもどうかしていたと思います。安物のワインで悪酔いした男が、妙な興奮状態に陥り、まったく無意識のうちに、手だけが勝手に罪深い行為をなしてしまうことがあるでしょう。あの頃、僕はまさにそんな状態にあったのです。そんな悪事を繰り返しながらも、僕は、殉教者のような苦しみを味わっていました。マルグリットはというと、憎悪の表情を浮かべることなく平静を保ち、軽蔑(けいべつ)を露(あら)わにすることなく毅然(きぜん)とした態度で僕からの攻撃に耐えていました。そんな彼女の姿は、どう見ても僕よりも上等なものに思え、僕は余計に彼女に対して腹が立ってなりませんでした。

ある晩、オランプは、どこだか知りませんが、外出先でマルグリットと鉢合わせしました。オランプから侮辱的なことを言われ、マルグリットもこのときばかりは腹に据えかねたらしく、ついには口論になり、オランプのほうが引き下がらざるをえない状況になったようです。オランプは怒り狂って帰宅し、マルグリットはその場で気を失って倒れ、担ぎ出されたとのことでした。

帰宅したオランプは僕にその日の出来事を話しました。そして、マルグリットは、オランプが一人でいるのを見て、以前の愛人を取られた仕返しをしてきた、だから、僕が同伴していようがいまいが、僕の愛する女性、すなわちオランプを侮辱することは許さないと彼女に一筆、書き送ってくれと言うのです。

もう話す必要もないでしょう。僕はオランプの言うとおりにしました。ありとあらゆる苦々しい言葉、辱める言葉、残酷な言葉を書き連ね、その日のうちにマルグリットの家に届けさせました。

これだけ厳しく痛めつければ、さすがのマルグリットももう黙っていられなくなるはずです。

今度こそ、返事が来るかもしれないと思っていました。だから、僕は一日、外出せず、自宅にいたのです。

午後二時頃、呼び鈴が鳴りました。入ってきたのは、プリュダンスでした。

僕は知らぬふりを決め込み、彼女がなぜ訪ねてきたのかを尋ねました。でも、その日、プリュダンスにいつものような陽気さはありませんでした。思いつめた声で、僕がパリに戻って以来、つまり三週間ほど前から、僕がことあるごとにマルグリットを苦しめるので、マルグリットは体調を崩し、さらに昨夜の出来事と今朝の手紙がそこに追い打ちをかけ、ついに寝込んでしまったというのです。

要するに、マルグリットは僕をまったく責めることなく、ただもう気力も体力も尽き果て、これ以上はとても耐えられないので、どうかもう勘弁してくださいと情けを請うためにプリュダンスをよこしたのです。

「僕を締め出すのは、ゴーティエ嬢の勝手だが、ほかの女が僕の愛人になったという理由だけで、僕の愛する女性を侮辱するのなら、それを許すわけにはいかないだろう」

「あなたは、情けも知性もない小娘の言いなりになっているだけでしょう。ええ、あなたは確かにオランプを愛しているのね。でも、だからって、身を守るすべのない女性をいじめてもいいってことにはならないわ」

「だったら、N伯から僕に抗議してもらえばいいじゃないか。そうしたら、平等だろ」

「あの娘がそんなことするわけがないって、あなただってわかっているでしょう。マルグリットのことはもうそっとしておいてちょうだい。あの人に会えば、あなただって、自分の振る舞いが恥ずかしくなるわよ。あんなに青ざめて、咳き込んで、もう長くないかもしれないわ」

プリュダンスは僕に手を差し出し、付け加えました。

「あの娘に会いに行って。彼女、どんなに喜ぶことか」

「N伯と鉢合わせするのなんてごめんだよ」

「N伯が彼女の家に来ることはないわ。だって、そんなのあの娘が許すはずないもの」

「会う気があるなら、あっちが会いに来ればいい。住所だって知っているわけだし。僕がアンタン通りに出向くのはごめんだね」

「じゃあ、彼女が来れば会うのね」

「もちろん」

「わかった。彼女きっと来るわ」

「来るなら、来ればいい」

「あなた、今日はご在宅?」

「ああ、夜までずっと家にいるよ」

「彼女にそう伝えるわ」

プリユダンスは帰っていきました。

今日は出かけないと決めたものの、オランプに一筆書いて、それを知らせておこうとは思いませんでした。別に彼女に気を遣う必要などないのです。オランプと夜を共にするのは、せいぜい週に一回程度でした。彼女は僕以外にもどこかの劇場の役者とつきあっていたようです。

僕は夕食こそ外に出たものの、すぐに帰ってきました。どの部屋にも暖房を入れさせ、ジョゼフも早々に帰してしまいました。

彼女を待つ一時間のあいだ、僕の頭には、とてもお話ししきれないほど、さまざまな思いが去来しました。しかし、夜九時頃、ようやく呼び鈴が鳴ると、雑多な思いはただひとつの感情に収束していき、扉を開けに行くときには、もはや壁に寄りかからないと倒れてしまいそうなほどでした。

幸いなことに、玄関脇の部屋は薄暗く、僕の顔色の変化はそれほど目立たなかったことでしょう。

マルグリットが入ってきました。

全身黒ずくめでヴェールをかぶっています。レース越しに辛うじて顔がわかったくらいです。

サロンに通すと、彼女はヴェールを上げました。

その顔はまったく血の気がなく、大理石のようでした。

「来ましたよ。アルマン、あなたが会いたいとおっしゃるので、やってきました」

そして両手で顔を覆ったかと思うと彼女は泣き崩れたのです。

僕は彼女に歩み寄りました。

「どうしたんだい」僕の声はうわずっていました。

マルグリットは何も言わず、僕の手を握りました。涙で声が出なかったのです。しばらくして、ようやく少し嗚咽（おえつ）がおさまってくると、彼女は言いました。

「あなた、ずいぶんひどいことを……。私は何もしていないのに」

「何も？」僕は苦々しい笑みを浮かべて返しました。

「だって、あれは仕方がなかったんですもの」

このとき、マルグリットを前に僕が抱いた感情は、はたして、あなたにも経験があるものでしょうか、この先経験されることがあるでしょうか、僕にはわかりません。

その日、彼女は、前に来た時と同じ肘掛け椅子（ひじかけいす）に腰を下ろしました。しかし、あのときから、その日までのあいだに、彼女は別の男のものになり、その唇（くちびる）は僕以外の男の口づけを受けたのです。それでもなお、僕は彼女の唇に口づけたい衝動にかられ、自分がまだこの女を愛しており、しかも、今までよりもさらに強く深く愛していると感じました。

一方で、僕は彼女を呼んでおきながら、話を切りだすことができずにいました。マルグリットのほうでもそれを察したのでしょう。彼女のほうから言ったのです。

「アルマン、あなたには申し訳ないことだけど、今日は二つ、お願いがあって来ました。ひとつめは、私が昨日オランプ嬢に言ったことについてお許しを請うこと。もうひとつは、これ以上、私をいじめるのはおよしになってほしいということ。ただの偶然か、悪意があってのことかは知りませんけれど、パリに戻って以来、あなたは私を苦しめてばかり。今朝まではなんとか耐えてきましたけれど、もはや、今までの半分、いえ四分の一の仕打ちでも私はもちこたえられません。私をかわいそうに思ってちょうだい。ねえ、心ある人なら、私のようなかわいそうな病人に復讐するよりももっとほかに大事なことがあるはずよ。ね、私の手をおとりになって。ほら、熱があるの。それでもベッドから起き上がってここまで来たのは、あなたと仲直りをするのは無理でも、せめて放っておいてくださいとお願いするためなんです」

僕は言われるがままに、彼女の手をとりました。燃えるように熱い手でした。かわいそうに彼女はビロードの外套を着たまま、がたがたと震えていたのです。

僕は彼女の座っている肘掛け椅子を押して暖炉に近づけました。

「じゃあ、君は僕が苦しまなかったとでも思っているのかい。あの晩、僕は田舎(いなか)で君を待ち続けた挙句、君を探しにパリまで来てあの手紙を受け取り、とても正気ではいられなかった。

マルグリット、なぜあんなことが、あんなふうに僕を裏切ることができたんだ。あんなに君を愛していた僕のことを！」

「アルマン、その話はよして。その話をしに来たわけじゃないの。ただ、敵意は抜きで、もういちどだけ会いたかった。もういちどあなたの手を握りしめておきたかった。あなたには愛する女性、若くてきれいな恋人がいる。彼女と幸せになって。私のことは忘れてちょうだい」

「で、君は？　君も今はきっと幸せなんだろうね」

「アルマン、私が幸せそうに見える？　私が苦しんでいるのに、ちゃかさないで。私が苦しむ理由も、その苦しみがどんなに深いものであるかも、あなたは誰よりもわかっているはずよ」

「君が不幸なのは、君自身のせいだろう。それも、君が不幸なふりをしているだけではないとしたらの話だけどね」

「違うわ。私の意志ではどうにもならないことだったのよ。あなたは、私が本能的に損得勘定を優先させたと言いたいのでしょうけれど、私は、どうしても必要だったから、きちんと理由があって、あんなことをしたのよ。いつかはあなたもその理由を知るときが来る。そして、私を許してくださると信じているわ」

「だったら、その理由とやらを今ここで明かしてくれればいいじゃないか」

「そんなことをしてもあなたと私がもとのような仲に戻ることはできないし、そんなことをすれば、あなたとある方たちとの関係にひびを入れることになってしまう。その方たちはあなたにとって、そばにいなくてはならない方々ですのに」

「いったい誰のことだい」

「言えないわ」

「じゃあ、どうせ嘘なんだろう」

マルグリットは立ち上がり、出ていこうとしました。

何も言わず、見るからに苦しそうな彼女を見ると、僕の心は揺れました。あのオペラ・コミック座で僕をからかっていた陽気な彼女が、今、こうして青白い顔で泣いているのです。

「行かないでくれ」僕は扉の前に立ちふさがりました。

「どうして？」

「あんなことをされても、僕はまだ君を愛している。君を離したくないんだ」

「そんなことを言って、明日になれば追い出すくせに。もう無理なのよ。私たちは別の運命を生きるしかない。よりを戻そうなんて考えないで。たぶん、そのうち、私を軽蔑なさるでしょうから。今は私を憎むだけでしょうけれど」

「そんなことない！」

彼女にふれたことで、彼女への愛が、そして欲望がすっかりよみがえり、僕はつい大声を出してしまいました。「憎んでなんかいないよ。すべて水に流そう。あの頃、約束したみたいに、二人で幸せになろうよ」

マルグリットは疑うように首を振り、言いました。

「私はあなたの奴隷や飼い犬のようなもの。好きになさればいいわ。抱けばいいわ。私はあなたのものよ」

マルグリットは、外套と帽子を脱ぎ、ソファの上に投げ出したかと思うと、とつぜんドレスのウエスト部分の留め金をはずしはじめました。彼女の病気にはよくあることなのですが、頭に血がのぼり、息苦しくなったようです。乾いた咳が、かすれた音を立て、しばらく続きました。

「御者に馬車を返すよう言ってちょうだい」

僕は下に降り、彼女が待たせていた御者に帰るよう伝えました。

部屋に戻ると、マルグリットは暖炉の前に横たわり、寒さに歯を鳴らしていました。僕は彼女を抱き寄せ、服を脱がしてやりました。彼女は身じろぎもせず、されるがままになっています。僕は、凍える彼女をベッドへと運びました。

僕は彼女の脇に腰を下ろし、彼女の肌をさすり、温めようとしました。彼女は何も言わず、それでも僕に微笑みかけていました。

ああ、なんと不思議な夜だったことか。マルグリットは全身全霊を注ぎ込むような口づけで、僕を包み込んでくれました。僕は彼女が愛しくてなりませんでした。僕の激しい愛に彼女が身をまかせているうちに、もう二度とほかの男に奪われないよう、その命を奪ってしまいたいとさえ思いました。

こんな激しい恋を一か月も続けたら、きっと身も心も燃え尽き、屍のようになってしまうことでしょう。

　夜明けまで僕らは一睡もしませんでした。

マルグリットは血の気を失った顔で、何も言おうとしませんでした。大粒の涙がときおり、その目からこぼれ落ち、頰の上でダイヤモンドのように輝いていました。僕を抱きしめようとして何度も腕を伸ばすのですが、疲労のあまり力なくベッドへと落ちてしまいます。

　ブージヴァルを離れた日から今日までにあったことなどすべて忘れてしまえるような気がしてきました。

「二人でどこかに行こう。パリを離れよう」

「だめだめ」彼女はまるで怯えているかのように言いました。「そんなことをしても不幸せになるだけ。私がいたら、あなたは幸せになれないわ。でも、生きている限り、私は何でもあなたの言うことを聞きましょう。昼でも夜でもあなたが望む時間に来て。私はあなたのものよ。でも、私のことをあなたの将来と結びつけて考えるのはやめてちょうだい。そんなことをしたら、あなたは不幸になるし、私を不幸にするから。もうしばらくは、私も美しいままでいられるわ。あなたは、その間だけ楽しめばいい。それ以上のことは望まないでちょうだい」

　彼女が去ると、僕は彼女のいない寂しさに茫然としました。彼女が帰ってから二時間たっても僕はまだ、ついさっきまで彼女のいたベッドに座り、彼女の頭の形を残した枕のくぼみを眺め、彼女への愛と嫉妬心の間でどうしたらよいのかわからずにいたのです。

　五時になると、自分でも何をするつもりなのかわからないまま、アンタン通りに向かいました。

　玄関にナニーヌが出てきました。そして当惑した様子で「奥様はお会いになれません」と告げたのです。

「どうして？」

「N伯爵がいらしてまして……。どなたもお通しするなとN様から言われております」

「ああそうか」僕は口ごもりました。「忘れていたよ」

　僕は酔っぱらいのようにふらふらと家に戻りました。嫉妬のあまり正気を失った僕が何をしたと思います？　嫉妬にかられたその瞬間、僕は実に恥ずかしいことをしてしまいました。あなた、想像できますか。僕は彼女にからかわれたのだと思いました。

彼女が誰にも邪魔されず伯爵と二人きりになり、昨夜僕に囁いたのと同じ言葉を彼に囁いているのだと想像したんです。僕は五百フラン札［五十万円相当］をつかむと、手紙を添えて彼女に送りました。


「今朝は、お帰りを急ぎすぎましたね。お支払いがまだでした。

昨夜の代金を同封いたします。」


そして、手紙を託した使用人が家を出ると、卑劣な行為をした自分が許せなくなり、その後悔から逃れるように僕自身も外出しました。

オランプのところに行くと、彼女はドレスを試着しているところでした。二人きりになると、彼女は僕の気を晴らそうと淫らな歌を歌いだしました。

オランプこそ、羞恥心（しゅうちしん）や情愛や知性をもたない高級娼婦の典型です。いや、少なくとも僕にはそう見えたというだけの話です。僕がマルグリットに抱いたような恋心を抱き、彼女との関係を夢に見る殿方もいたのでしょうから。

オランプは僕に金をねだり、僕は金を渡しました。それさえすめば、もうあとはさっさと帰ろうと気兼ねはいりません。僕は家に帰りました。

マルグリットから返信は来ていませんでした。

翌日、僕がどんなにそわそわとして一日を過ごしたか、もう言わなくてもおわかりですよね。

六時半、使いの者が僕に封筒を持ってきました。なかに入っていたのは、僕の手紙と五百フラン札だけで、一言の添え書きもありませんでした。僕は手紙を持ってきた男に尋ねました。

「この手紙を君に渡したのはどんな方でしたか」

「ご婦人です。その方は私に、馬車が出発するのを見届けてから持っていくようにとこの手紙を託し、小間使いの女性と一緒にブーローニュ[90]行の駅馬車に乗り込まれました」

僕はマルグリットの家に駆けつけました。

90　ブーローニュ・スゥール・メール。フランス北西部の港町。ここからイギリス行きの船が出ていた。

「奥様は六時にイギリスにお発ちになりました」と門番が言いました。

愛も憎しみも彼女と共に去り、もう僕がパリに残る理由はなくなりました。僕は一連の出来事ですっかり疲れ果てていました。ちょうどそのとき、友人の一人が、オリエント[91]に旅行するといいます。僕は彼と一緒に旅に出たくなり、父に手紙を書きました。父は僕に旅行資金と紹介状を送ってくれました。一週間か十日ほどして、僕はマルセイユから船に乗りました。

マルグリットの病気が悪化したことを、僕はアレクサンドリア[92]で、フランス大使館の職員から聞きました。彼とは、以前、マルグリットの家で顔を合わせたことがあったのです。

僕は彼女に手紙を書き、彼女からの返事をトゥーロン[93]で受け取りました。ほら、あなたに見せたあの手紙ですよ。

あの手紙を受け取り、僕はすぐにパリに向かいました。その先のことはもうご存じですね。

あとはジュリー・デュプラが僕に渡してくれたこの日記を読んでください。これを読めば、これまで私がお話ししたことが、ようやく腑に落ちることと思います。

25

ときにあふれる涙で中断されながらも、長い話を終えたアルマンは、私にマルグリットの日記を渡すと、疲れた様子で両手を額に当て、目を閉じていた。何か考えているのか、眠ろうとしているのかは、わからない。しばらくすると、呼吸が少し早くなり、どうやら眠ったらしい。といっても、ちょっとした物音で吹き飛んでしまうような微睡(まどろ)みだ。

さて、彼から渡されて読んだものをここに書き写しておこう。一字一句、加筆も削除もなく記しておく。

91　ここでいうオリエントは、東洋のことではなく、主にエジプト、メソポタミア文明の地を指す。
92　カイロに次ぐ、エジプト第二の都市。欧州との交易で栄えた。
93　フランス南部の軍港。

《十二月十五日

ここ三、四日は体調を崩しています。今朝はついに寝込んでしまいました。天気も悪くて、私の気持ちも沈んでいます。そばには誰もいません。アルマン、あなたのことを思っています。私がこれを書いている今、あなたはどこにいるのかしら。パリから遠いところ、とても遠いところにいると聞きました。もう私のことなど忘れたかもしれませんね。それでも、どうかお幸せに。人生でたった一度だけの美しい時間を過ごせたのは、すべてあなたのおかげなのです。

私がなぜ、あんなことをしたのか、どうしてもあなたにお話しせずにはいられなくなりました。だから、あなたに手紙を書きました。でも、私のような娼婦の手紙など、どうせ嘘ばかりと思われるのがおちでしょう。それでも、死んでしまえば、私の過去もきれいになります。あれがただの手紙ではなく、死にゆくものの懺悔であるならば、その内容も信じていただけることでしょう。

今日も体調がすぐれません。私はこの病で死んでしまうのかもしれません。長くは生きられそうにないのです。ずっと前からそんな気はしていました。私の母は肺病で死にました。そして私はこれまで、母からもらったこの病、母が私に残した唯一のものであるこの病を悪化させるようなことばかりしてきました。でも、私があんなことをした理由を、あなたにしっかりおわかりいただかなくては、死んでも死にきれません。とはいっても、旅からお戻りになったあなたが、旅立つ前に愛していた女のことをまだ気にかけてくださっていれば、の話ですが。

このあなたに宛てた日記がどのようなものか、おわかりいただけましたね。私が決してあなたを裏切ったのではないことを新たに示せるのならば、私は何度でも喜んでペンを執りましょう。

アルマン、覚えているでしょう。あの日、ブージヴァルにいた私たちに、あなたのお父様がパリにいらっしゃるという知らせがとつぜん届いたときのことを。私たちがどんなに驚き、そして、私がどうしようもないほど怯(おび)えていたこと、夕方、パリから戻ったあなたが、お父様との諍いを私に聞かせてくれたことも。

その翌日、あなたがパリに出向き、不在のお父様をただ待っていたあの日、あなたの留守中に、使いの男がやってきて、お父様からの手紙を私に渡したのです。

その手紙も同封しておきますね。そこには、息子の留守に訪ねて行くので、翌日はなんとか口実をつくって、息子を外出させておいてほしいという依頼が厳格な調子で書かれていました。要するに私に話がある、あなたには知られないようにしておくようにということです。

あなたも覚えていらっしゃるでしょう。戻ってきたあなたに私がどんなに熱心に、翌日もういちどパリへ行くよう勧めたか。

あなたがお発ちになって一時間ほどすると、お父様がやってきました。あの方の厳めしいお顔にどんな印象をもったかは言わずにおきましょう。お父様は、古い考え方が骨の髄まで沁み込んでいるようでした。要するに娼婦というのは、感情も理性もない、金をまきあげる機械のようなもの、そう、鉄でできた機械のように、何か差し出そうとする者があればその手を嚙み砕こうとするものであり、生活を支え、面倒を見てくれる男たちを次から次へと情け容赦なく引き裂いてやろうとする存在だと思っていらしたのです。

お父様の手紙は、とても丁重な文面でしたので、私もお会いする気になったのですが、実際に会ってみると、その態度は、手紙の文面とだいぶ違っておりました。最初のうちは、かなり高飛車で失礼な態度をとり、脅すような文言まで口になさったので、私のほうでも、ここは私の家であり、あなたのご子息を本気で愛していること以外、私の生き方について何も責められるような筋合いはございませんと申し上げたほどです。

お父様も少しは冷静になったようでしたが、それでも、私のせいで息子が破滅させられるのはとても見ていられないと責めました。さらに、確かに私は美しいが、その美しさを利用して、若い男性に金を出させ、その未来を奪うべきではないとまでおっしゃいました。

そんなことを言われたら、答えはひとつです。ねえ、そうでしょう。あなたと愛し合うようになって以来、あなたに払える以上のお金を要求することなく、あなた一筋でありたいと思い、そのためにはどんな犠牲も厭わずにきた証をお見せするしかありません。私は質札や、質に入れられなかったものを売り払ったときの受領証まで出してきてお父様にお見せしました。家財を売り払って借金を返し、あなたにできる限り負担をかけないかたちで二人で暮らしていくつもりであることも申し上げました。私たちがどんなに幸せであるか、あなたが以前に話してくれたように平穏で幸せな生活の大切さに目覚めたこともお話ししました。ようやくお父様も真実がおわかりになったようです。私に手を差し出し、先ほどは無礼な態度をとってすまなかったと詫びの言葉を口になさいました。

そして、こうおっしゃったのです。

「さて、では、もはや脅しや勧告ではなく、お願いしましょう。これまで息子のために多くの犠牲を払ってくださったあなたに今いちど、祈るような気持ちでこれまで以上の献身をお願いするしかありません」

前置きを聞いただけで私は震えあがりました。

お父様は私に歩み寄り、私の両手を握り、心のこもった真剣な口調で続けました。

「お願いです。私のこれから言うことを悪い意味にとらないでください。ただ、世の中にはときに、どんなに残酷でも、なさねばならないこと、耐えなければならないことがあるのです。あなたは善良な方だ。ほかの女たちはあなたを軽蔑するかもしれないが、そんな女たちはあなたの足元にも及びません。あなたには、そういった女にはない善良なやさしさがある。でも、わかってください。息子には、愛人だけではなく、家族もいるのです。彼の人生には愛だけではなく、義務もあるのです。恋の季節が過ぎたあと、壮年を迎えれば、確固たる地位を築いていない限り、尊敬されないのがこの世の常なのです。息子には財産がありません。それなのに、母から相続した権利まであなたのために差し出そうとしている。あなたの献身を受け入れた場合、息子はきっと、その犠牲に応えるべく、自身の名誉や体面にかけても、すべてを投げ打ち、あなたを一生守り抜こうとするでしょう。でも、息子にあなたの献身を受け入れさせてはならないのです。というのも、世間はまさかあなたがこれほどの方とは知りませんから、あなたに犠牲を払わせたことで、息子は恥知らずだと思われ、我が家はあってはならない汚名を背負うのです。はっきり言って、アルマンがあなたを愛していようと、あなたが息子を愛していようと、息子にとって相思相愛のこの恋がどんなに幸せなものであり、あなたに新たな命を与えるものであっても、世間の人たちには関係ないのです。アルマン・デュヴァルは、娼婦が——失礼な言い方で本当に申し訳ないのですが——自分のために所有物を売り払ったというのに、それを受け入れて平然としているというふうにしか、世間は見ようとしないからです。やがて、息子とあなたにも、世間によくあるような、たがいを非難し、後悔に暮れる日々が訪れるでしょう。自分の力で壊すことのできない重い鎖につながれ、二人とも身動きできなくなってしまうのです。さて、どうしますか。そのとき、あなたはもう若くない。息子にはもう将来の可能性が残されていない。父である私としては、二人の子供に期待していた孝行を片方からしか望めなくなってしまう。

今なら、あなたは若く美しい。これからまだ人生にほかの慰めを見つけることもできるでしょう。あなたは高潔なお人だ。善い行いをしたという思い出とともに、過去を清算することも可能でしょう。あなたと知り合ってからの半年間、アルマンは父である私のことなど忘れてしまいました。手紙を四通書いたのに、一度も返事を書こうとすらしなかった。私は息子が知らないうちに死んでいたかもしれないのですよ。

あなたがいかに過去と決別して生きる決心をしても、あなたを愛している以上、アルマンは、自分のせいであなたがその美貌（びぼう）にふさわしいとは言えない貧相な生活に甘んじるなんて受け入れられないでしょう。そのとき、息子がいったいどんな行動に出るやら。あいつはすでに博打に手を出しました。ええ、知っていますとも。そしてそれをあなたには内緒にしていたこともね。だが、ふと冷静さを失ったその瞬間、アルマンは、これまで何年もかかって私が積み上げてきた資産の一部まで失っていたかもしれないんです。それは娘の持参金のために、アルマンの将来のために、私の老後のために蓄えてきた金なんです。そして、一度起こりかけたことはこれからだって起こりかねないのです。

あなた、息子のために捨てた昔の生活にまた戻りたくなったりしないと胸を張って言えますか。息子を愛したように、別の誰かを好きになる可能性がないと断言できますか。いつか、年齢を重ね、夢みるような恋の時代が終わり、アルマンが野心を抱いたとき、あなたとの関係が足枷となり思い通りの人生を生きられなくなっており、あなたにはそれを慰めるすべがないとしたら、あなた自身、自分を責めて苦しむのではないでしょうか。どうか、今申し上げたことを何もかも、よくよく考えてみてください。あなたはアルマンを愛してくださった。その愛の証を示すとしたら、あなたにできる方法はたったひとつしか残っておりません。あなたの愛を犠牲にし、彼の未来を守ることです。確かに今、あなたたちは幸福だ。でも、じきに不幸になる。しかも私が想像する以上の不幸が待っているかもしれない。あなたの過去の愛人に、アルマンがやきもちを焼くかもしれない。アルマンが彼を挑発し、喧嘩を売り、ついには殺されてしまうかもしれない。いつの日か、この私が、息子が死んだのはあなたのせいだ、私に息子を返してくれと言ったら、あなただってさぞかし苦しい思いをするでしょう。

ええ、こうなったら、すべてお話ししましょう。まだ言っていないことがあるのです。どうして、パリまでやって来たのか、話しておきましょう。先ほども言いましたが、私には娘がおります。若く、美しく、天使のように無垢な娘です。娘も恋をしています。彼女にとっても恋は人生の夢なのです。私はそれもアルマンへの手紙に書きました。でも、息子はあなたに夢中で、返事をくれませんでした。さて、うちの娘はもうすぐ結婚するのです。娘は愛する男と一緒になります。相手は良家の方であり、娘の実家である我が家もまた、不祥事とは無縁の家でなくては釣り合いません。ところが、娘のお相手、私の婿になろうという男が、アルマンのパリでの暮らしぶりを小耳にはさみ、アルマンが今の生活を続けるのならば、婚約破棄を考えるとまで言ってきたのです。あの子の運命は、もはやあなたしだいなのです。娘があなたに何かしましたか。あの子は、ごくあたりまえに幸せな未来を夢見ているのです。

あなたにあの子を不幸にする権利がありますか。あなた、そんなことをして平気でいられますか。息子を愛しているのなら、悔いる気持ちがあるのなら、どうか、うちの娘が幸せになれるよう助けてください」

私はただ黙って泣いていました。ええ、私自身も幾度となく考えてきたことでした。

それがお父様の口から語られると、より深刻な現実味をもってきたのです。お父様が何度も言いかけながら、あえておっしゃらなかったことも、私はすべてわかっていました。たとえば、私は所詮(しょせん)、娼婦にすぎないということ、私がどんなに理由をつけても私たちの関係はお金絡みの関係と見られてしまうということ、私が娼婦という過去をもつ以上、幸せな未来を夢見る権利さえないということ、私が自分で責任を取ろうとしても、これまでの習慣や評判が災いして誰も信用してくれないということ。ええ、それでもあなたを愛していたんです、私。お父様の親心あふれる口調、お父様が私に思い出させてくれた尊い感情、この実直なお父様から敬意を示していただけるだろうこと、そしてあなたもいつかは私に尊敬の念をもってくださるだろうこと、すべてが、私を高潔な考えに導いてくれました。そして、その高潔な考えは、私自身を高めてくれるばかりか、これまで感じたことのない清らかな誇りを呼び起こしたのです。今、息子の幸せのために私に身を引くことを懇願しているお父様が、いつかは、その娘に、お祈りをするときには聖人の名と一緒に私の名も唱えるように言い、私を心の友のように見なしてくれる日が来るかもしれないと思うと、私は別人になったような気がして、とても誇らしくなったのです。

そのときは気が昂っていたので、つい、大仰な思いを抱いたのかもしれません。でも、そのときは本当にそう思ったのです。そして、そんな思いがあったからこそ、一緒に過ごした楽しい日々を思い出し、別れを拒む気持ちが湧き上がってきても、私はその声に耳を貸そうとせず、自分を制することができたのです。

「わかりました」私は涙をぬぐいながらお父様に申し上げました。「私が息子さんを愛しているということは信じていただけたんですね」

「ええ」

「無私の愛であることも？」

「もちろん」

「この愛が私にとって希望であり、夢であり、過去への贖いであったことも？」

「ええ、確かに」

「では、デュヴァル様、お嬢さんになさるように、一度だけ私に接吻してください。純粋に清らかな接吻を受けるのは、これが初めてです。だからこそ、その接吻は、恋心に抗う力を私に与えてくれることでしょう。そして一週間以内に、アルマンはあなたのもとへと戻るでしょう。しばらくはつらい思いをするかもしれませんが、いつかは元気になるでしょう」

「あなたは立派な方だ」

お父様は私の額に接吻して言いました。

「あなたがなさろうとしていることはきっと神様も見ていてくださいますよ。息子があなたの申し出に従ってくれるかどうかが心配ですが」

「あら、それはご心配なく。私、彼に憎まれてみせますわ」

アルマン、こうして私たちのあいだには、どちら側からも越えることのできない障壁が必要となったのです。

私はプリュダンスに手紙を書き、N伯爵の申し出を受けると決めたので、三人で食事をしましょうとN伯への伝言を頼みました。

そして、蠟で封をすると、お父様に渡し、パリにお戻りになったら、人を使って表書きの住所に届けさせるようお願いしたのです。手紙の内容については何も申し上げませんでした。

それでも、お父様が封筒の中身をお尋ねになったので、私はただ「ご子息の幸福がここに」とだけ答えておきました。

お父様は最後にもういちど私の額に口づけました。お父様の感謝の涙が両目からこぼれ落ち、私の額を濡らしたかと思うと、洗礼の聖水のように私の過去の罪を浄化してくれました。あなた以外の男のものになることに同意した瞬間、私は新たな罪を犯すことで救うことができたものを思い、輝くばかりの誇りを感じたのです。

それも当然ですよね。だって、アルマン、あなた自身、お父様はこの世で最も誠実な人だとおっしゃっていたではないですか。

お父様は馬車に乗り、お発ちになりました。

でも、私だって女です。あの日、帰ってきたあなたの姿を目にしたら、涙をこらえきれなかったのです。それでも、心は変わりませんでした。

私のしたことは正しかったのでしょうか。今、私は病に臥せったベッドのなかで、そんなふうに自問しています。このベッドから出られるのは、たぶん、私が死ぬときではないかと思います。

避けられないとは知りつつ、別れのときが近づくにつれて私がどんなに取り乱したかは、あなたもご覧になったでしょう。お父様がそばにいて支えてくれるわけでもありませんし、あなたに軽蔑(けいべつ)され、憎まれることを想像するだけで恐ろしく、もうあなたにすべて打ち明けてしまおうかとさえ思いもしました。

　アルマン、あなたはきっと信じてくださらないと思うけれど、私、神様に力をくださいとお祈りしました。私の願いどおり、あなたとお別れする力を与えてくださったところを見ると、神様は、私の身を引く決心を認めてくれたのでしょう。夜、食事の席でもまだ、私には助けが必要でした。怖気(おじけ)づくのではないかと自分を疑っていましたし、自分が何をしようとしているのか認めたくないという思いもありました。

　この私、マルグリット・ゴーティエが、新しい愛人を得るというだけで、こんなに苦しむなんて、誰が想像したことでしょう。

　私は何も考えたくなくて、とにかくお酒を飲み、翌朝、気がつくと伯爵のベッドにおりました。

　これが真実のすべてです。どうぞよく事情をお汲(く)み取りいただき、そのうえで、私を許してくださいませ。私もあの日から私を苦しめてきた、あなたの行為をすべてお許しいたしますので。

26

あの運命の夜以降のことは、あなたも私と同じぐらいよくご存じですね。でも、あなたが知るはずのないこと、あなたが想像さえできなかったことがあります。それは、お別れして以来、私がどれほど苦しんだかということです。

お父様があなたを故郷に連れ帰ったことは聞きました。でも、あなたが私から遠く離れたところにいつまでも留まっていられるとは思いませんでした。シャンゼリゼでばったり再会したあの日、私は動揺いたしましたが、驚きはありませんでした。

こうして、あなたから、次々と手を替え品を替え、侮辱される日々が始まりました。でも、私はそれを喜びに近い気持ちで受け止めていたのです。だって、私を今でも愛している証拠でしたし、私を責めれば責めるほど、真実を知ったとき、あなたは私を立派な人間だと思ってくださるはずでしたから。

苦痛に喜びを感じる殉教者のようなこの気持ちを意外に思わないでくださいね。あなたが私を愛してくれたからこそ、私はこんなふうに気高い情熱を燃やすことができたのです。

でも、初めから強い気持ちでいられたわけではありません。

私がこの身を捨ててあなたのもとを去ってから、あなたがパリに戻るまで、それなりに長い時間がありました。その間、なんとか正気を保つため、そして、再開した放蕩生活になじむためには、肉体を酷使することが必要でした。プリュダンスからお聞きになりましたね。パーティーや舞踏会、乱痴気騒ぎに明け暮れていたと。

私は極端な生活を送り、この命がさっさと尽きてしまえばいいと思っていました。実際、その願いはかない、この世を去る日も遠くなさそうです。当然のことながら、体調はどんどん悪くなり、あなたに赦しをもらうため、プリュダンスに伝言を頼んだあの日、私はもう心身ともに力尽きようとしていました。

ねえ、アルマン、私があなたに最後に示した愛の証に、あなたがどのようなかたちで応じたか、どんなにひどい侮辱で私をパリから追い出したか、今さら思い出していただこうとは思いません。今にも死にそうな状態にあった私は、一夜の愛を請うあなたの声に抗うことができませんでした。そして、愚かにも、ほんの一瞬、昔と今が何も変わらず地続きであるような幻想を抱いたのです。アルマン、あなたがしたことは何も間違ってはいません。一夜の代償にあんなにたくさん払ってくれた人はいませんから。

私はすべてを捨てました。オランプはN伯の愛人となり、私が姿を消した理由についても伯爵に話してしまったようです。G伯は当時、ロンドンにいらっしゃいました。私のような女とのつきあいは楽しい時間つぶし程度にしか思わず、愛人関係となった女性とは別れても友人としてつきあい、憎んだり、嫉妬したりすることのない方がいるものです。G伯は、まさにそんな男性の一人でした。心の扉をすっかり開いてくれることはありませんが、財布は快く開いてくださるお金持ちです。だから、このときも、すぐにG伯のことが頭に浮かびました。そして、G伯のもとへ旅立ったのです。G伯は私をやさしく迎え入れてくださいました。でも、G伯はロンドンの社交界で、とあるご婦人とおつきあいをしており、私のせいで悪い評判が立っては困るとのことでした。そんなわけで、伯爵は私をお友達に紹介してくださり、私は毎晩のように、そのうちの誰かとお食事をして、そのあとはその方のおうちに泊まるという生活をすることになりました。

だって、ほかにどうすることができたでしょう。

さっさと命を絶ったほうがましだったかしら。でも、そんなことをしたら、あなたはますます後悔するでしょうし、幸せであるべきあなたに更なる重荷を背負わせてしまいます。それに、自殺なんてしなくても、私はもうすぐ死ぬでしょう。

私は魂のない身体だけの存在になり、ものを思わぬ道具のようになりました。しばらくのあいだ、何も考えず機械のように暮らした後、私はパリに戻り、あなたの消息を尋ねました。そして、あなたが長旅に出たと知ったのです。もう私の生きる支えはなくなりました。あなたと知り合う以前、二年前の自分に戻ったのです。老公爵とも縒りを戻そうとしてみました。でも、ひどいふるまいで傷つけたことを公爵は許してくれませんでした。お年寄りというのは、えてして短気なものですね。きっと、人生が永遠に続くわけではないことを思い知り、結論を急ごうとしているのでしょう。病魔は日に日に凶暴になっていきます。顔色も悪いし、気分も沈んだままです。前よりもさらに痩せました。愛を買おうとする殿方は、まず商品を吟味なさいます。パリには私より健康的で肉感的な女がたくさんいるのです。こうして、私は少しばかり世間から忘れられていったのです。さて、これが昨日まで、これまでの話です。

今、私はすっかり病人になってしまいました。お金がないので、公爵にお願いの手紙を書きました。債権者が来ては借用書をかざし、情け容赦なく執拗に返済を迫るのです。公爵はなんとかしてくれるかしら。ああ、アルマン、あなたがパリにいないなんて。お願い、会いに来て。あなたが来てくだされば、どんなに心が慰められることでしょう。

十二月二十日

今日はぞっとするような天気。雪が降っています。家で一人きり。もう今日で三日、高い熱が続いて書くことさえできませんでした。相変わらずの日々です。毎日、もしやあなたから手紙が来るのではないかと思ってしまいます。でも手紙は来ません。きっと、もう、あなたから手紙は来ないのでしょう。殿方は、女にはない、強い自制心をもっているので、情にほだされて許してしまうことなどないのですね。公爵からも返事がありません。

プリュダンスはまた質屋通いを始めました。

ずっと血を吐き続けています。あなたがいたら、心配させてしまいますね。あなたは灼熱の空の下、楽しい日々を過ごしているのでしょうね。今、私が味わっているような、胸に重くのしかかるような寒さ、凍てつく冬の冷たさなど無縁の世界にいるのでしょう。今日は少しだけ起き上がることができ、カーテンの隙間からパリの街を眺めましたが、もうすっかり縁が切れてしまった遠い世界のように思えました。道を行く人のなかに見知った顔を見つけましたが、皆、足早に過ぎていき、楽しそうに無邪気そうに見えました。私のいる窓を見上げる人は誰もいませんでした。それでも、若い人たちが何人かお見舞いに来てくださり、名前を書いて帰ったようです。前に寝込んだときも、あなたが——そう、私のことをよく知りもしないのに、しかも初対面のときに大変失礼な態度をとりましたのに——毎朝、私の容態を尋ねにきてくださいましたね。私はまた寝込んでしまいました。私たち、六か月一緒に暮らしましたね。女としてこれ以上はできないというほどの愛をこの胸に抱き、そのすべてをあなたに捧げました。今、あなたは遠いところにいて、私を恨んでいる。お見舞いの言葉すら一言もかけてくださらない。いいえ、私が一人ぼっちなのは、ただ、たまたまそうなってしまっただけのことですよね。だって、もしあなたがパリにいれば、きっと私の枕元にずっといてくださるはず、この部屋を出ようとなさらないはずですもの。

十二月二十五日

日記を毎日書き続けるのは身体によくないと医者から言われました。確かに、あれこれ思い出すと熱が上がるのは事実です。でも、昨日手紙が届いて、少し元気になりました。金銭的な援助ももちろん嬉しかったのですが、それ以上に、そこに綴られていた思いやりに感激したのです。だから、今日はペンを持つ元気が出ました。そう、昨日届いた手紙というのは、あなたのお父様からのものでした。

こんな内容です。

「拝啓　ゴーティエ様

あなたがご病気だと先ほど耳にしました。私がパリにいれば直接お見舞いに参りますし、息子がそばにいればご容態を伺いに行かせるのですが、あいにく私はC市を離れることができず、息子はここから六百里だか、七百里だかの遠方におります。そんなわけで、書状でのお見舞いとなりますことをどうぞお許しください。ご病気と聞いてひどく心を痛めております。一日も早いご快癒を心よりお祈り申し上げます。

友人のHがお宅に伺うと思いますので、どうかお会いになってください。Hには、心ばかりのものを託してありますので、万事滞りなく運びますよう、お祈り申し上げます。
敬具」

こんなお手紙でした。お父様は良い方ですね。大事にしてあげてくださいね。大事にされてしかるべき人物というのは、この世にそうそういるわけではありません。お父様の署名の入ったお手紙は、どんな高名なお医者様の処方箋(しょほうせん)よりも、病苦を軽くしてくださいました。

今朝、そのH様がいらっしゃいました。お父様から面倒なことを依頼され、戸惑っていらっしゃることはお顔を見ればわかりました。H様はご親切にもお父様から千エキュ［五千フラン＝五百万円相当］のお金を託されてきたのです。最初は私もお断りいたしました。それでも、H様は、そんなことをしたらお父様が気を悪くなさると言い、私を説得しようとしました。お父様はまず私にこの金額を届けるように頼み、それ以外にも必要があれば手配するようにとおっしゃったそうです。私は援助を受けることにしました。お父様のくださるものならば、単に後ろめたさからきたものではないでしょう。もしあなたがパリにお戻りになったとき、私がすでにこの世にいなかったら、お父様について書いたこの部分をお父様にお見せしてください。そして、お父様がやさしいお手紙で慰めてくださったあわれな女が、これを書きながら、感謝の涙を流し、お父様のために神に祈っていたとお伝えください。

一月四日

数日間、本当に苦しい日が続きました。人の身体がここまで苦しみに耐えられるなんて知りませんでした。ああ、これも過去の生活の報いでしょうか。今や二倍のつけを払わされているような気がします。

夜じゅう看病してもらいました。もう息も絶え絶えです。もはや残り少ない私の生命(いのち)を、悪夢と咳(せき)が占領しているのです。

食堂には、皆さんから届いたボンボンなどの見舞いの品がいっぱいです。なかには、私が回復したら愛人にという下心がある人もいるでしょう。でも、病にやつれた私の姿を目にしたら、怯えて逃げ出すのがおちね。

プリュダンスは私のもとに届いたお見舞いの品を自分からのお年賀としてまわりに

配っているようです。
今日はとても冷え込んでいます。お医者様は、好天が続けば、数日後には外出もできるようになるかもしれないと言っていました。

一月八日
昨日は馬車で外出しました。見事な晴天だったのです。シャンゼリゼは人でいっぱいでした。少し気が早いけれど春の兆しが感じられるような日だったのよ。見まわすとあたりはまるでお祭りのようでした。お日様の光がこれほどまでに喜びとやさしさと癒しに満ちたものだとは昨日まで考えもしませんでした。
ほとんどの知り合いと顔を合わせましたが、皆さんいつもどおり陽気で、自分の楽しみにしか興味がないご様子でした。ああ、恵まれた人たちは自分の幸せに気づいていないものなのですね。オランプがN伯に買ってもらった立派な馬車に乗って通りかかりました。彼女は、私を蔑んだ目で眺めました。私は、すでにそういう見栄とは無縁の境地にいるというのに、彼女はわかっていないのですね。旧知の親切な青年に会いました。彼は、私を夜の食事に誘いました。なんでも青年の友人の一人が私を紹介してほしいとご執心ですとか。

私は寂しく微笑(ほほえ)み、熱で燃えるような手を差し出しました。

あんなに驚いた人の顔は見たことがありません。

四時に帰宅し、食事もそれなりにとることができました。

外出したら元気になったみたいです。

なんだか、このまま回復に向かうような気がしてきました。

昨日まで暗い病室で寂しい心を抱え、早く死にたいとさえ思っていたというのに、人々の活力や幸福にふれると、生きる意欲が湧いてきたりするものなのでしょうか。

一月十日
回復を期待したのはただの夢でした。今日はもう起き上がれません。全身に熱い湿布をしている状態です。かつては高いお金を出してもこの身体を抱きたいという方がいらしたけれど、今の姿を差し出したらいったいどんな値段をつけるでしょうね。
前世でよほど悪いことをしたか、死後の世界でとんでもない幸福が待っているか、きっとそのどちらかに違いありません。さもなければ、神様がどうしてこんな拷問で罪を清算させようとし、こんな苦しみで私を試そうとするのか、理解できません。

一月十二日

今日も苦しいです。

N伯が昨日お金を送ってきましたが、私は受け取りませんでした。あの人からは何も受け取りたくないのです。あなたが私のそばにいないのは、あの男のせいですからね。

ああ、ブージヴァルでの日々の楽しかったこと。あの日々は今どこにいってしまったのでしょう。

もし私が生きてこの部屋を出ることができたら、一緒に暮らしたあの家にもういちど行ってみたい。でも、きっと、私がこの部屋を出るのは、死んだときなのでしょう。

明日も、あなたに書き続けられるのかどうかすら、もうわかりません。

一月二十五日

眠れない日ももう十一日目です。息がつまり、今にも死んでしまいそうです。ペンを持ってはいけないと医者に言われました。それでも、看病してくれているジュリー・デュプラがほんの少しだけ、書くことを許してくれました。私が生きているうちに戻ってきてくださらないのかしら。私たちはもう永遠に会えないのかしら。あなたが来てくださったら病気も治るような気がします。でも、治ったところで、何になるでしょう。

一月二十八日

今朝は大きな音で目を覚ましました。同じ部屋で寝ていたジュリーが大急ぎで食堂に走りました。やがて、男の人の声が聞こえ、ジュリーがそれに必死に反論していましたが、聞き入れられなかったようです。やがて、ジュリーが泣きながら寝室に戻ってきました。

男たちは差し押さえに来たのです。私は、彼らの言う「法的な措置」とやらを好きにやらせておきなさい、とジュリーに言いました。執行官が帽子も脱がずに、私の部屋に入ってきました。引き出しを開け、目に入るものすべてをリストに書き取っていきましたが、ベッドのなかにいる瀕死(ひんし)の病人には気づいていないかのような振る舞いでした。幸い、法にも情けはあるようで、ベッドだけは差し押さえの対象になりません。

執行官は帰り際に、九日以内ならば、不服の申し立てが可能だと言いました。それでも、私の家に見張り番を残していったのです。私はどうなってしまうのでしょう。そんなことがあったので、ますます病気が悪くなってしまいました。プリュダンスは、あなたのお父様のお友達に頼んで、お金を融通してもらおうと言いましたが、私は同意しませんでした。

今朝、あなたからの手紙が届きました。この手紙をどんなに待っていたことか。私のお返事は、あなたが発つ前に届くかしら。もういちどあなたに会えるのかしら。一日中、嬉しくて、ここ六週間の苦しみなど消え去ってしまいました。少し寂しい気分でお返事を書きましたものの、だいぶ元気になったような気がします。

結局のところ、ずっと不幸が続くとは限りませんものね。

もしかすると、私は命をとりとめるかもしれないし、あなたは戻ってくるかもしれない。私はまた春を迎えられるかもしれないし、あなたは私を愛してくださり、昨年のような生活をまた送ることができる可能性だってあるのですよね。

ああ、また馬鹿なことを。ペンを持つのもやっとという状態なのに、心に浮かんだ愚かな絵空事を書いてしまいました。

何があったとしても、私があなたを愛していたことだけは変わりません。あの愛の思い出がなければ、そして、あなたにもういちど会えるかもしれないという淡い希望がなかったら、私はとっくに死んでいたでしょう。

二月四日
G伯が戻っていらっしゃいました。愛人だった女性にふられたのです。G伯は深い悲しみに沈んでいます。彼女をとても愛していたのです。伯爵は私を訪ねてきて、すべて話してくれました。ご商売のほうもあまりうまくいっていないようでしたが、それでも執行官に金を払い、見張り番を追い払ってくれました。
G伯にもあなたのことをお話ししました。伯爵はあなたに会ったら私のことを話しておくと約束してくださいました。そんな話をしているあいだ、私は自分が昔、G伯の愛人だったことなどすっかり忘れており、伯爵のほうでも私にそんなことを露ほども感じさせないようにしてくださっていたのです。本当にやさしい方です。

昨日は公爵からも容態を尋ねる使いが来て、今朝は公爵自身がいらっしゃいました。あんなに歳(とし)をとっても生きていられるなんて、不思議でなりません。公爵は三時間ほどベッドのそばに座っていたのに、話したことといったら、全部で二十語になるかならないかというほどでした。私の血の気のない顔を見ると、両の目から大粒の涙をこぼしました。きっと、娘さんを亡くしたときのことを思い出し、泣けてきたのでしょう。

公爵にとっては、娘の死を二度も経験するようなものです。その背は丸くなり、頭はうなだれ、唇(くちびる)は垂れ下がり、目にはもう光がありません。疲れ切った身体に老いと苦しみがのしかかっているのです。公爵は私を責めませんでした。でも、もしかすると、病でやつれた私の姿を見て、ひそかにいい気味だと思っていたのかもしれません。まだ若いというのに、苦しみに押しつぶされている私を前にして、老いた自分がまだ元気でいられることが誇らしかったのかもしれません。

悪天候がまた戻ってきました。誰も見舞いに来ません。ジュリーはできるだけ私のそばにいようとしてくれます。プリュダンスは、私がもう以前のようにお金を渡せなくなったこともあり、いろいろと口実をつけて離れていきつつあります。

　医者はいろいろ言いますが、私はもうすぐ死ぬでしょう。というのも、何人ものお医者さんにかかっており、それ自体、病状が悪くなっている証拠です。あなたのお父様の言うとおりにしたことを後悔しかけています。あなたの将来を奪うのもたった一年だけと知っていたら、私はその一年をあなたと過ごしたいという思いに抗うことができなかったでしょう。そうすれば、せめてその手を握って死ぬことができたのに。あなたと一緒の生活がまだ続いていたら、こんなに早く死ぬことはなかったはずですけど。

　でも、すべては神様が決めたことなのでしょうね。

　二月五日
　アルマン、早く帰ってきて。苦しくてたまらない。もう死にそうです。昨日はあまりにも寂しかったので、家で夜を過ごしたくありませんでした。だって、前の晩同様、長い長い夜になることはわかっておりましたから。昨日の午前中に公爵が来ました。死からも見捨てられたような、このご老人を見ると、私の寿命まで縮まるような気がします。

燃えるような高熱がありましたが、着替えを手伝ってもらい、馬車でヴォードヴィル座に行きました。ジュリーが頬紅(ほおべに)をつけてくれました。そうでもしないと死人にしか見えないような有様です。最初にあなたと逢引したあの桟敷席に行きました。私は、あの日、あなたが座っていた席をずっと見つめていました。でも、昨日その席に座っていたのは、野暮ったい男で、役者が何かふざけたことを言うたびに馬鹿みたいな声で笑うのです。その後、送っていただいて帰り着いたものの、私はもう死にそうな状態でした。一晩中、咳(せ)き込んでは血を吐き続けました。今日は、もうしゃべることもできず、腕を動かすのもやっとです。ああ、もう死んでしまいます。覚悟はしておりましたが、今でもこんなに苦しんでいるのに、それ以上の苦しみがあるなんて、もし……》

マルグリットは続けて何か書こうとしたのだろう。このあと数文字、判読不可能な部分がある。その後は、ジュリー・デュプラが引き継いで、記している。

《二月十八日
アルマン様
マルグリットは劇場に行きたいと言いだしたあの日以来、どんどん悪くなるばかりです。ついに声が出なくなってしまいました。手足を動かすことすらできません。その苦しみようはもはや言葉になりません。こんな苦しそうな人を見るのは初めてですので、私自身、ひとときも気が休まることがありません。
ああ、アルマン様、あなたがいてくださったらいいのに。マルグリットは常にと言ってもいいほど、熱に浮かされておりますが、うなされているときも、正気のときも、話せる状態にあるときはいつもあなた様の名を口にしています。
お医者様はもう長くないだろうと言っています。重篤な状態になってからは、老公もいらっしゃいません。
公爵は、かわいそうでこれ以上見ていられないとお医者様に漏らしたそうです。
プリュダンスさんも酷(ひど)い方です。マルグリットのおかげで生活しているようなものなのに、さらにお金を引き出そうとして、マルグリットの名で勝手にあちこちからお金を借りていました。そのくせ、もうこれ以上金づるにはならないと判断するなり、会いに来ようとさえしません。皆さん、マルグリットを見捨てました。G伯爵も債権者に追い立てられ、ロンドンに戻らざるをえなくなりました。G伯は去り際にもお金を送ってくださったし、できる限りのことをしてくださいました。それでもまた、差し押さえの執行官がやってきて、マルグリットが死んだら、すべてを競売にかけようと待ち構えています。

差し押さえを止めるために、なけなしのお金を使い、あらゆる手を尽くすつもりでしたが、債権者がたくさんいて、次々に差し押さえの命令が出るのだから、止めようとしても無駄だと執行官に言われました。マルグリットはもう長くないのだから、家族のために残すよりもいっそすべて手放すほうがいいのかもしれません。マルグリットはこれまで家族に会おうとしてこなかったし、身内のほうでも彼女には一切の愛情をもっていなかったようです。アルマン様、想像できないでしょうね。きらびやかな調度に囲まれ、みじめな暮らしのなかで、マルグリットは死んでいこうとしているのです。昨日、ついに、手元のお金が尽きてしまいました。食器も宝石もカシミアも、すべて質に入っており、ほかのものは全部、売ってしまったか、差し押さえられているか、という状態です。マルグリットはまだ意識があり、まわりで何が起こっているかわかっています。肉体だけではなく、頭のなか、心のなかまで、すべてが苦しそうです。やせ細り、青白い頰に大粒の涙がつたっています。その顔は、アルマン様、もはやあなたがあれほど愛したあの美しいお顔からはほど遠く、お目にかかれても、すぐには彼女とわからないかもしれません。マルグリットは自分がペンを握れなくなったら、私が代わりに書くことを約束させました。だから、私はこうして、寝ている彼女の前で書いているのです。マルグリットは私のほうを見ていますが、その目に私の姿は見えていません。まもなくやってくる死が、すでに彼女の目を曇らせているのです。そんな状態だというのに、マルグリットは微笑みを浮かべています。きっと、あなた様のことだけを考え、あなた様のことだけを思っているのです。扉が開く音がするたびに、マルグリットの目が輝きます。あなた様が入ってくるのでは、と思うのでしょう。そして、入ってきたのがあなた様ではないとわかると、苦しげな表情が戻り、その顔は冷たい汗に濡れ、頰は赤黒く染まるのでした。

二月十九日、深夜

今日は悲しい一日でした。今朝、マルグリットは息ができなくなり、医者が瀉血(しゃけつ)させました。おかげで少しだけ、声が出るようになりました。医者はマルグリットに神父様に会うよう勧めました。マルグリットがその気になったので、医者は自らサン・ロック教会へ神父様を呼びに行きました。

医者が出かけると、マルグリットは私を呼び寄せ、タンスを開けるように言いました。そして、ボンネットと丈の長い総レースの部屋着を指し、弱々しい声で私にこう言いました。

「懺悔がすんだら、私はもう死ぬのでしょう。そうしたら、あれを着せてちょうだい。死に装束にしては、しゃれているでしょう」

マルグリットは泣きながら私にキスをし、さらに言いました。

「しゃべることはできるけど、しゃべるととても苦しい。息ができない。風を入れて」

私は泣き崩れそうになりながら窓を開けました。しばらくすると神父様がやってきました。

私が神父様を出迎えました。

神父様は、ここが娼婦の家であることにお気づきになり、どんな扱いを受けるのかと心配そうにしていらっしゃいました。

「神父様、どうぞ遠慮なくお入りください」と私は申し上げました。

神父様はマルグリットの寝室に入ったかと思うと、早々に出ていらっしゃいました。そして、私にこう言ったのです。

「この方は、罪深き人生を送られたようですが、敬虔（けいけん）な信者として死をお迎えになることでしょう」

しばらくすると、神父様は十字架を持った聖歌隊の子供と聖具納室係（サクリスタン）[94]を連れて戻ってきました。瀕死の彼女のもとに神が訪れたことを知らせるために、聖具納室係（サクリスタン）が鐘を打ち鳴らし、二人の前を歩いています。

三人はマルグリットの寝室に入りました。かつて、男女の怪しい睦言（むつごと）が囁（ささや）かれたその寝室が、今や、急ごしらえの礼拝所のようでさえありました。

私も跪（ひざまず）きました。この儀式に立ち会ったことで生まれた感情がいつまで続くかは分かりません。でも、私もまたいつか死を迎えるその日まで、今日のあのひとときほど、心に残る瞬間はもう訪れないのではないかとまで思っています。

神父様は、マルグリットの足や手や額に聖油を施し、短い祈りの言葉を唱えました。マルグリットは今にも天国に旅立ちそうでした。ええ、もし神様が、彼女がこれまで耐えた苦しみ、そしてこの聖なる死をご覧になっているのなら、彼女はきっと天国に行けることでしょう。

神父様がお帰りになったあと、マルグリットはもう何も言葉を口にせず、身動きすらしません。苦しげな息遣いが聞こえてこなければ、もう死んでしまったのではないかと思ったことでしょう。そんな瞬間が何度もありました。

二月二十日、夕方五時

すべてが終わりました。

夜中の二時頃、ついに断末魔の苦しみが始まりました。その苦しげな悲鳴は、どんな殉教者であれ、これほどまでの拷問に耐えた者はいないのではないかと思えるほどでした。まるで神のもとに飛び去ろうとする命を捕まえようとしているかのように、マルグリットは二度、三度、ベッドの上に立ち上がりました。

そう、あなた様の名前も、二度、三度と呼んでおりました。そして、口をつぐんだ

94　教会の宗教行事に使う道具を管理する用務員。

かと思うと、力尽き果ててベッドの上に倒れました。涙が静かに流れ落ちたかと思うと、すでに息絶えておりました。

私は彼女に歩み寄り、名前を呼びました。答えがないので、そっとまぶたを下ろし、額にキスをしました。

かわいそうなマルグリット。私が聖女ならば、このキスで、神様のもとに送り出してあげることができたのに。

それから私は、彼女に頼まれたとおりの死に装束を整え、サン・ロック教会の神父様を呼びに行きました。私は教会で彼女のためにロウソクを二本灯し、一時間ほど祈りを捧げました。

彼女からもらったお金は、貧しい人たちに施しとして渡しました。

信仰についてはよくわかりません。でも、神様はきっと、私の流した涙が真実のものであること、私の祈りが真剣なものであること、そして施しが誠実な心によるものであることをわかってくれると思います。若く美しいままに死んだマルグリット。神様は目を閉じてやり、死に装束を整えてやる人が私しかいなかったマルグリット。神様はきっと彼女をあわれに思ってくださるでしょう。

二月二十二日

今日はお葬式でした。マルグリットの女友達がたくさん教会にやってきました。心から彼女のために泣いている方もいらっしゃいました。柩（ひつぎ）がモンマルトル墓地に向けて出発すると、葬列のなかに男性はお二人しかいませんでした。ロンドンからわざわざやってきてくださったG伯爵と、下男二人に支えられて歩く公爵のお二人です。[95]

私は今、マルグリットの家で、涙を流しながら、こうして今日のご報告を書いております。目の前には、ランプが悲しげに灯り、その横には手つかずの夕食が置いてあります。とても食べ物がのどを通るような気分ではないことを、アルマン様ならおわかりくださるでしょう。それでも、もう二十四時間以上、何も食べていない私のために、ナニーヌが用意してくれたのです。

私自身もそんなに長くは悲しんでいられないことでしょう。マルグリットの人生が

95　マルグリットのモデル、マリ・デュプレシスの葬儀には、ロンドン在住のペレゴー伯爵と、老齢のロシア貴族シュタケルベルグ伯爵が参列している。

彼女の思い通りのものではなかったように、私の人生もまた自分の意志でどうなるものでもありません。だからこそ、私は今のうちに、ここで起こったことのすべてを、ほかでもないこの場所で、あなた様のために書いておかなければならないのです。もし、あなた様のお帰りが遅くなって、長い時間がたってしまったら、私はもう悲しい思い出を細かい部分まで覚えていられず、お伝えすることができなくなってしまうかもしれないからです。》

27

「お読みになりましたか」私がマルグリットの日記を読み終えると、アルマンが言った。

「ええ、ここに書かれたことがすべて本当なら、あなたがあのように苦しんでいたのもよくわかります」

「父からも手紙が来て、彼女の書いていたことは事実だと認めていましたよ」

それからしばらく、このような結末を迎えた悲運について語り合ったのち、私は休むために家に帰った。

アルマンは相変わらず悲しそうだったが、話をしたことで少しは安堵したらしく、早々に体力を取り戻した。私たちは連れ立ってプリュダンスやジュリー・デュプラのもとを訪ねた。

プリュダンスはつい最近、破産したばかりだった。彼女はそれをマルグリットのせいにしていた。なんでもマルグリットが寝込んでいるあいだ、無理な借金を重ねてまで、彼女にお金を貸したのだが、マルグリットはお金を返さずに死んでしまい、証文も残していないので、債権者として名乗りを上げるわけにもいかないというのだ。プリュダンスは商売がうまくいかなくなった言い訳としてこんな話をあちらこちらでした挙句、アルマンから千フラン札をせしめていた。アルマンはこの話を嘘だと見抜いていたが、それでも信じたふりをしてやったのだ。彼にしてみれば、マルグリットに縁のあった者を邪険にする気になれなかったのである。

私たちはジュリー・デュプラにも会った。彼女は、友人の思い出に心から涙しつつ、自分が目にしたマルグリットの最後の日々、あわれな最期について話してくれた。

それから、私たちはマルグリットの墓参りに行った。墓石には、若葉の芽吹きを誘うように、四月の朝の光が注いでいた。

アルマンには最後にもうひとつなすべきことがあった。父のもとに帰ることだ。彼は今いちど、私に同行してくれないかと頼んだ。

こうして私たちはC市に行った。デュヴァル氏は、アルマンから話を聞いて想像していたとおりの人物だった。背が高く、威厳があり、親切な人だ。

父は嬉し涙を浮かべてアルマンを迎え入れ、真心を込めて私の手を握った。私は、まもなく、何よりも父性愛こそが彼の人柄のすべてであることを知った。

妹のブランシュは、透き通るような目と澄んだ眼差しや清らかな口元を見れば、その心のなかには無垢な思いしかなく、その唇は信心深き言葉以外話したことがないとわかるような娘だった。ブランシュは兄の帰宅を笑顔で迎えた。この清純なお嬢さんは、遠く離れたところで、一人の娼婦が、自分の名を呼んで祈ってくれることだけを頼みに、その身を犠牲にしたことなど知る由もないのだ。

私はしばらくこの幸せな家族のもとに滞在した。彼らは、傷心から立ち直りつつあるアルマンを心から思いやっていた。

私はパリに戻り、アルマンから聞いたとおりにこの話を書いた。異論の余地があることは承知のうえだが、この話の価値は、まったくの真実である点にある。

私はこの話をもって、どんな娼婦でも、マルグリットのようなこと、彼女がなしたような献身が可能だと言うつもりはない。そんな考えは毛頭ないが、それでもあまたいる娼婦のなかに、このような真剣な愛に生き、その愛ゆえに苦しみ、死んでいった女がいたということを、私は知っている。私は読者諸君に自分の知りえたことをお伝えした。それが私の使命だからである。

悪徳を礼賛するつもりはない。だが、気高い人たちが苦しみのなかにあってなお、祈り続けている声が、そこここから聞こえてくる以上、私はこだまとなってその声を伝えたいのだ。

もういちど言う。マルグリットの話は例外的なものだ。だが、それがありふれた物語だったら、わざわざこうして書き残す必要もないだろう。

解説

永田千奈

「椿姫」と聞くと、多くの人が想像するのはヴェルディのオペラ『ラ・トラヴィアータ』であろう。だが、デュマ・フィスの小説『椿姫』の本質は、オペラの華やかさとは遠いところにある。愛し合った二人は別れ、和解の機会もないまま、美しい乙女は無残な死を迎える。父のデュマとは異なる、いや、正反対とさえ言える現実感と人生の悲哀こそがデュマ・フィスの特徴とも言えよう。「父は夢想のなかに物語を求め、僕は現実のなかに物語を見つける。父は目をつぶって物語を構想するが、僕は目を見開いて物語をつくる」とデュマ・フィスは言っている(1)。

デュマ・フィスの生い立ち

そもそも、デュマ・フィスとは、著者の正式な名前ではない。正式な名前は、アレクサンドル・デュマという。だが、父であり、『三銃士』や『モンテ・クリスト伯』

などの著書で知られるアレクサンドル・デュマ、通称「デュマ・ペール（ペールは父の意）」と区別するため、「デュマ・フィス（フィスは息子の意）」と呼ばれてきたのである。

デュマ・フィスは、大作家アレクサンドル・デュマの長男である。母の名は、カトリーヌ＝ロール・ラベー。彼女は洗濯屋とお針子を兼ね、生計を立てていた。同じ建物に住んでいた父デュマと知り合い、彼の子を身ごもったのだが、彼女とデュマとの間に婚姻関係はない。デュマ・フィスは、一八二四年に非嫡出子、アレクサンドル・ラベーとして出生届が出されている。とはいえ、父デュマは息子に自分と同じ名前を与えている。(2) また、カトリーヌ＝ロール以外に「正妻」がいたわけでもない。デュマ・フィスは、決して父に見捨てられたわけではなく、一八三一年には遅ればせながらも息子として「正式に」認知されている。父デュマも頻繁に母子のもとを訪れ、生活費はもちろん、息子の教育費も惜しむことなく提供し、父子の関係は決して冷たいものではなかったようである。

しかし、世間の目は冷たい。デュマ・フィスは「私生児」であることを理由にいじめられ、そのせいで転校もしている。さらに、彼が十六歳のとき、父デュマが、女優イダ・フェリエと結婚したことで、たとえ婚姻関係がなくても父は母だけのものだという「建前」が崩れ、父子の関係にも溝が生じるのだ。のちに『私生児』『放蕩親父(ほうとうおやじ)』という戯曲を発表していることからもわかるように、こうした家庭環境、ひいては父との関係が彼の著作に影響を与えていることは確かだろう。作家という職業を選んだことにもまた父への憧れと対抗心が相半ばしている。若いときから父、そして父の作家仲間との交流のなかで薫陶を受け、父の結婚に失望した十代半ばから彼は文章修業を始めた。

父と息子

デュマ・フィス自身は、裕福な生活を送り、文学的にも成功をおさめ、決して苦労人とは言えないが、彼の作品には、「もたざる者」への同情が色濃く見られる。代表作『椿姫』こそ、耽美(たんび)的なタイトルであるが、他の戯曲は『ル・ドゥミ・モンド(裏社交界)』『金銭問題』『私生児』と続き、タイトルを見ただけで、彼の視線がどこに向けられていたかは明らかだろう。

ときに、「大デュマ」「小デュマ」とまで表記され、後世における知名度では父に勝てないデュマ・フィスであるが、その文学的な地位は決して低いものではない。当時、あくまでも大衆小説家として評価されていた「大デュマ」に比べ、「小デュマ」のほうが文学的、芸術的な評価は高く、父が受章できなかったレジオン・ドヌール勲章も授与されており、アカデミー・フランセーズの会員となるなど、第二帝政時代のフランス文壇の重鎮となっている。

なお、フィクションではあるが、佐藤賢一著『象牙色の賢者』は、彼の生涯を一人称小説としたものである。(3) ダヴィー・ドゥ・ラ・パイユトリ侯爵と黒人奴隷マリー・デュマのあいだに生まれた祖父、『三銃士』で知られる父、デュマ家の人たちはいずれも実に個性的かつ精力的な人物であり、『椿姫』の著者が背負っていたデュマ家の誇りと重荷が余すことなく描かれている。これはまた、彼自身の生涯が一冊の本になるほど波乱に満ちたものであるということでもある。ヴィクトル・ユゴー、ジョルジュ・サンドといった文人からも目をかけられ、変わったところでは、ジュール・ヴェルヌとも交流があったという。

先ほど引用した「父は夢想のなかに物語を求め、僕は現実のなかに物語を見つける」という言葉にも納得がいく。父の原動力が「想像力」ならば、息子は「現実を観察」することで、小説を書いてきたということである。こうした彼の文学観が、『椿姫』冒頭のどこか言い訳めいた前書き、そして作中で強調される「実話」であることへのこだわりにつながっているのだ。

椿姫のモデル

さて、では、どこまで実話なのか。まずはマルグリットのモデルとなったマリ・デュプレシスについてわかる限りの事実を見てみよう。

マリ・デュプレシス（本名、アルフォンシーヌ・プレシ）は、デュマ・フィスと同い年の一八二四年生まれ。ノルマンディーの貧しい家に育ち、父親によってロマの一団に売られ、パリにたどりついたとされる。幼いときから美少女であったため、まずはレストラン店主ノレの「囲われ者」となった。やがて、青年貴族ギッシュ公爵に見初められ、パリの社交界に出入りするようになる。文字もろくに書けなかった彼女に教養を授け、美意識を育て、贅沢（ぜいたく）の味を覚えさせたのもこのギッシュ公である。小説に登場するG伯は、ギッシュ公がモデルだろう。彼女は、その後も、次々と上流階級の男性をパトロンとし、ついに高級娼婦（クルティザンヌ）として、パリ社交界の花となった。

ここで、高級娼婦（クルティザンヌ）について説明しておこう。便宜上、娼婦と呼ばざるをえないのだが、売春宿や娼館で働かされ、宿主や女衒（ぜげん）に搾取される娼婦とはまったくと言っていいほど、異なる存在である。貴族、もしくは裕福な男性の愛人となり、いわば「囲われる」のであるが、誰からいくら援助を受けるのかは、交渉次第であり、嫌ならば断ることもできる。選択権は彼女たちの側にある。[4] だからこそ、パトロンは一人とは限らず（一人の男性に依存していると、その男性が去った途端、一文無しになってしまう）、複数の男性から金銭的な援助を受ける場合も多い。実際、マリのパトロンのなかには、N伯のモデルとおぼしきペレゴー伯、老公爵のモデルとおぼしき老齢のロシア貴族シュタケルベルグ伯のほか、作曲家リストもいたという。

彼女たちの豪奢（ごうしゃ）な暮らしぶりの背景には、王政復古を背景としたブルジョワ階層の繁栄、そして植民地からの利益や産業革命の影響による好調なフランス経済、いわばバブル期のような空気があってのことだった。ブージヴァルとパリのあいだの行き来に馬車と鉄道、両方が使われていることもこの時代を象徴している。

だが、どんなに華やかな暮らしを送っていても、彼女たちは表舞台に出ることはできない。彼女たちの生きる世界を「ル・ドゥミ・モンド（裏社交界）」と呼ぶのはまさにそれが理由である。貴族のような生活を送りながらも、社交界のなかでは一人前として扱われず、中途半端な存在[5]ということだ。デュマ・フィスの友人であった批評家ジュール・ジャナンの文章にも、マリ・デュプレシスを「公爵夫人のような」と形容する記述がある。そのほかの文献を見ても、マリ・デュプレシスは、貴族の女性にも劣らぬ、気品をもっていたと思われる。見事なドレスも着ていたにちがいない。マリ・デュプレシスは、実際に『マノン・レスコー』を愛読しており、残された手紙の文体を見ても、それなりの教養を身につけていたと思われる。それでも、世間から見れば彼女たちは夜の花であり、あだ花でしかなかったのだ。

事実とフィクション

十八歳になったデュマ・フィスは、証券取引所の広場で、マリ・デュプレシスを見かけ、恋に落ちる。マリには複数のパトロンがいたが、デュマには関係ない。二年後、再会を機に二人は恋仲になった。デュマはマリのために借金をし、二人はサン゠ジェルマン゠アン゠レイの屋敷で一緒に暮らし始める。だが、金銭的な問題から二人の心はすれちがい、やがて、マリは彼を捨ててロンドン在住の銀行家ペレゴー伯爵と結婚する。傷心のデュマは父デュマと旅行に行き、帰ってきたところで、マリの死を知ったのである。

失恋、さらに追い打ちをかけるような恋人の死を悼み、デュマ・フィスは詩集『青春の罪』を自費で刊行する。だが、それだけでは飽き足りず、サン＝ジェルマン＝アン＝レイの別荘、父の所有する通称「モンテ・クリスト城」に身を寄せ、一息に『椿姫』を書き上げたのである。

このマリ・デュプレシスが椿姫のモデルであることはまず間違いない。冒頭にあるように、確かにこれはかなりの部分が実話なのである。本書にあるマルグリットとアルマンの手紙のやりとりについても、ほとんど同じ内容の手紙が確認されている。そういう意味では、ほぼ私小説のようにも見えるのだが、現実と一致しない部分も多い。

まず、墓の移し替えを行ったのはデュマ・フィス自身ではなく、ペレゴー伯爵である。二人が一緒に暮らしたのはサン＝ジェルマン＝アン＝レイで、ブージヴァルではない。G伯のモデルはギッシュ公と思われるが、ロンドン在住だったのは、ペレゴー伯のほうである。

このように細かい部分で、「間違い探し」を始めればきりがない。マリの死の直後、自費出版した詩集『青春の罪』が感情吐露に甘んじ、商業的な成功とは無縁であったのに比べ、続いて書かれた『椿姫』は虚構化された小説であり、だからこそ成功をおさめたのだ。つまり、実話をベースにしながらも本書は「フィクション」であり、著者は「これが実話である」と再三断りを入れることで、「二重の嘘」をついているのである。

なかでも、事実と大きく異なる部分であり、この作品を読み解くカギとなるのが、「第二の主人公アルマンの登場」「マルグリットの美化」「父親像」の三点である。以下、この三点について詳しく見てみよう。

語り手の位置

虚構化のステップの第一段階として、デュマ・フィスは「私」とは別にアルマンという青年をつくりあげた。ちなみに、デュマ・フィスこと、アレクサンドル・デュマは、マリ宛ての手紙にADと署名し、アデという愛称で呼ばれていた。アルマン・デュヴァルのイニシャルもADである。

コンスタンの『アドルフ』、ラクロの『危険な関係』など、一人称の語りや書簡体を用いた心理小説はフランス文学の伝統と言ってもよく、アルマンの語りを中心とした構成は、作中でも幾度か言及されている『マノン・レスコー』の影響と見ていいだろう。[6] 物語を傍観者として眺める「私」と当事者として語るデ・グリュという形式は、『椿姫』でも踏襲されている。まず、作家本人を思わせる「私」の語りが導入部となり、当事者アルマンの語りによって物語の本編が始まる。『マノン・レスコー』の場合、マノン自身の心のうちが直接語られることはないが、『椿姫』では、マルグリットの手紙や日記が引用されることで、もう一人の当事者の視点から物語が語られ、立体的な広がりをもつのである。しかも、マルグリットの死についてジュリー・デュプラの記述が入ることで物語は再び第三者の視点に移り、最終局面を迎える。

マルグリットの美化

マルグリットは、デュマ・フィスの理想の女性である。モデルとなったマリが美しい女性であったことは事実だが、デュマ・フィスは作品のなかで彼女をさらに美化している。信仰を尊ぶデュマ・フィスとしては、マルグリットの精神的な高潔さを強調し、その娼婦としての一面を否定せざるをえなかった。

物語は、マルグリットの死後を起点として始まる。この時点で、すでに彼女が娼婦であった事実は死によって浄化されている。その後、残酷とも思える形で遺骸をさらすことで、彼女の肉体、性的な関係を商売にしていた事実は「すでにないもの」とされるのである。

また、日によって椿の色が違っていた理由は、赤い椿が月経の日を意味し、パトロンの男性たちに、それとなく今日は肉体関係をもてないことを知らせるものだったという説が有力である。(7) デュマ・フィス自身も、これを知らなかったはずはない。だが、彼はこれをあくまでも謎のまま残し、逆に神秘的な印象を与えようとしている。ほかにも、花屋の売上帳によると、マリ・デュプレシスは必ずしも椿だけではなく、そのときどきの季節の花も購入していたことがわかっている。つまり、有名娼婦を「椿姫」につくりあげたのはデュマ・フィスの想像力なのだ。

マルグリットの浪費癖にしても、病気により短命を意識したからこその「憂さ晴らし」であるとして正当化している。また、マリ・デュプレシスは、死の間際にペレゴー伯爵と入籍し、形だけでも「伯爵夫人」の地位を手に入れるのだが、デュマ・フィスは、マルグリットをあくまでも爵位に興味のない無欲で無邪気な存在として描いている。アルマンは「兄や弟であるかのように」彼女を思いやり、彼女はアルマンを「わが子のように」愛おしむ。つまり、二人の愛を博愛、純愛として描いていることがわかるだろう。

デュマ・フィスの倫理観は、彼女にさらなる献身を求め、神の愛へと向かわせる。恋のシーソーゲームのように、アルマンの一方的な片思いで始まった恋は、いつしか立場が逆転し、マルグリットがアルマンのためにその身を犠牲にすることで終わりを迎えるのだ。

父の愛、神の愛

マルグリットの母は娘を虐待したうえに早死にし、アルマンもまた母を失っている。一方、アルマンにとって父の存在は大きい。心から父を尊敬し、マルグリットを失えば、父に慰めを求め、マルグリットを失った原因が父であるとわかってもなお父を恨まない。マルグリットもまた老公に「保護」され、アルマンの父に「導かれ」、神父の赦(ゆる)しを得て、聖女のように死を迎える。これらの父親像は、放埒(ほうらつ)な性格で知られる父デュマとは程遠いものであり、むしろデュマ・フィス自身の理想化された分身と見ていいだろう。

デュマ・フィスが信仰の人であったことは、この小説の随所に表れている。つまり、ここで描かれた「父性愛」とは、彼にとって「キリストの愛」なのではないだろうか。ロラン・バルトは『現代社会の神話』において「じつのところ、『椿姫』の中心にある神話は、〈恋愛〉ではなく〈承認〉である」と書いている。(8) アルマンとマルグリットは相思相愛である。だが、親から承認されず、世間からの承認も得られない。

そこでヒロインがすがるのが「神格化された父による承認」なのである。ここには、デュマ・フィスの理念がよく表れている。娼婦という不道徳なヒロインを描きながらも、いや、むしろ、徳の薄い人間を信仰に導くことによって、彼は自身の理想を示そうとしたのである。

デュマ・フィスが思春期を過ごしたのは、王政復古のフランスである。革命で否定されたはずの王政が復活したこの時代は、ブルジョワ文化が繁栄する一方、啓蒙(けいもう)思想への反発、宗教的道徳観への回帰が見られた時代でもある。デュマ・フィスは、売春は悪徳であり、悪徳を礼賛するつもりはないと繰り返し書いている。彼のいわば「説教くさい」語りには、いかに「モラル」が重要視される時代であったかがうかがわれる。

『椿姫』の成功とその後

『椿姫』は、一八四八年に刊行されるとすぐに大ヒットした。なにしろ、マリ・デュプレシスは、当時、知らぬ人のいない有名人であったのだ。当然、刊行直後は、ある種のゴシップ趣味、登場人物のモデル探しなど文学的な興味とは別のところで話題になることも多かっただろう。もちろん、おおよそのモデルは見当がつくものの、本書はあくまでも小説であり、デュマ・フィスによる虚構化、理想化がなされた作品であることは先述したとおりである。

さて、『椿姫』以降のデュマ・フィスについても書いておこう。デュマ・フィスは、自身の筆により『椿姫』を戯曲化、これにより名声を確固たるものにする。時同じくして、父デュマの執筆活動には陰りが見え始め、新旧交代劇とも言える状況となった。余談であるが、『椿姫』を読んだ中原中也(なかはらちゅうや)は、「『椿姫』を読了。これは真実な物語だ。〔中略〕世間はレアリテといふ言葉のなかに、打算的な心情を期せずして含めてゐるから、かういふのをロマンティックと云ふだらうけれど、不幸な環境に純心といふものが在るや、此の物語は其処に必ず在るのである」と日記に記している[9]。実際のところ、『椿姫』は、デュマ・フィスにとって、叙情的なロマン主義から、写実主義への転換期の作品でもあった。それはまた騎士道を懐かしみ、豪快なロマンを得意とした父からの決別を意味しており、時代の要請でもあったのだ。折しもナポレオン三世のクーデターにより、王政復古の時代は終わり、フランスは第二帝政の時代に入る。デュマ・フィスは、『椿姫』以降、社会問題を主題とした戯曲で成功をおさめている。生きているうちに全集が組まれるほど多作であり、当時はかなりの人気があったようである。もっとも、トルストイのような国外の作家から高い評価を得る一方、自然主義の代表作家であるゾラが彼を酷評しているのも、皮肉と言えば皮肉である。いや、デュマ・フィス最高の皮肉、運命のいたずらと言えば、むしろ、これらの社会派戯曲が時代とともに忘れられ、若書きの小説だけが後世に残ったことではないだろうか。

では、なぜ、『椿姫』だけが残ったのか。それはこの作品に時空を超えた普遍性があったからであろう。社会批判を前面に出した他の作品は、時代とともに社会が変化することで共感を得られなくなり、忘れられていった。だが、恋愛関係の駆け引き、恋慕や嫉妬(しっと)は、時空を超えて、普遍的なものである。デュマ・フィスは四十八歳のときに『椿姫』の加筆修正に取り組み、改訂版[10]を刊行している。遺言でマリと同じモンマルトル墓地への埋葬を願ったことからも、マリ（＝マルグリット）は彼にとって生涯一人の人であり、『椿姫』が生涯一冊の本であったことは確かである。

マルチメディア展開の先駆け

小説『椿姫』はその後、さまざまなジャンルに展開される。現在のマルチメディア展開の原型を見る思いである。まず、著者本人による戯曲化が行われた。デュマ・フィスは、戯曲化に際し、ニシェットとギュスターヴというもう一組のカップルを登場させ、さらにアルマンがマルグリットに札束を投げつける場面、最後にアルマンが臨終の床に駆けつけてマルグリットに詫びる場面をつくった。これは、芝居の「見せ場」をつくる一方、政府による検閲を逃れるための通俗化でもあった。折悪しく二月革命の影響を受け、大臣から娼婦が主人公の芝居は不道徳だという理由で上演禁止が言い渡されていたのだ。

だが、小説刊行の四年後、一八五二年になると、第二帝政が始まり、内閣が一新されたこともあって、戯曲版『椿姫』は、ヴォードヴィル座での初演にこぎつけることができた。ちなみに、マリ・デュプレシスが亡くなったのが、一八四七年の二月三日、初演は一八五二年の二月二日なので、彼女の死がデュマ・フィスのなかで昇華され、商業的作品になるまでにはちょうど五年かかったことになる。ふたを開けてみると、戯曲は大成功をおさめた。その後も、サラ・ベルナールをはじめ、多くの実力派女優がマルグリット役を演じている。なお、小説版と戯曲版の相違点については、大岡(おおおか)昇平(しょうへい)「椿姫潤色ノート」(11)に詳しい解説がある。

さらに、フランス国内での成功を世界的な成功にまで広げたのは、ヴェルディによるオペラ化に負う部分も少なくない。ヴェルディは、ヴォードヴィル座で戯曲版『椿姫』を見て、オペラの着想を得たという。こうして、戯曲版をもとに書かれたヴェルディのオペラ『ラ・トラヴィアータ』は一八五三年に上演された。初演こそ、不人気のまま終わったが、その後大きな成功をおさめた。ちなみに、「ラ・トラヴィアータ」とは「道を踏み外した女」という意味である。ここには、フランスよりもさらにカソリック的な道徳観を求める当時のイタリアの風潮が影響している。

その後、映画、バレエ、ミュージカルなど、さまざまな形で『椿姫』は再現され続けている。翻案、原案まで入れると相当な数になり、とてもすべてには言及できない。

だが、グレタ・ガルボ主演の映画『椿姫』をはじめ、多くは戯曲版をもとにしており、小説版の原作に忠実なものは少ない。

　正直なところ、エンターテインメントとして展開されるうちに、物語が単純化され、二十四歳のデュマ・フィスが描こうとした「人間の内面性」が過剰なロマンティシズムに埋もれてしまった感は免れえない。

花々に寄せる思い

　本書の原題「La Dame aux camélias」は、直訳すると「椿の花の女」という意味である。これを『椿姫』と訳したのは長田秋濤（おさだしゅうとう）(12)である。以来、これ以外の訳題は考えられなくなってしまった。

『椿姫』というタイトルで、西欧にも椿があるのかと意外に思われた読者もいるのではないだろうか。十六世紀にポルトガル人がアジアから持ち帰ったのが最初と言われ、その後十八世紀に入るとイギリスから園芸品種としてブームが始まった。『椿姫』の書かれた十九世紀半ばのパリにおいて、椿はまだ高価な花であり、庶民の手には届かないエキゾチックな雰囲気をもっていたのである。ちなみに花言葉は「あなたは、誰よりも美しい。私はあなたを愛することを誇らしく思い、これからも永遠に愛し続けます」である。

一方、ヒロインの名、マルグリットもまた花の名前である。日本では、マーガレットの名で呼ばれる洋菊のことだ。こちらは特に珍しい花ではない。むしろ、野の花である（ちなみに、ヴェルディはオペラ化にあたってヒロインの名をヴィオレッタ＝すみれとしている）。贅沢で高価な椿と、素朴で可憐（かれん）な野菊。こうした対極的な魅力こそが、マルグリットを永遠のヒロインとしたのだろう。

マリ・デュプレシスの墓には、今でも椿を供えにやってくる人がいる。庶民と社交界の隙間、ロマン主義と自然主義の狭間（はざま）に咲いた花は、さまざまな偶然と幸運を得て、思いがけず長い命をさずかったようである。

【注】

（1）Jules Claretie, A. Dumas fils, A.Quantin, 1882, p18。なお、folio classique 版の巻末、ベルナール・ラファリによる解説には「私は夢想から物語をつくる。息子は現実から物語の着想を得る。私は目を閉じて仕事をし、息子は目を見開いて仕事をする」という言葉が父デュマの言葉として引用されている。

（2）息子に父と同じ名をつける慣習は当時としては珍しいものではなく、便宜的にはミドル・ネームや洗礼名によって区別することが多かった。

（3）佐藤賢一著、デュマ三部作は以下のとおり。『黒い悪魔』文春文庫、二〇一〇年、『褐色の文豪』文春文庫、二〇一二年、『象牙色の賢者』文藝春秋、二〇一〇年。

（4）鹿島茂『パリ、娼婦の街　シャン＝ゼリゼ』角川ソフィア文庫、二〇一三年、一三八ページ。ほかに、当時の娼婦事情については、アラン・コルバン『娼婦』（杉村和子監訳、藤原書店、一九九一年）に詳細あり。

（5）ドゥミは半分を意味する。どんなに裕福な高級娼婦であっても、社交界で「半人前」の扱いしか受けられない。

（6）『マノン・レスコー』は、作家である「私」の一人称で始まり、デ・グリュと出会い、彼の話を聞くことで、デ・グリュの語りが始まる。作家である「私」は、「ここで読者にいっておかなければならないが、私は青年に話をきくとほとんど間をおかずにそれを書きしるしたのである。したがってこの物語ほど正確かつ忠実なものはほかにないと思っていただいてまちがいない」(プレヴォ『マノン・レスコー』野崎歓訳、光文社古典新訳文庫、二〇一七年)と断っている。

(7)秦早穂子『「椿姫」と娼婦マリ』読売新聞社、一九八六年、三四ページ。ほかにも『獅子文六全集第十三巻』朝日新聞社、一九六九年、一五七ページ「椿姫をめぐる」、ミシュリーヌ・ブーデ『よみがえる椿姫』(中山眞彦訳、白水社、一九九五年)にも同様の指摘がある。

(8)ロラン・バルト『現代社会の神話』下澤和義訳、みすず書房、二〇〇五年、二九九ページ。

(9)『中原中也全集第4巻　日記・書簡』角川書店、一九六八年、一九三五年九月十五日付日記より、三四七ページ。

(10)一八七二年の改訂版は文学的評価が低く、現在広く普及しているのは一八五二年版である。

(11)『大岡昇平全集第16巻』筑摩書房、一九九六年、六四〇ページ「椿姫潤色ノート」。同全集第12巻には大岡昇平翻案による戯曲「椿姫」(主演は水谷八重子)、第22巻には「『椿姫』ばなし」も収録されている。オペラ版との比較については、永竹由幸『オペラになった高級娼婦　椿姫とは誰か』(水曜社、二〇一二年)がある。

（12）長田秋濤は明治二十九年（一八九六）に戯曲版の抄訳『椿姫』を発表。その後、明治三十六年（一九〇三）に小説版『椿姫』の完訳を刊行している。

デュマ・フィス年譜

一八〇二年
父デュマ誕生。
一八二四年
一月一六日、アルフォンシーヌ・プレシ（のちのマリ・デュプレシス）、ノルマンディーに生まれる。
七月二七日、アレクサンドル・ラベー（のちのアレクサンドル・デュマ）、パリに生まれる。母カトリーヌ＝ロール・ラベーの非嫡出子として出生届が出される。
一八三一年　七歳
父デュマに認知され、正式に父の姓を名乗るようになる。私立の寄宿学校ヴォーティエに入るも、非嫡出子としていじめにあう。
一八三二年　八歳
父のつてで転校。
一八四〇年　一六歳
父が女優イダと結婚。
レストラン店主ノレの愛人となっていたアルフォンシーヌ・プレシは、この頃よりギッシュ公に見初められ、パリの社交場に顔を出すようになった。マリ・デュプレシスと名乗り始めたのもこの頃と思われる。

一八四一年　一七歳
父のもとに引き取られ、父の友人たちから文学的な影響を受け、詩作を始める一方、遊行に興じるようになる。バカロレア（大学入学資格）不合格。

一八四二年　一八歳
父のフィレンツェ旅行に同行。彫刻家プラディエの妻を愛人とする。マリ・デュプレシスを初めて見かけたのもこの頃。
マリは、ギッシュ公に続き、ペレゴー伯をパトロンにする。

一八四四年　二〇歳
マリ・デュプレシスと知り合う。
この頃、マリはシュタケルベルグ伯の庇護（ひご）を受けるようになる。

一八四五年　二一歳
八月、マリと別れる。その後、マリは作曲家リストに恋をし、デュマ自身もヴォードヴィル座の女優アナイス・リエヴェンヌを恋人とする。

一八四六年　二二歳
二月、マリ、ペレゴー伯とロンドンで結婚。だが、直後に別居してパリに戻る。
一〇月、マリの病状悪化を知り、見舞いの手紙を送る。一一月、父とスペイン、アルジェリア、チュニジアを旅行。

一八四七年　二三歳
二月三日、マリ死去。葬儀にはシュタ

ケルベルグ伯とペレゴー伯が参列。同月一〇日、デュマ、マルセイユでその死を知る。同月一六日、ペレゴー伯がマリの墓を永代墓に移す。同月二四日から二七日にかけてマリの遺品が競売にかけられ、デュマは自身が書き送った手紙を自ら落札した。

一八四八年　二四歳
サン＝ジェルマン＝アン＝レイの館にこもり、一か月ほどで『椿姫』を書き上げる。
この年、二月革命が起こり、ルイ・フィリップが退位、第二共和政が始まる（王政復古の終わり）。

一八五一年　二七歳
『椿姫』を戯曲化するが、時の大臣より不道徳とみなされる。
ロシア貴族ネッセルロード伯爵夫人に恋をするも実らず。

一八五二年　二八歳
ナポレオン三世による第二帝政が始まる。内閣が一新され、『椿姫』の上演許可が下りる。二月二日、ヴォードヴィル座で初演。大成功をおさめる。
ロシア皇族ナデージャ・ナリシュキンの愛人となる。

一八五三年　二九歳
ヴォードヴィル座の公演を観たヴェルディが『椿姫』をもとにしたオペラ『ラ・トラヴィアータ』を発表。フェニーチェ座の初演は失敗に終わる。

一八五四年　三〇歳

ヴェネツィアのサン・ベネデット劇場で、オペラ『ラ・トラヴィアータ』再演。大成功をおさめる。

一八五五年　三一歳
戯曲『ル・ドゥミ・モンド』初演。好評を博す。以降、社会的な風俗劇を活動の軸とする。

一八五六年　三二歳
一二月六日、オペラ『ラ・トラヴィアータ』（イタリア語上演）がイタリア座にてフランス初演。

一八五七年　三三歳
戯曲『金銭問題』初演。レジオン・ド・ヌール勲章受章。

一八五八年　三四歳
戯曲『私生児』初演。

一八五九年　三五歳
戯曲『放蕩親父（ほうとうおやじ）』初演。

一八六四年　四〇歳
一〇月二七日、オペラ『ラ・トラヴィアータ』をイタリア語からフランス語に翻訳し、『ヴィオレッタ』というタイトルでリリック座にてフランス初演。夫を失ったナデージャ・ナリシュキンと結婚。娘コレットを認知。

一八六六年　四二歳
最後の小説『クレマンソー事件』発表。

一八六七年　四三歳
次女ジャニーヌ誕生。

一八六八年　四四歳
『デュマ・フィス戯曲全集』刊行始まる。母カトリーヌ＝ロール死去。

一八七〇年　四六歳
父デュマ死去。
普仏戦争でフランス皇帝ナポレオン三世が敗北。第二帝政崩壊。

一八七一年　四七歳
パリ・コミューン成立。

一八七二年　四八歳
加筆修正を加えた『椿姫』再刊行。

一八七九年　五五歳
評論『離婚問題』刊行。

一八八二年　五八歳
「離婚にかかわる法律に関するナケ氏への公開書簡」発表。

一八八五年　六一歳
戯曲『ドニーズ』コメディ・フランセーズ初演。

一八八七年　六三歳
戯曲『フランション』コメディ・フランセーズ初演。
アンリエット・エスカリエ（旧姓レニエ）と愛人関係になる。アンリエットとは四〇歳以上離れており、既婚女性だったため、妻、娘と不仲になる。

一八九一年　六七歳
妻ナデージャと別居。

一八九五年　七一歳
四月、妻ナデージャ死去。六月、アンリエットと再婚。
一一月二七日、マルリ・ル・ロワの自宅で死去。遺言によりマリ・デュプレシスと同じモンマルトル墓地に埋葬される。

訳者あとがき

正直に言おう。ずっと腹を立てていた。「涙なしに読めない」と言われた本作品だが、私は憐憫(れんびん)の涙ではなく、時に悔し涙を浮かべ、怒りながら本書を訳していたのである。

なぜ、愛し合っているのに別れねばならなかったのか。アルマンの父が悪いのか(最近の言葉で言うと毒親というものでしょうか)。偏見にとらわれ、理解のない世間が悪いのか(職業に貴賤(きせん)はないという言葉の虚しさよ)。経済力をもたず、プライドばかり高いアルマンが悪いのか(駆け落ちしちゃえばいいのに!)。父性愛に負けてしまうマルグリットが悪いのか(いっそ悪女になってしまえばいいのに!)。

オペラの『ラ・トラヴィアータ』なら、幕が下りた途端、ブラボーを叫び、拍手することができるのに、原作を読んだあとは、もどかしくて苦しくなる。そして、はたと気づくのだ。ロマンティックな恋物語のようでいて、『椿姫』は甘くない。リアリスムであり、現代的でさえある。

たぶん、私に「泣ける話」だといったあの方は、アルマンの目線からひたすらマルグリットをあわれに思い、訳者である私はマルグリットに肩入れするあまり、つい悔しくなってしまったのだろう。『椿姫』のなかでマルグリットは、自分の決意、その誇りを語る。デュマ・フィスは、彼女を知性のある人物、自分で考え、選び、行動する、近代的な人間として描いている。だからこそ、私は、彼女に現代の女性を重ねてしまうのだ。

彼女は努力家である。田舎からパリへやってきて、パトロンのもと、文学を学び（モデルとなったマリ・デュプレシスは、ルソーの『新エロイーズ』やプレヴォの『マノン・レスコー』を好み、さらにその蔵書にはミュッセやマリヴォーもあった。残された恋文もなかなかに文学的である）、ピアノを習い（当時、ピアノはブルジョワ家庭の娘たちのたしなみであった）、エレガントな着こなしと化粧を覚え、条件付きとはいえ自由を手に入れた彼女の喜びはどれほどのものだったろう。そして、その頂点ですべてを失う悔しさもまた、想像を絶するものがある。

訳者の個人的な思い入れはともかく、読者が今なお、アルマンを通してマルグリットに魅了され、激しい恋の歓びと哀しみを感じることができるのは、ここに今も変わらぬ若い二人の感情の細やかさ、理と情の葛藤(かっとう)や、理想と現実の落差を見るからであろう。

ヴェルディの「乾杯の歌」が名曲であることを否定するつもりはない。だが、その華やかさの裏には、再会がかなわなかった寂しい恋人たちの姿があることを知っていただけたら、訳者として嬉しく思う。

なお、解説に書いたとおり、デュマ・フィスは、小説版『椿姫』を二十四歳のときに書き上げ、以降、何度か手を入れている。そのため、本作品には、いくつもの異本が存在している。翻訳にあたっては、Lévy 社刊行一八五二年版を底本とした folio classique 普及版を使用した(なお、同書には一八七二年版の修正箇所についても注釈が付けられている)。

最後になりましたが、今回もまた細やかな心遣いで訳者を支えてくださった光文社翻訳編集部の皆様、駒井稔様、齋藤みゆき様に心より感謝申し上げます。

二〇一八年一月

永田千奈

椿姫（つばきひめ）

著者　デュマ・フィス
訳者　永田千奈（ながたちな）

2018年2月20日　初版第1刷発行
2024年2月25日　　　第2刷発行

発行者　三宅貴久
印刷　大日本印刷
製本　大日本印刷

発行所　株式会社光文社
〒112-8011東京都文京区音羽1-16-6
電話　03（5395）8162（編集部）
03（5395）8116（書籍販売部）
03（5395）8125（業務部）
www.kobunsha.com

落丁本・乱丁本は業務部へご連絡くだされば、お取り替えいたします。
ISBN978-4-334-75370-2 Printed in Japan

いま、息をしている言葉で、もういちど古典を

長い年月をかけて世界中で読み継がれてきたのが古典です。奥の深い味わいある作品ばかりがそろっており、この「古典の森」に分け入ることは人生のもっとも大きな喜びであることに異論のある人はいないはずです。しかしながら、こんなに豊饒で魅力に満ちた古典を、なぜわたしたちはこれほどまで疎んじてきたのでしょうか。

ひとつには古臭い教養主義からの逃走だったのかもしれません。真面目に文学や思想を論じることは、ある種の権威化であるという思いから、その呪縛から逃れるために、教養そのものを否定しすぎてしまったのではないでしょうか。

いま、時代は大きな転換期を迎えています。まれに見るスピードで歴史が動いていくのを多くの人々が実感していると思います。

こんな時わたしたちを支え、導いてくれるものが古典なのです。「いま、息をしている言葉で」——光文社の古典新訳文庫は、さまよえる現代人の心の奥底まで届くような言葉で、古典を現代に蘇らせることを意図して創刊されました。気取らず、自由に、心の赴くままに、気軽に手に取って楽しめる古典作品を、新訳という光のもとに読者に届けていくこと。それがこの文庫の使命だとわたしたちは考えています。

光文社古典新訳文庫　好評既刊

三つの物語
フローベール
谷口亜沙子　訳

無学な召使いの一生を描く「素朴なひと」、聖人の数奇な運命を劇的に語る「聖ジュリアン伝」、サロメの伝説に基づく「ヘロディアス」。フローベールの最高傑作と称される短篇集。

赤と黒（上・下）
スタンダール
野崎　歓　訳

ナポレオン失脚後のフランス。貧しい家に育った青年ジュリヤン・ソレルは、金持ちへの反発と野心から、その美貌を武器に貴族のレナール夫人を誘惑するが…。

海に住む少女
シュペルヴィエル
永田　千奈　訳

大海原に浮かんでは消える、不思議な町の少女の秘密を描く表題作。ほかに「ノアの箱舟」、イエス誕生に立ち合った牛を描く「飼葉桶を囲む牛とロバ」など、ユニークな短編集。

ひとさらい
シュペルヴィエル
永田　千奈　訳

貧しい親に捨てられたり放置された子供たちをさらい自らの「家族」を築くビグア大佐。だが、ある少女を新たに迎えて以来、彼の「親心」は、それとは別の感情とせめぎ合うようになり……。

脂肪の塊／ロンドリ姉妹
モーパッサン傑作選
モーパッサン
太田　浩一　訳

人間のもつ醜いエゴイズム、好色さを描いた「脂肪の塊」と、イタリア旅行で出会った娘との思い出を綴った「ロンドリ姉妹」。ほか初期作品から選んだ中・短篇集第1弾。（全10篇）

光文社古典新訳文庫　好評既刊

青い麦
コレット
河野万里子 訳

幼なじみのフィリップとヴァンカ。互いを意識しはじめた二人の関係はぎくしゃくしている。そこへ年上の美しい女性が現れ……。奔放な愛の作家が描く〈女性心理小説〉の傑作。

シェリ
コレット
河野万里子 訳

50歳を目前にして美貌のかげりを自覚するレアは25歳の恋人シェリの突然の結婚話に驚き、心穏やかではいられない。大人の女の心情を鮮明に描く傑作。（解説・吉川佳英子）

うたかたの日々
ヴィアン
野崎　歓 訳

青年コランは美しいクロエと恋に落ち、結婚する。しかしクロエは肺の中に睡蓮が生長する奇妙な病気にかかってしまう……。二十世紀「伝説の作品」が鮮烈な新訳で甦る！

カンディード
ヴォルテール
斉藤悦則 訳

楽園のような故郷を追放された若者カンディード。恩師の「すべては最善である」の教えを胸に度重なる災難に立ち向かう……。「リスボン大震災に寄せる詩」を本邦初の完全訳で収録！

オペラ座の怪人
ガストン・ルルー
平岡　敦 訳

パリのオペラ座の舞台裏で道具係が謎の縊死体で発見された。次々と起こる奇怪な事件に、迷宮のようなオペラ座に棲みつく「怪人」の関与が囁かれる。フランスを代表する怪奇ミステリー。

光文社古典新訳文庫　好評既刊

グランド・ブルテーシュ奇譚
バルザック
宮下 志朗 訳
妻の不貞に気づいた貴族の起こす猟奇的な事件を描いた表題作、黄金に取り憑かれた男の生涯を追う自伝的作品「ファチーノ・カーネ」など、バルザックの人間観察眼が光る短編集。

狂気の愛
ブルトン
海老坂 武 訳
難解で詩的な表現をとりながら、美とエロス、美的感動と愛の感動を結びつけていく思考実験。シュールレアリスムの中心的存在、ブルトンの伝説の傑作が甦った！

ちいさな王子
サン＝テグジュペリ
野崎 歓 訳
砂漠に不時着した飛行士のぼくの前に現われた不思議な少年。ヒツジの絵を描いてとせがまれる。小さな星からやってきた、その王子と交流がはじまる。やがて永遠の別れが…。

シラノ・ド・ベルジュラック
ロスタン
渡辺 守章 訳
ガスコンの青年隊シラノは詩人にして心優しい剣士だが、生まれついての大鼻の持ち主。従妹のロクサーヌに密かに想いをよせるが…。最も人気の高いフランスの傑作戯曲！

花のノートルダム
ジュネ
中条 省平 訳
都市の最底辺をさまよう犯罪者、同性愛者たちを神話的に描き、〈悪〉を〈聖なるもの〉に変えたジュネのデビュー作。超絶技巧の比喩を駆使した最高傑作が明解な訳文で甦る！

光文社古典新訳文庫　好評既刊

薔薇の奇跡
ジュネ
宇野邦一 訳
監獄と少年院を舞台に、「薔薇」に譬えられる美しい囚人たちの暴力と肉体を赤裸々に描くことで聖性を発見する驚異の書。同性愛者であり泥棒でもあった作家ジュネの自伝的小説。

ロレンザッチョ
ミュッセ
渡辺守章 訳
メディチ家の暴君アレクサンドルとその腹心で主君の暗殺を企てるロレンゾ。二人の若者の間に交錯する権力とエロス。16世紀フィレンツェで実際に起きた暗殺事件を描くミュッセの代表作。

ペスト
カミュ
中条省平 訳
オラン市に突如発生した死の伝染病ペスト。社会が混乱に陥るなか、リュー医師ら有志の市民は事態の収拾に奔走するが……。不条理下の人間の心理や行動を鋭く描いた長篇小説。

転落
カミュ
前山悠 訳
アムステルダムの場末のバーでなれなれしく話しかけてきた男。五日にわたる自分語りの末に明かされる、驚くべき彼の来し方とは？『ペスト』『異邦人』に並ぶ小説、待望の新訳。

死霊の恋／化身
ゴーティエ恋愛奇譚集
テオフィル・ゴーティエ
永田千奈 訳
血を吸う女、タイムスリップ、魂の入れ替え……フローベールらに愛された「文学の魔術師」ゴーティエが描く、一線を越えた「妖しい恋」の物語を3篇収録。（解説・辻川慶子）